太阳鸟文学年选

2022 中国散文精选

主　编　　阎晶明

分卷主编　　李林荣

在生活中想象

辽宁人民出版社

图书在版编目（CIP）数据

在生活中想象：2022中国散文精选 / 李林荣分卷主编 . —沈阳：辽宁人民出版社，2023.1
（太阳鸟文学年选 / 阎晶明主编）
ISBN 978-7-205-10665-2

Ⅰ . ①在… Ⅱ . ①李… Ⅲ . ①散文集—中国—当代
Ⅳ . ①I267

中国版本图书馆CIP数据核字（2022）第224853号

出版发行：辽宁人民出版社
　　　　　地址：沈阳市和平区十一纬路25号　邮编：110003
　　　　　电话：024-23284321（邮　购）　024-23284324（发行部）
　　　　　传真：024-23284191（发行部）　024-23284304（办公室）
　　　　　http://www.lnpph.com.cn
印　　　刷：辽宁新华印务有限公司
幅面尺寸：145mm×210mm
印　　张：9
字　　数：182千字
出版时间：2023年1月第1版
印刷时间：2023年1月第1次印刷
责任编辑：娄　瓴
助理编辑：贾妙笙
装帧设计：丁末末
责任校对：冯　莹
书　　号：ISBN 978-7-205-10665-2

定　　价：58.00元

让文学闪烁出更加多彩的光泽

◎ 阎晶明

辽宁人民出版社的"太阳鸟"文学年选丛书又要跟读者见面了。我视今年的出版为老品牌加新面貌的呈现。犹记得两年前，"太阳鸟"丛书已出版过十年精选，称其为老品牌亦不过分。而这一次，又是以新组成的编委会完成选编任务，无论类别划分还是选编趣味与原则，都理当具有新的面貌，令人期待。

以体裁划分类别，以年度为选编范围，为正在发生的文学进行优中选优的筛选，这是一件读者需要、文学界人士热心为之的工作。各类年选纷纷推出。它们绝不属于选题重复的原因是，当下中国，每一年发表和出版的文学作品不计其数，只有"海量"一词可以作为"定量"描述。即使再热心的读者，哪怕是专业的文学工作者，要从中立刻识别出优与劣，筛选出有价值、可称上乘的作品，也绝非易事，特别是那些散见于文学刊物及报纸副刊的作品，很多人恐怕连接触的时间和机会都没有，文学的年度选本于是应运而生。从众多报刊中选出若干作品，提供给为工作而忙碌、为生活而奔波，却又愿意为文学腾出一点时间、从文学中享受阅读快乐的人们，就是这种年选工作的目的。通过集中阅读与欣赏，读者又可由此打开一个更大的界面，去阅读、欣赏更广泛的文学作品。辽宁人民出版社坚持做这项工作已逾十年，在读者中建立起了良好的信誉。继续做好这一工作，努力做到优中选优，为读者负责，是编委会的共同责任。

新出版的"太阳鸟"文学年选，分散文、杂文、短篇小说、小小说、随笔共五卷。承担每一卷编选工作的编委，都是从事文学创作、评论、编辑工作的专业人士。他们具有广阔的阅读视野，是文学动态的及时追踪者，对所选门类的创作有较多介入和较深理解。当然，即使如此，要完成好这一任务也非轻而易举。编选者必须对本年度文学创作全局具有广泛了解和全面掌握，同时还必须具有专业眼光，从大量的作品中寻找出确实能够代表本年度创作水准的作品来。他还应具有公正的态度，处理好个人审美趣味与兼顾不同艺术风格的关系，能够在一个选本里多侧面地呈现和反映过去一年中国文学发生的变化及其多样性。出版社也是基于这些考虑而聘请并组成编委会的。我们希望这些选本能够为读者喜欢和认可，让这些浓缩的精华可以最大程度地展现出中国作家取得的最新创作实践，最大程度展现文学创作的新风貌。

我们正处在一个急剧变化的时代，生活总是展现着新的、更新的一面。经济社会在发展，人们的生活方式在变化。中国与世界的联系越来越紧密，同时也出现许多新的复杂现象和问题。科学技术的迅猛发展极大地改变着我们的生活。全面、深入地了解时代，反映现实，饱满地、准确地描摹生活中的变与不变，绝非易事。但我们仍然要相信，文学是最能够形象生动反映时代生活的艺术。作家是时代脉搏最敏感的感应者，是时代生活的生动记录者。作家从广泛的素材积累中凝练题材主题，通过个人的情感过滤来抒怀，从个人的思想出发对所描写的人与事作出评价，表达态度。这一切的过程中，又无不烙印着时代的痕迹，刻写着社会发展的趋势。从小中总会看出大，小我总是交融于大我之中。党的二十大报告指出，文学艺术要"坚持以人民为中心的创作导向，推出更多增强人民精神力量的优秀作品"。"增强人民精神力量"，就成为对优秀文艺作品的本质要求。文学总是作用于人们精神的，根本上应该是积极的、向上的，满怀着理想和执着信念，给人以力量的。在作家创作与读者需求之间，如何便捷地、快速地嫁接起这种沟通的桥梁，让作家的表达和读者的心声形成呼应，产生精神上的共振，编辑在其中发挥着重要的、不可替代的作用。而我们这些从已发表的作品当中再进行筛选的编选者，同样承担着重要职责。我们希望自己的工作能够体现出这样的真诚，能够让读者感受到这种责任意识。当然，我们更希望的是，读者从这些选本中读到一个特定时期中国当代文学的优秀作品，从中看到一个广阔、丰富的人生世界和情感世界，获得广博的知识和信息，得到美好的艺术享受。

　　太阳鸟在阳光照耀下展现着精美而多彩的羽毛。愿我们的文学闪烁出更加多彩的光泽！

　　是为序。

2022 年 10 月 18 日

好看的散文和耐读的散文

◎ 李林荣

　　岁末临近，又到了文学佳作年选密集出版的时节。追溯起来，自上世纪80年代初，年度精选就已成为文学界自我总结和向广大读者推介新近优秀作品的一种醒目形式。只不过十多年前，网络新媒体的全面普及，骤然改变了人们日常阅读的习惯，包括年度精选在内的不少纸质文学读物，曾一度遇冷。取而代之的，是聚焦于手机等移动互联网客户端和电子阅读器的碎片化浅阅读，日趋风靡。时风流习，总会盛而衰、极而反。近些年，沉迷碎片化浅阅读所致的局限和偏颇，渐显突出，令人警觉。于是，在享受网络数字化阅读带来的快捷便利的同时，越来越多的读者又开始重建亲近纸质图书的习惯，以此唤起自己更加沉静、更加深入和更具个性的情思感触。

　　在众多品牌的文学年度精选中，辽宁人民出版社的"太阳鸟"系列向以风貌质朴、格调沉稳为鲜明特色。如今，这样的特色不仅恰逢其时，而且还需再充实、再发扬。尤其是散文年选，更得去尽力网罗那些及物深切和表达精到的好作品。"及物深切"，就是选材立意根植于社会现实和个人生活经验的深处，既不浮在表面，也不囿于一己。哪怕写的只是日常生活里的一点一滴、社会见闻中的一枝一叶，也能如鲁迅先生所说过和做过的那样，在细致写出"我存在着，我在生活，我将生活下去"的个体生存的切实感的同时，更努力写出"无穷的远方，无数的人们，都和我有关"的时代感和社会纵深感。而"表达精到"，虽呈现为具体的辞章形式，内里却要靠作者对整个文学传统营养的精当汲取和对时代语境的敏锐感应来支撑。今天的散文创作，一方面接续着中外散文传统的悠久汇流，显得古老、庄重、成熟；另一方面，更承受着社会话语类型不断杂化、书面文体谱系不断细化的时代新潮的冲击，时时处在被动或主动的急剧变化中。如果只愿意盯着前一个方面看，那就会觉得留给今天的散文写作者的，只剩下因循守旧的一条老路，而今天还愿意常常阅读散文的读者，也就只能在散文里重温旧时光景和历史神韵。如果过分夸张后一个方面，那又会产生另一种错觉，以为散文创作出新的方向和评判散文创作得失的尺度，都已变得难以辨识或无法确定。

事实上，在散文领域，盲目地回归传统既无必要也做不到，一味向其他文体或时兴话语妥协取媚更讨不到什么巧。感应着时代的需要，才能切实地走近传统、学习传统，并且真正地激活传统。而散文的传统中，历久弥新的关键一点，不过是总要在作品中把带着真实社会身份的作者本人的神情面目，尽量妥帖地安顿好、显现好，使之应于时且合于事。细察滚滚而来的散文新作，在同等的修辞技艺和语言素养层次上，总是那些能让我们感受到作者在作品中显现了低姿态和高情商的篇章，读来分外舒心、分外好看，总是那些能让我们感受到作者为完成作品而付出了穷极八荒、上下求索的精神历险代价的篇章，更耐得住细读和多读。

世界只有一个，生活却有许多重。与那些一头扎进文学生活的天地里，尽情尽力地展现想象变造之物的文体和话语方式不同，散文的天地在现实和想象之间，它所摄取的是作者在现实生活和文学生活之间穿梭往复的身影和心迹。正因此，对于散文中所呈现的想象的部分，作者尽可以用小说、诗歌以及戏剧影视等虚构文体的技巧和手段去构造，读者也大可以用看待小说、诗歌以及戏剧影视的眼光和标准去欣赏和评判。而在散文的生命线上，也就是显示作者自我的身形踪迹和心声腔调的那些内容里，作者所倚仗和读者所凭借的，同样都只能是各自的现实生活经验和现实生活准则。

从这个意义上讲，写散文是一种冒险，甭管是用什么姿势和多大的力道，作者总得把自己豁出去和亮出来；读散文也是一种冒险，光靠着花前月下优哉游哉的消遣休闲心态不够，还得时不时地调动自己真实的三观，和作品里同样真实的人们来一番硬碰硬的比拼。——愿这本免不了照例必有的遗珠之憾的散文年选，真能给有缘遇到它的读者朋友们，带来一些不那么流于单薄的阅读感受。

2022 年 10 月 16 日于北京

目录

古灵魂

◎ 张锐锋

> 卿云烂兮，糺缦缦兮。
>
> 日月光华，旦复旦兮。
>
> 明明上天，烂然星陈。
>
> 日月光华，弘于一人。
>
> ——卿云歌

文字学家

这是一件苦差事。每天都盯住这些古老的文字看了又看，绞尽脑汁思考它的来历，想着它的演化，它的读音和含义，以及它与我们今天文字的联系。汉字是世界上最古老的文字之一，也是最美丽的文字，它是想象力的结晶，也给我们提供想象力的源泉。通过这些文字，我们可以感受到古人的思维方式，获知他们是如何看待事物的。你会发现这些文字仍然是活着的，它有着自己的呼吸和剧烈的心跳。文字里埋藏着古人生活的种子，你会感受到过去的生活并没有结束，文字中有着使死去的事物复活的力量。

一位文物专家登门造访，让我去看一样东西。他十分神秘说，这是一样罕见的东西，上面有一些古文字，一定是一段失去了的历史的记录。他说得那样肯定，他的脸上荡漾着得意和兴奋，就像水面被一块石头击破，涌起了一片皱纹。我最感兴趣的是这些文字。它们说了些什么？我见到它们的时候，才感到识读这些古文字，绝不是一件容易的事情。它们刻在一组编钟上，是用利刃刻上去的，刻刀的刀锋在文字上留下了清晰的棱角，它代表着刻工的美学观念和古文字本身的力度。

人们讲述了编钟的来历。其中的十四件编钟被文物贩子偷运到境外，在古玩肆上无人问津。从它们的样式推断，可能是西周时期的器物，然而它们的上面却有西周文物上从未见过的刻凿铭文。熟悉文物的古玩家一般的看法是，西周时期的青铜器不可能出现雕刻铭文的技术。一位从事青铜器研究的教授偶然来到了古玩肆，他看见了含于其中的价值和意义。这是一次奇妙的相遇，为了这十四件编钟，教授不惜花费巨资。

在另一个地方，也有两件编钟出土了，它们来自浍河岸边的晋侯墓地。经过比对，发现它们是同一组编钟，这些编钟竟然经过曲折的历程重新汇合在一起。这套编钟曾经在晋侯的身边一直沉睡，在黑暗中沉默了三千年，盗墓者第一次干扰了它们的梦境。十四件和两件，好像是两个奇异的数字，它们分为两组，在地面之下的漆黑中分手，各自开始了不同的旅程。可能是命运的安排，在人间重新相聚。是啊，世界之所以值得我们停留，是因为它总是会有奇迹，会给我们悲伤，也会给我们意外的惊喜。

看着这完整的十六件编钟，人生的许多感慨从这青铜的表面升起，一片迷雾笼罩了我。我看到的文字也沉入到了迷雾中，它们就像燃烧过的灰烬，表面上已经完全冷却了，实际上它的深处还埋着火种，需要用一根拨火棍仔细地拨开表层，让微风将它吹醒，伸出它本该有的火苗。这组编钟应该分为两列，每列八件，它们由大到小，对应着它们各自代表的音阶，好像西周时代的等级秩序。要是没有这样的等级，又怎能奏出音律相谐的美妙音乐？古人对社会的设计，是不是依据音乐的原则？那么，这制作精美的编钟，自然就是宇宙秩序的某种暗喻。

上面用利刃雕刻的铭文，共计335个字，另有重文9个字，合文7个字。重文就是将一个独立的形体用某一个借字符号重复记录一次，省去了重复书写的手续，而合文则是将两个字或者几个字合写在一起，看上去好像是一个字，实际上代表着两个或几个字。我不知古人为什么要这样做，但他们就是这样做了。也许就是为了简便？还是为了布局的美观？或者在他们看来，这样更易于被理解？总之，他们采用了自己认为最好的办法，可能这是一种独特的表达方式，更加有利于讲述。

识读这些文字是艰难的，我需要查阅许多文献资料，还需要了解它们的大致意思，以便能够将上下文连接起来。编钟铭文明确记载它的主人是晋侯苏。他是谁？从古文字中彼此相通的意思推测，晋侯苏就是晋献侯，司马迁的《史记》中则称他的名字为"籍"。经过一段时间的研读，编钟上的铭文所记叙的，是一场不曾在史籍中出现过的战争——晋献侯奉周王的命令，讨伐南国的夙夷之乱，全胜而归。为了表彰晋献侯辅佐周王平乱之功，周宣王两次嘉奖赏赐晋献侯。历史事件的许多细节，以及战争的全过程，都描写得十分生动，让我们仿佛置身于现场，窥见了其讨伐夙夷的交战场景。铭文中几次出现计时语词，显示了西周时代的计时习惯和方法。他们已经看到了大自然的周期。天空中月亮的形状变化，以及星辰位置的改变，都成为不朽的计时器。也许在古人看来，人是宇宙的宠儿，最高的神将一切都安排完备，你只要仔细留心，你想要的都可以找到。

我还注意到，用利器刻出的铭文，每一个字都笔画流畅，在笔画的转折处，要分四五刀或者五六刀接连凿刻，刀痕中透出工匠的专心沉静、技艺的精巧和对字形之美的理解。据说，为了探讨青铜时代的铭刻技艺，人们配置了不同硬度的青铜利器，试图在青铜器上凿刻文字，却一次次失败了。这意味着，在遥远的西周时代，我们的先祖已经制造出钢铁一样坚硬的工具，他们究竟使用了什么材料？他们手中的利器是什么样子？一个谜不会因它的揭示而真相大白，而是引出了另一个更为深奥的谜。

编钟就在我们的面前，它能够发出几千年前的声音，却保持着时间赋予它的沉默感。它不回答任何问题，只是不断地提出问题。它讲述过去发生的一件事情，却把更多的事情留在了青铜里。晋献侯用这样的方式让我们记住他以及他所创造的煊赫业绩，历史却抵抗他的意愿，把他从浩瀚的历史文字中排除掉。当然，他也有对抗被遗忘的办法，他铸造了这套编钟，以利器刻上他所经历的，但这样的传奇近乎离奇，只有偶然的敲击才能让我们听见过去的乐声。这乐声还是过去的，时间能够停留在过去，可它仅仅是青铜的语言，既是抽象的，又是荒诞的。我所破解的，不过是文字的表象，真正的文字原本存在于编钟敲击时的韵律中，而真实的晋献侯也藏身于那永无解答的韵律中，就像他的白骨放在坟墓中一样。

晋穆侯

我父晋献侯在位十一年，就溘然去世了。我曾守在他的身边，问他还想跟我说什么，我看着他的嘴唇颤动了几下，还是什么也没有说出来。他也许是有很多话要说的，但他在临终的时候已经什么也说不出来了。我们的生活真是太奇特了，能够说话的时候，不愿意多说什么，但是想把自己心里的话说出来的时候，已经没有说话的气力了。他究竟想和我说些什么，我已经不可能猜出了。我看着他平静地离去，慢慢地合上了双眼，就像睡着了一样。那么，他想和我说的，也许并不重要。对他来说，所要嘱咐的，已经在平时的言语中了——我只能在回忆中不断想着他的每一句话，浩如烟海的波涛中，哪一朵浪花是最重要的？

该做的已经都做过了，语言又有什么用？作为一个君侯，他不会有生活上的任何忧虑，他所想要的都可以得到。那么在人世间还有什么是最重要的？只有国君所应有的荣誉，以及与这荣誉相般配的功绩。荣誉不仅在生前是重要的，即使在死后也应该在史书中记载，在民间传唱，也应在宗庙中被他的后裔供奉和祭祀。死去的不过是肉身，他的灵魂仍然在万民的心中，在更久远的时间中留存。

我已经继承了父亲的君位，可以做我想做的事情了。我应该像我的父亲一样，建立卓越的功勋，获得天子奖赏。我的父亲已经被铭刻到了编钟上，我的殿堂中每一次乐声响起，都能够听到父亲的声音，他已经把自己的嘱咐置放在钟声里。编钟表面凿刻的文字，不是供我们阅读的，而是让我们用心倾听的。他曾带领晋军远征南国，平息了夙夷的叛乱，他的功劳已经随他的离去被带到了他所去的地方了，而我才刚刚开始自己的国君生涯。别人的归于别人，我的归于自己，我需要自己的编钟铭文，我要听到自己的钟鸣之声，别人的荣誉笼罩着我，这样的笼罩让我失去了自己。

接受天子之命，我就要率兵跟随天子前去讨伐条戎和奔戎了，这两个部族距离我的晋国不远，我将为天子前往征战，效法我的父亲建功立业。出征前，我看望了我的夫人，她已经怀孕了，我的生命已经开始延续，晋国的子嗣是兴旺的，宗庙的香火绵延不绝。我穿着铠甲，背着箭囊，我想自己的眉宇间一定发出迷人的光。夫人看着我，手抚摸着我的脸，说，孩子已经经常踢她的肚子了，将要出生，肯定是一个男孩。因为夫人感到他的力气很大，将来必定能够挽起强弓，把利箭射向隐藏在丛林中的巨兽。

为了这次征战，我必须放弃所有的柔情。我的脸上没有笑容，我还难以预测这次出征的结果。我知道条戎和奔戎都是强悍的，他们就像野马一样桀骜不驯，和巨兕一样凶狠。不过有一点我是相信的，那就是我的夫人腹中的儿子会给我带来好运气。

大　臣

夜晚我站在高台上，仔细观察星象，发现东方的吉星在一个奇怪的方位上，周围的星群是迷乱的，它们好像偏离了自己的本位，而灾星好像忽明忽暗，又被飘过来的云层遮住了。多少年来，很少有这样的情形，我不知道对国君这次征战条戎和奔戎会不会有利。我又回家占卜，烧裂的龟甲隐约出现了一个字，我猜不出这个字的含义。

整整一个夜晚都未能入眠，我的心里想着国家的事情。我的国君怀有盛德，有着比先君更大的雄心，这一点我已经看出来了。我看他眉宇间透出英气，双眼含着火炬一样的光，可他经常紧锁眉头，仿佛有什么烦心事。国君毕竟还年轻，他的心里是焦躁不安的，他的火焰已经快要把自己烧焦了。

在夜深的时候，我披衣来到了屋外。快要到夏天了，夜里的寒气已经消散了，天空中的云显然已经没有了，剩下了一片深邃的夜空。现在的星象似乎是吉祥的，灾星已经黯淡了，原来星辰列阵好像已经发生了变化，一切都正常了。我仍然难以理解，在我观察天象的时候，为什么突然会有一片云？我是应该相信现在的天象，还是应该相信我最初观察的天象？吉凶在几个时辰中就发生了转换，这又预示着什么？

不想这些了，也许是我心绪不定的缘故吧。夜里的飞虫开始活跃了，有时它们会扑到我的脸上，它们像暗夜里的精灵，它们所忙碌的，大约和人间的事务一样。它们有自己的世界，每一种事物都有它们自己的快乐和烦恼，只是我们仅仅知道自己。我们的视线太昏暗了，不能看见更多的东西，夜晚发生着多少事情啊。

枣树上的叶子开始变得稠密了，枣花的香气淡淡的，让人的呼吸十分舒畅，柿子树高大的树冠盖住了头上的天空，仿佛让天空分成了几层。要是在白昼，它们会有一片摇摇晃晃的阴影，使得地上的变化多了，一片黄土上添加了颜料一样，土地因这样的一些影子，就像有着生命，世界上无处不充满着活力。本来这样到处都是景物的、令人赏心悦目的一切，安放上我们的日子，该是多么让人心满意足。

我在很多时候不太理解天下为什么总是战事不断。国君继位之后，应该想想如何让晋国的民众安居乐业，让他们过平安的、舒心的日子，让每一个人都各自忙碌自己的事情：农夫在田地里种好谷子，泥水匠造好房屋，牧人照料好自己的牛羊……就像天上的星辰一样，各自安心于自己的位置，这样天下就遵循天神的秩序。实际上，每当我观察天象的时候，就会感叹天神的完美，它给我们一个完美的星空，实际上就是为了给我们演示，让我们照着它所演示的来做。有一天我们真的和天上的星辰获得对应，这个世界将是多么美好。

不过，一些人不喜欢这样做。如果真的按照天上所演示的，许多人就会无事可做，就会觉得人生多么无聊，也不会感到自己是真实存在的。我已经看出来了，天子是喜欢征讨的，诸侯也喜欢战斗。因为他们的生活中已经不缺少任何东西了，四处征战成为他们能够做的唯一一件事。假如他们不去征战，不去争夺别人的土地，就会失去驾驭他人的理由，就像一架马车的马匹，主人如果不制造笨重的车辆，就无须想尽办法把骏马套在大车上，并且不断地向它们挥舞鞭子。

明天国君就要率军出征了，结果究竟是吉是凶，我就不知道了。事实上，我说什么已经不起作用了，天子已经发出号令，晋侯也十分急迫地要踏上征程了，箭已经离开了弓，你能对越来越远的箭羽说些什么呢？作为一名大臣，主人所不愿意做的事，你不必奉劝他去做，因为他所决定的，你是不可改变的。他所愿做的事，你也不必阻拦，因为他一旦要去做，你也不可能将他拦住。他有着主宰一切的权力，他是怎样的性格，就会做怎样的事。我的本分就是帮助他做好该做的，这已经足够了。至于他一定要去做的事，我可管不了。可是，我还是不得不谋算，天亮之后，我面见晋侯时，该跟他说些什么呢？只说一些祝福的话，让他带在路上？

农　夫

我一人早就起来了，把我的庭院打扫干净。然后拿起立在墙角的石铲，到田里干活儿。谷子已经长出来了，我去看看田地里是不是又长上了野草。种地的事情一点儿都不能粗心，几天不到地里，田畦就有点儿荒芜的样子了。要是成了那样，我就会感到心痛。

昨天下了一场小雨，土地是湿润的，脚下的路十分松软，谷苗是不是又长高了一点？雨后的天气多么好，空气是新鲜的，田地里的禾苗味儿，让我心生欢喜。我的脚步越来越快，就要到我的田地了。太阳还没有出来，远山的淡蓝的轮廓上，散发着灰白的光亮，用不了一会儿，明亮的、耀眼的日头就跳出山顶，它的光芒会把我的影子拖在禾苗中间，它很长很长，我很难相信，这应该是巨人的影子啊，它和我有什么联系？

我精心地做着地里的活儿，我把长歪了的禾苗扶直，再给它的根部培土，我将周围的野草拔掉，又把畦堰弄得光滑整齐。我直起腰来，抬头看见国君的大军正在向东面行进。战车的车轮发出了辘辘的响声，武士们的矛头闪着光，他们的头盔下压着看不清表情的脸孔，步伐是凌乱的，不断有传令的兵士督促着，让他们走得快一点儿。

唉，又要到哪里去征战了。我不知道他们为什么总是要流血争斗，就不能过几天安静的日子吗？天子已经拥有整个天下了，还有什么不满足的？就说晋国的君主吧，他已经有了那么多的土地，还要夺取别人的土地。你的粮食已经多得吃不完了，还要那么多土地做什么？何况，人来到世间只有一次，死了就不会回来了，就不知道珍惜自己？我看着大军从路上走过，就不断地摇头。不过我管不了那么多事儿，我管好自己地里的谷子就足够了。我还是继续弯下身子做自己的活儿吧。

晋穆侯

我的名字叫作费壬，从字形上看，叫作费王或者费生都是可以的。名字只是为了辨别每一个人，为了从茫茫人海中找到那个人，就给他的头上立上了符号。除此之外没有别的意义了。对于我来说，这个名字没有丝毫的价值，只是在很小的时候有很少的人这样称呼我，以后就没有人敢叫我的名字了。现在我已经贵为国君，在一个国家，国君只有一个，而他的臣民却有很多很多，难道还需要给他一个独特的名字让别人来辨认？

算起来我应该是晋国的第九个国君了。我的先祖已经被供奉在宗庙里，我以后也会在里面接受敬奉的香火和牺牲，也会有后来者不断跪拜，并在遇到事情的时候借助于我的无所不能的灵魂。我不知道死后的世界究竟是什么样子，也只有在天神召唤我的时候我才可能知道一切，现在，我需要知道眼前的日子怎样度过。

我不仅属于自己，还属于晋国，也属于我的先祖们，我在他们创造的历史里生活。我还属于天子，我是周王天下的一部分。我的先祖一直接受着天子的恩惠，我也在这样的恩惠中坐在国君的位置上，我和周王室是连在一起的，我是同一个根系上的果子，一棵树的根子不存在，或者朽烂了，我就会掉下来。

现在，残酷的战斗就要开始了。傍晚的远山，涂上了一层血红。它预示着又要流血了，天上的事情总是和地上的事情发生某种神秘的对应，所有的天象都有着它的寓意。战马已经吃饱了草料，静静地卧在了草地上，它们是闲散的、慵懒的，好像明天什么都不会发生。实际上，它们在静养着，积聚着身体内的热血，酝酿着横扫敌人的激情。武士们擦洗着刀枪，将利刃不断打磨，一切将在明天天亮之后见分晓。

我所面对的是一群野人，他们还远没有开化，以前我从没有见过他们，只是从别人的口里听到了只言片语。他们不值得我谈论。总之，他们躲在深山里，和山里的猴子们一样，浑浑噩噩，既不知道时光的流逝，也不知道季节的变换，他们也许只知道世间有白天和黑夜。他们是什么样子？他们的面孔也一定是丑陋的，甚至发怒的时候会令人恐惧。可是，我发怒的时候别人不会感到恐惧吗？我所担忧的，是眼前的山峦，是茂密的树林，是一道道沟坎，我的战车不能在这样不平的地上奔跑，我的战马不习惯在密林里出入，我的箭囊会被树枝挂住，我所射出的箭，会不会被对手一次次躲开？

不过我不在意最终的结果，关键是你能不能决心做一件事。条戎这个国族已经不能顺从天子的号令了，他们试图让我们感到危险，就像身边卧了一头猛兽一样，我们的每一次睡眠，都不能得以酣畅，因为别人的鼾声搅扰了我们的梦。我和周王所率的王师一起形成了围剿之势，这些不自量力的敌人，已经是放在葫芦里的蚱蜢了。

我趁着黄昏最好的时光，坐在草地上，听着我的兵士敲打着自己手中的长剑，唱着我熟悉的乡谣，节奏是这么明快，它悠长、饱满、粗犷，也带着一点儿悲伤。兵士的喉咙里好像含满了沙粒，沙哑的、不断喷发的沙流，是从一个高高的山头上倾泻下来的。我似乎在一瞬间被埋住了，有点儿透不过气来。我知道，他们在为明天的激战而歌唱，当夜晚降临，皓月从天庭铺开它的光芒，明天就已经不远了……人们一旦醒来，真正的日子就来了。

一个人应该是有用的，必须让人生发出光亮，也必须按自己的想法行事，也要将所做的事情完成。一个农夫不能仅仅播撒了种子，还要照看田地以及其中的禾稼，直到收割并将所收的食粮放在屋子里。我最不能忍受的，是平凡地活着，既不曾改变别人，也不曾改变自己。平凡就是让自己失去意义。你既然不能改变你想要改变的，你又怎样知道自己仍然在生活？既然别人不能感受到你的存在，你又怎能感受到自己的存在？你对世界改变了多少，你的意义就有多少。所以，一个国君在自己的国中，已经拥有一个国所赋予的全部力量了，你不是一个人的力量，而是一个国的力量，那么，先让我的敌人领受我的力量吧。

落日已经西沉了，世界很快就会暗淡，我陷入了冥想之中，并随着这冥想穿过了时间。出征之前，我的夫人曾对我说：孩子不久就会出生，也许就在你出征途中，也许会等到你得胜归来。是啊，我就要成为一名父亲了，我的后面将出现另一个人，就像我一样，就像我的影子一样。我的生命是不会中断的，我将借用另一个肉体活下去，将我的灵放在我的孩子那里，就像我的父王将他的灵寄放在我的身体里。

这是快乐的，也是烦恼的，因为我还不知道他是什么样子，他的身体能不能放置我足够强大的灵。我还要给他一个不同寻常的名字，让他知道自己的身上有着父亲的印记。可是，我给他起一个什么名字呢？就拿我来说，我的名字本身是什么意思？简直是莫名其妙。没有人给我解释过它的本义，连我的父王也没有说过什么。我想，我的名字一定含有父王的某种隐秘的心思，不然他为什么不告诉我呢？或者，这是某个值得纪念的事情的晦涩的比喻？重要的是，我也将遇到同样的问题——我的孩子就要出生了。临行前的晚上，夫人就问我：孩子出生后，你给他起个什么名字？我想了很久，什么也没想出来。

远处的山脊线消失了，我的视野变得更加开阔，也更加渺茫了。月亮从薄薄的云层后面显出了它的真实性，一圈圆圆的亮光，既不刺眼也不暗淡，在这黑暗中，预示着人世间朦胧的希望，空洞而又真实，它的边界是不均匀的、变化的，它表面上的污斑在移动，这些污斑不是从来就有的，显然是云的杰作，代表着不断飞去的时间。因为这一点点高高在上的亮光，我的心变得能够看得见了，我要用激战中溅起来的血，将心中的影子洗得更干净一些，更清澈一些，直到我完全看得见。

大　臣

晋国的军队回来了，国君也回来了，从他们疲惫不堪的样子来看，好像并没有获胜，或者这次出征受到了挫败。其实，战败的消息早已经传遍了晋都，开始是臣民们窃窃私语，一些人面露悲切之情，一些人则显得与己无关，十分平静，但对这一败绩带着局外人的好奇，甚至一些人一谈到这件事就感到某种莫名其妙的惊喜。每一个人的反应都是不同的，世界上有一百种鸟儿，就会有一百种叫声。

我一开始就已感到担忧，但一个大臣的权力是微弱的，你所说的话实际上并没有什么重量，就像羽毛一样随风飘去了。如果你所说的，恰好是国君所想，你所说的话才获得力量，这意味着你的话不过是替国君说的，而不是自己说的。你的话仅仅是借助了国君的权杖才有了力量，你只是张开了口发出了别人的声音。君主的威严是为了使这威严更多一些，更多一些，应该说，威严是没有边界的，它已经是无限。它是一种绝对的肃穆，需要别人无限地遵从，不能附有任何条件。可是这只有无所不能的神才能做到啊。

我的国君是一个急于求成的人，他不愿意多等待，也不愿意把个人的意愿放在漫长的时间里，他厌恶等待。一个农夫不愿意积聚粮食，就缺少对歉收的预见。但是，事实是多么无情啊，你没想到的，它偏偏就会到来，你所想的又不会与你相遇。天子从来都是喜欢征伐的，国君也同样喜欢，如果地上不流满了血，也没有无辜的尸骨，最高的权力者就不会满意。因为他们坐在了最高的地方，世俗的所有欲望都获得了满足，还有什么事情可以让人心满意足呢？没有什么事情比战场上的厮杀更让人感到刺激，也没有什么事情比在生与死之间很快做出抉择更激动人心。拥有多少疆土和附着在土地上的臣民，就意味着天子和国君面前的鼎有多重，他在宗庙里的牌位有多么耀眼，他的灵魂会吸饱了血，变得异常沉重。

我作为晋国的大臣，和晋国的君主一样，同样愿意这个国家变得强盛，可我更喜欢安宁的日子——天亮就起来呼吸雨后的空气，然后接受太阳的洗浴，从晋国都城的街道上来到宏伟的国君宫殿，倾听来自各个地方的好消息。天下是太平的，每一处的平民都过着自己的光景，即使是牧场上的牛羊也各自吃着自己前面的草，悠闲自在地度过每一天。可是我所想的，都是一个又一个梦，这些梦一样的时光只是一个个暴雨中水洼里的水花，当你仔细看它的时候已经消失不见。我多么向往一个平静的世界，每一天既不快也不慢，好像树叶的生长一样，发生的一切都察觉不到，然而一切又不断发生。平静的日子多么好啊，为什么人们不能安于平静呢？

显然，国君的心胸是狭窄的，虽然他拥有一个国家，仅仅是华丽的宫殿赋予他威严的面容，他所依仗的不是自己的智慧，而是先祖遗留的庇荫。他的血脉是一代又一代英明君主的承续，可他为什么不能像那些已经死去的智者一样？他的性格是如此暴躁，就像孩子一样任性和专横。在他的眼中，世界不应是别人的，因为连别人的也应是他所有的，他想要的就该属于他。可以猜测，所有的君主都是任性的，不是由于他的本性，而是由于加之于他身上的权力。权力是傲慢的，它自有任性的理由。这样，人的本性就会被压得弯曲，任性和专横就沉到了一个人的本性里。

所以，我对国君的所做，只有保持尴尬的沉默。面对国君的威严必须弯下身子，用顺从的姿态接受一切。我知道，只有小鸟在起飞的时候是轻盈的，体型巨大的飞禽则必须费力地奔跑，迟缓地飞向天空。遍地的麻雀只能飞到屋檐的高度，而大雁却能在接近云层的地方持续地飞到千里之外。这样，我就似乎理解了我的君主所做的一切。他的每一次行动都是轻率的，看起来足够敏捷，实际上乃是他缺少一个君主所应具备的体型和力量。

归来的兵士们的脸上没有一点儿笑容，他们的面孔上涂满了悲伤和沮丧，眼角上甚至残留着没有擦洗掉的泪痕。我想，我的国君一定是愤怒的，他难以经受这样的耻辱，而耻辱的柴火在他的心里加倍地集聚，就要将他烧毁了。好在他的孩子出生了，我不知道一个婴儿的啼哭能否压住他的火焰。

晋穆侯

没想到条戎的兵士是这样凶猛，他们就像丛林里突然狂奔的野兽，将我的兵阵一下子冲垮了。我的车兵已经不能发挥作用，我的骏马在惊恐中失去了往日的节奏，我的徒兵和迎面奔来的敌人绞杀在一起，我站在高处不断敲打着战鼓，我的眼中已经一片迷蒙，仿佛置身于烟雨之中。

我只是不断地听到喊杀声，夹杂着一声声凄厉的惨叫。多么可怕的场景，令人心惊胆战。晴朗的天空是那么蓝，几乎一丝云影都没有，然而我的身上却感到了从未有过的寒冷。一片山间的狭隘的平地，铺满了鲜血，刀戟在半空中划出了一道道弧光，人头就像落下的果子不断跌到了地上。已经过去了一个时辰，或者更久了，我的勇士们终于从混乱的云团中冲了出来，他们不顾一切地开始逃命，四散而去。

　　我的兵士已经不多了，他们好像是从捕兽夹中逃出来的，有的失去了手脚，有的浑身流血，面部一片血红，瞳孔里闪烁着熄灭了的灰烬。更多的人已经永远留在了群山之间的草木中……结束了，都结束了，一场令人感到惊恐的、耻辱的噩梦。我知道这不是幻觉，而是真实发生的。也不是梦，因为梦境可以随着醒来消散。因而，它重重地压在了我的胸上，比石头更沉重，它使我在梦魇中沉陷，沉陷，沉陷……下面是看不见底的黑暗。我因着黑暗而绝望，我不知道如何能够解脱。

　　我是一个国君，是一个国家的主宰，享有非凡的尊严。在我的国中，没有什么人敢冒犯我，也没有什么人用愤怒的眼睛看我。但是，我率领着我的兵士与条戎人作战，我分明看到了冒犯，他们用刀戟折断了我的刀戟，又用怒火焚毁了我的自尊。我从未受过这样的侮辱，也从未遭到这样的侵犯。我却带着自己的残兵败将回到了自己的家园，沿途我不想说一句话，也不敢抬头仔细端详我的兵士们的面容。我从来没有这样失去傲气，差不多是低着头走到了我的宫殿。

　　我的夫人刚刚生下了孩子。我的孩子，那么小，比我的手掌大一点儿，没有睁开眼睛，也许他不想看我——一个遭受耻辱的父亲。也许他在深沉的睡梦中——他已经会做梦了吗？他什么都没有经历过，还不知道他所要面对的世界的样子，那么，他的梦里会有什么出现？一个空空的、什么也没有的梦也比噩梦要好。好吧，孩子，愿你在一片空白中生活，最好的生活就是什么都不存在。我没有直面我的夫人，第一次在一个女人面前失去了勇气，我只是感到，极其冰凉的东西落在了我的手背上，我知道，我的夫人落泪了。此时此刻，也许她同样难受，她的悲伤已经凝聚成了比冬天还要冷的泪滴。

我突然想到，我答应她回来之后会给孩子起一个名字，这件事情我一直没有忘记。现在都已经成熟了，这个名字已经从心头涌到了嘴边：就叫仇吧！这是一个带着血的名字，没有哪一个字比这个"仇"更适合我的儿子了。这是一个刚刚出生的孩子与一件事情的相遇，是他的父亲带着仇恨来和他相见的最好的礼物。我的孩子会一点点长大，我的仇恨也会一点点长大，一个名字会伴随一个人成长。我所遭遇的一切挫败、耻辱以及奸诈的算计、我的兵士的死亡，和我内心的不断扩大的阴影，都在一个名字里了。每当我看到自己的孩子，看到他的哭和笑，看到他在台阶上玩耍，或者看到他在夫人的怀抱中，我都会想到条戎人给我的头上放置的乌云，我会呼唤孩子的名字，并将这一个字一次次渗透到我的血液中。

天已经渐渐冷下来了，夏天就要过去了。虫子们发出的声音里充满了哀伤，它们的叫声虽然仍然十分稠密，表面听起来还是停在了繁荣的过去，但是，我已经发现，树上叶子的齿边已经开始发黄了，曾经的那种近似于黑的绿，色彩明显变浅了，时间不会一直在昔日的恩典里，也不会一直在今天的繁盛之中。它在万物的身体中悄悄穿行，就像我曾经满怀喜悦之情行进在征伐条戎的路途上。那时，我是多么激动，我每每想到横扫敌军的情景，就会偷偷地发笑，甚至在一觉醒来的时候，都会披衣坐起，在户外的野地里不断地踱步，感到一切已经踩到自己的脚底了。

过不了多长时间，秋风将扫去眼前的树叶，它们将把曾经繁盛的事物刮到地上。我会看到漫天的叶子像惊恐的飞虫一样盲目飞舞，但是一切对地面的抗拒都是无用的，没有什么能够最后抵御土地的诱惑。它们不会找到，也不可能找到原来悬挂自己的树枝，它们会有另一个安身之处，一直到腐烂于泥土。是的，可是在那些曾经的生者心中，不是一直有着惊惧的最后一刻的印象么？可能它们不知道为什么会这样，但会将这惊惧放到自己的归宿中。我却不可能是一片被扫落了的叶子，我还有更多的时间，我会将我的记忆带入另一场激战，我要用一百倍的暴力，将我的敌人扫入泥土……孩子，我已经给了你一个印记，你快快长大吧。你一定能够见到你的父亲在明年、后年，或者更长一点儿的时间里，把你的名字放在长矛的锋芒上，并染上条戎人的血。

（原载《广州文艺》2022年第2期）

张锐锋，新散文运动发起人及代表作家。出版作品：《幽火》《被炉火照彻》《皱纹》《蝴蝶的翅膀》《世界的形象》《祖先的深度》《卡夫卡谜题》等30余部。

吹笛人之诗

◎ 庞　培

一

　　那一年我旅行走到江西婺源，正是清明刚过：采茶的节气。白天所见的山麓，漫山遍野都是采茶叶的女人。几个村子废弃的大祠堂，都有焙炒茶叶的炉灶和机器在那里转动。我在经过一个山村副食店时听一个坐在店柜台内老眼昏花的老人在那里自言自语："……每年到了这个节气，天都要下个几场雨的。"我问他："对茶叶会不会有损害？"他望了望雨中迷漾的远山，摇摇头。傍晚时我淋着间歇的热烘烘的小雨，仍旧回到那个山里的古镇，忽然听到一阵笛子声音。那时山里山外的油菜花都谢了，前一两星期开的红杜鹃，仍旧光彩照人，只是经雨淋了，湿塌塌的也少有一些娇艳的颜色。紧跟着，村前村后的树下、房舍四周，白色的野蔷薇也开了，开得如此惆怅、灰暗，因为连日来的春雨在它洁白娇嫩的花瓣上冲掉了香气。但江西婺源一带延绵的山区，村里村外多种植一些古槐古樟树。不知为什么，雨后的这些参天古木，香味更加浓郁，使得水稻田里那些湿鼓鼓的蛙鸣和细密的雨脚，闻起来都有一阵甜甜的香气。我在这些古樟的香气和细雨中听到那阵阵奇异的笛声，循着声音走近过去，却发现吹笛人原来是在一街头灰暗的店铺里吹。那店铺的门上有块白牌子，上面用油漆书写着"某某村庄稼医院"几个大字。我还第一次遇见这种医院，因此毫不踌躇地就走进去看。照例是一排老式大户人家的宅邸改建的厅堂，正中央放一排漆水颜色很深、发黑的、灰尘污垢处处的旧柜子，柜面一半是木板，一半玻璃做的。后者的底下垫板上陈列着三四只瓷盘盛的糠秕稻谷麦粒，大概是患了病的粮食种子，放在那里展示，随时可以取一小撮来供"看病的"农民参考，或者是我错误的猜测。总之，大到三十平方米的店铺，一面柜台和三四盘糠秕，便是他——此地的店主仅有的财富和不动产了。店主正是那吹笛人。我走进去时，他仍若无其事，一管笛横在嘴唇上，吹得正起劲——他吹的曲子是20世纪五六十年代旧电影的插曲，先是《芦笙恋歌》，继而再吹《海岛女民兵》，曲目谈不上特别高雅经典，但也不能说是平常，跟一般乡村里流行的吹奏比，要稍许古旧些，带有——我以为——更多的个人记忆，可能跟吹笛人自己的年龄经历、童年的生活有关。两支曲子，一前一后，都酷肖中国乡村传统古老的民歌，都高亢激昂，歌里都有爱情、理想、对岁月的追怀、大自然……在那个仲春的黄昏里，从一管偏僻乡里的无名的笛孔里，以一种自然的激情流泻出来，在屋宇房梁，乃至整个村落的上空飘荡……我立即被这突如其来的笛声迷住了。我平时凑巧喜欢那两首中国曲子，也无事常在嘴里哼唱——我在雨天灰暗的光线中瞥了一眼那吹笛的男人，立即记住了他的模样——我走出这家"庄稼医院"——走到山村旅馆里去，又半途折回来——在街口淋着雨——雨不大——侧耳聆听——边听边在心里跟着哼——他吹了有十来分钟——几分钟后，我干脆给自己找了个理由，重新走回镇子上的旧街，到前面副食店去买包烟（烟其实在旅馆的桌上），以便再经过吹笛人所在的店铺。我在街角一空地上，在雨中点燃香烟，蹲在那里屏息静听……

我回忆这些时忘了交代，那吹笛人的"医院"门前当时还一左一右坐着两个乡下女人，坐在长凳上，一个是少妇模样；一个看上去像个小姑娘，却已在胸前抱了个婴孩，成了乡间常见的那种邋里邋遢的小母亲。这位小母亲长相却很美，地道的山里人的苗条结实，一副亮晃晃的眼睛天真、多情，全无顾忌地望着你。我在店里前后逗留一分钟，又从门前经过，她都十分仔细地注意着我，一边轻声唱出笛子吹出来的曲调的歌词。她的声音淳美、温暖、无忧无虑，迹近于快活天真，词和曲子之间的配合漫不经心，却又天衣无缝——我在回忆这段美丽的乡间笛声时隐约能记得她的歌唱和嗓音（他们经常在一起唱和）——我记住她的眼睛在傍晚暮色中的那种亮：淳亮。

吹笛人却躲在他灰暗的店铺和柜台后面，身形修长，面目清癯、苍白，略带一点乡下人少有的优雅矜持——后者是横在他唇角的那管笛所天生带给他的——看上去有一点傲慢和欢欣，兴冲冲的，却又显得怅然若失，仿佛出家遁入空门的和尚，却又忽然有了一些俗念，因此而——并非烦恼，但却——忧心忡忡，或者说（他的笛声里）有某些忧心如焚的意味，却又无知无觉，毫无来由。那管笛的音色很亮，昏暗中我来不及细看，是竹笛还是石笛——竹笛，又是什么样子的竹笛？——石笛，古代婺源地区，或古徽州一带素有制作世所罕见的石笛的传统工艺——莫非我亲耳所闻，正是古书上常提到的玉笛——那种玉石制成的笛子——发出的声音？

二

在笛声悠扬之际，四野的寂静却仿佛漏开一眼天窗，豁然开朗。雨水冲刷过的灰黑泛白的村舍——那些旧祠堂的风火墙，层层叠叠的天井门罩雀替木雕，都纷纷有了些生气。一缕唐朝（天宝年间）的光漏射进来，照进大梁上题词的额匾（"忍涵喜骨"）；照进那中间褪尽了的墨迹；照进中堂的字画，村前大树下潺潺的小河，门楣上书有"山清水秀"的汉字中……也照到门前两块青石制的抱鼓石上。那激越笛音的阳光，照到无名的乡里如下一副对联上：

看花寻径远，
听鸟入林深。

清风明月本无价，
近水远山皆有情。

或者：

漫研竹露裁唐句，

细嚼梅花读汉书。

三

在笛声悠扬之际，我所途经的古镇的街道更黑、更破，夜色也更加灰暗。人类的辛劳消失、沉积在其中。祖先的威仪和面孔，也更加无名、颓败、黯然失色……

一管笛落入傍晚的水中
溪流激溅的
青山，飘满炊烟，
犹如飞鸟掠过田畴；
鸟腹徒然遗落下一副空空的犁铧。

四

那吹笛人脸是黑的，脸的另一半却是白的，仿佛徽派建筑的木雕里的人物，身子微微向前躬着，而且还有点生着病，像是木工手上的雕刻刀缺了一个角。黧黑的脸沐浴着四月的清露、田间的蛙鸣、田野之上秧鸡的声音、布谷鸟的啁啾、杜鹃花的娇艳。他的神秘的笛音在古代歌唱现代的爱情，声音自群山翠谷的喉咙间流贯而出。那群山的喉咙幽暗、深古，是任何收获节气的艳阳天不可测度的，必须采用佛法的宽宏无度才可在乡间居家的悬崖峭壁上冒险采撷，而且跟其他植物里的蕨类混同生长，最后由一个人的嘴唇去长长而轻悄地吹出……吹出那山里的春天、女子的恋爱、古代的吻、岩洞内的石笋——吹出石头喉咙里的温热的古泉，雨中潺潺的溪流，古书上所记载的竹海，婺源的砚石，春心荡漾的徽墨……一直吹到古代山中的驿道上辛勤劳苦的徽商背影（慢慢消失在山里，而且因为更便于记忆）以及木格花窗上的霜花。纤夫们在激流中用赤足抵住的船帮溅起的河床底里的砂砾……那神秘的笛音当空竖立，也是人类音乐史（声音的史实）上坐北朝南的一堵石头围墙：马头墙。其吹奏的微妙气息，出自同一个造物主的腹腔，是群山中不可见的肺叶。吹笛人之诗是古代徽州的辽阔疆域中一个不可磨灭的地名（用当地方言来发音）：

歙县。

那吹笛子的人是婺源人——是我的记忆。

五

在人生的途中，我们每个人都会遇见这么一管笛。在这样一个节气——采茶叶季节或飞雪的冬天——这样的一个黄昏：天上的颜色渐渐暗下来，暮色四合，蛙声阵阵……在农田里激起夜的声浪——你的眼前又是一个无名——无名而偏僻——的村落。你的身旁久已没有亲人。而由于旅途困顿，你身上一部分对于欢乐的感知已十分迟钝，已经像一个失忆人的手，盲目、徒劳，那么紧张地向前摸索。是的，对于这样的乡间天籁，这样一种明亮到晃眼的笛音，或许，我们的一生都是一小次荒山野岭中日夜兼程的旅行（我不说流浪——）。我们的一生都是内在灵魂跌跌撞撞、孤寂地前行。我们要被某种光束所照射、尾随。我们会在尘世的记忆和时日的污垢中袒露我们可怜的脊背——这正是伟大的俄国诗人马雅可夫斯基所言：《脊柱横笛》。是的，在我们命运的背上横着这管黝黑的笛——黑暗中我们用手摸不着它（尽管很想）。由于长时间的熟稔，我们中间的很多人忘却了它的存在——笛孔的冰凉、笛膜的脆薄、笛身的滑溜——直到有一天（像我遇见的采茶叶的节气），有人在你耳边吹响、吹醒它，悄悄——几乎悄无声息——吹出一个熟悉的曲调，使你一惊，使你沉睡多年的灵魂为之悚然……人所有的反应，也只是动物的反应，只是自然界其他一切生物的反应——战栗。黑暗中的战栗——任何世俗的光亮也照射不进来的、无助的、无以名状也不可慰藉的战栗——一管笛的笛孔和笛膜所引起的微小症状：歌唱、欢乐、遗憾、回忆、顾惜……以及——一管笛中的往昔（是时间在吹响，而非口中的气流）。

<h2 style="text-align:center">六</h2>

是肉体的冰凉气流和听觉结合，犹如溪流和霜冻、和积雪、和岩石、和暑热的山中向晚的斑驳日色；也是手与手在暗中相牵、勾连，用手指头上的肉和纹路相互温暖、问候。我所看见的吹笛人站在他的"庄稼医院"里——黑乎乎的柜台后面，也站在雨中，雨中废弃了的祠堂跟前，他的门前坐着两个乡下女人，一个不久前还是姑娘，另一个刚做了母亲（哦！田垄之上有多少被

风吹拂的忘却了的出嫁日!），可是她们仍旧是欢喜唱歌、欢喜声音温柔地梦着爱的，虽然漫不经心——一切美，一切美德都是漫不经心的美德——抑或，在我途经那个古镇的前几分钟，吹笛人刚刚经受过她们烂漫的笑语中的调情和央告，用着慎思的手，从柜台抽屉里取了一只木匣，那木匣上刻有精美的吉祥图案。他打开木匣（这些我都看不见），试了试自己的嘴唇，要用唇际足够的体温濡湿孔上的笛膜，而后试奏，而后吹起来——空中有一股看不见的气流，是所有气流中年龄最小、相貌最美的姊妹，现在被沉寂多年（至少在我的体内）的孔眼所窥见——于是，我从镇上、从我自己的黑暗人生的另一头，向这些声音，这些美丽亲切的笛音走来……翻山越岭日夜兼程——

我的灵魂也在这朴素的乡村，开始歌唱人类——或者不只是人类的——爱情：

阿哥阿妹情意长哟
好像那流水日夜响……

七

那一年我在婺源的山里听到一曲笛子，却从此悟却了乡村的寂静，和它所有辽阔深远的疆域。我的耳朵在建筑物的阴影中张开，微微翕动，听出了徽派民居里作为声音的建筑蓝图的那一部分古奥的内容。我听到了人在庭院里清静的走动，房屋中的主人、子孙、亲戚、家眷、佣仆、各式身份的来客和官员们出入不同的门廊和过道，按严格的等级制度所分派的人的脚步声、说话声、咳嗽声……而作为过去年代残剩的建筑物废墟的，首先是不可修复的声音的废墟。某种程度上，一个"文化大革命"中被捣毁的大祠堂、大贞节牌坊，当年所轰然倒地的，远远不只是它的精美的石料、石雕、石刻，而是中国人声音中古老的空间——古代训谕，乃至牌坊或祠堂主人幼年时琅琅的读书嗓音——一种无可挽回的作为空间和声音的古老梦想，也随之而颓然坠地。这样的一种声音的废墟里，布满了断裂的伦理的柱基、柱础，美的石料，饮酒赋诗的木头房梁，弃官从民的马头墙，道德的天井结构和戏曲的雀替——这样的一种声音史实，是作为木雕上的人物头和脸被用粗暴的铁铲削除了的古代中国读书人——也是老实巴交的种田人——的理想。在一些现存下来的旧的深宅大院里凝聚着祖先们瞭望星空时的屏息静气，他们幼稚而古朴，但却不断更新的天地观——自然，一些过道和回廊是他们的呼吸，墙上的青砖是他们的心跳，所选建筑用的石料（自遥远的深山里运来）是他们对家园深思熟虑的梦想，而房梁之间特有的阴凉空气，是他们的血液……人们可以修复一幢精美宅邸的房檐、门洞和窗罩，但却修复不了一种声音，一种声音的次序，一种寂静。这声音里包含了多少历史上的中国人对水流、山峦、空气和月夜的认识。对生命的沉思，对阳光和阴影，白昼和黑夜的清醒体验——这一通过人类的建筑来表达的生命体验是全面的、彻底的，也是原始的、自然的——如今，这自然已不复存在，或者至少微乎其微……

声音是难以修复的，正如沉寂——正如吹笛人的戛然而止。

他的残损面容，他的门前坐着两个木讷而天真的女人。他的遥远而黑暗的室内一角，站着一个偶尔途经的我。

（原载《翠苑》2022年第1期）

庞培，诗人，新散文代表作家。出版《四分之三雨水》《低语》《数行诗》《五种回忆》《乡村肖像》《童年册页》《途中》《中国书写》等诗集或散文集。

自吕梁而下

◎ 李敬泽

此山自黄土高原站起，左手按下去一个晋中盆地，跨晋中、向太行；右手隔黄河指陕西，黄河浩荡犁开黄土，奔赴壶口而去。

这是吕梁山，一山断秦晋，分出西北华北。

关于吕梁山，我知道什么？

我知道吕梁，儿时看过连环画《吕梁英雄传》，后来读过马烽、西戎的《吕梁英雄传》。

吕梁是山西一个地级市。

由《吕梁英雄传》，我知道，抗日战争中，这里是日军所抵的最西之地，在这里，吕梁英雄拦住了他们，再不能向西。

马烽是文学史上"山药蛋派"的代表性作家，上世纪80年代末他自山西来京，任中国作协党组书记，我曾在不同场合远远见过他。

吕梁有好酒，汾酒。

有好酒处必有一条好水，汾水。

汾水之南有汾阳，现在是吕梁辖下一个县级市。

汾阳有郭子仪。郭子仪平安史之乱，功比天高赏无可赏，最后封了汾阳郡王。"好一条老汉他本是关中人，救唐王平天下他封在汾阳。"

汾阳姓郭的人必定不少，比如郭德纲，祖籍汾阳，不知从哪一代离了汾阳去天津，生了个小儿子就叫郭汾阳。

汾阳有贾樟柯。贾樟柯的电影里，汾阳是宇宙的中心，飞机、火车、长途客车、大卡车、小汽车、自行车，来来往往载着人在世上奔忙，自汾阳出走、向汾阳归来。

最后，我到了汾阳才知道，汾阳有个贾家庄。贾家庄本不是贾樟柯的庄，但贾樟柯现在以此为家，办一个活动叫"吕梁文学季"。此来正是为此。

这一晚，贾家庄里上演山西梆子《打金枝》。

广场上，黑地里站满了人，男男女女，指指点点，忽然风翻荷叶，笑成一片，有孩子骑在大人脖子上仰天看月。此情景仿佛贾樟柯的《站台》。《站台》里的野台子是在遥远的、无限遥远的上世纪之末，台上台下鼓荡着野地般荒凉的欲望和苦闷，眼下这台戏却已到2019年，鲜花烈火、富丽堂皇。

锣鼓起，大幕开，汾阳郡王把寿筵摆。

郭子仪今日庆寿诞，金玉满堂好儿孙一双一双上前拜，偏剩下小儿子形单影只名叫郭暖，却原来，郭暖的妻唐王的女升平公主她摆起了架子不肯来。

小郭暖，气冲冲，回宫找到公主说明白。说明白就说明白，天下事有黑就有白，公主道：君是君来臣是臣，哪里有为君的倒把臣来拜！

郭暖闻听气冲斗，没有我老郭家卖命，哪有你老李家的江山来！

——这个破韵押不下去了，总之，郭暖急了怒了，一抬手，打了公主一巴掌。

打老婆啊，这是家暴！今天下午几位女作家女学者刚刚在村里另一个台子上讨论了女性地位和女性权利，晚上这个台子上就一耳光打出了父权夫权和男权的威风，郭暧这厮他是不是觉得他是个男人就比皇帝还大，就比天还大，他这是要用一巴掌来宣布世界是他们的，归根结底还是他们的，他这是丧心病狂啊，他就是比封建皇帝还大的反动派！

但台子上下，戏照唱，戏照看，男男女女并不肯就此翻脸。我们之所以在寒风中看戏，不是因为我们没看过，《打金枝》谁没看过呢？中国的戏看的就是熟人熟戏熟悉，人生如戏、戏如人生，我们就是要在戏里把我们熟悉的人生温习一遍，神州不会陆沉、天下不会大乱、打金枝不会闹成打离婚，因为熟悉，所以安然。

一出《打金枝》，根本要义就是三个字，北方话叫"和稀泥"，八级泥瓦匠，南方话叫"捣浆糊"，上海老阿姨。南北同心，天下同理，说的就是一个过日子难得糊涂。戏台上，郭暧和公主青春明亮照人，年轻，所以遇事要分明，公主论君臣，郭暧讲父子，忠和孝针尖麦芒；公主论名分，郭暧摆功劳，名与实如火如水，这日子过不下去了、这世界眼看就要翻车。谢天谢地，还有唐王有郭子仪，年纪一大把胡子一大把，早知道这个理讲不清，这个架打不得，我大唐靠的是老郭家拼命冲杀，老郭家反大唐又得拼命冲杀，这个架打起来，就要从家里的坛坛罐罐打到山河破碎一地，一场安史之乱，总人口减少三分之二，难不成再减三分之二？于是，唐王骂闺女、郭子仪捆儿子，哄得小两口重归于好，从此以后和和美美过日子，红红火火、地久天长。

此时月朗星稀，台上台下的人，最终都是笑了。这戏唱了几百年，从封建主义的明清唱到半封建半殖民地的民国，唱到了新中国。山西梆子唱、京剧唱，几乎所有地方戏都唱，唱遍天下州府，所唱的就是时间中的智慧、老生老旦长须白发的持重稳当。

——倒也不仅是中国，自有人类大抵如此。山洞里走出一个人，一抬头，前边还有一个人，两个人往前走，前边又有一个人，三人围兔总好过一人逐兔，于是合作打兔子。但三人行必要吵架，打到兔子烤熟了必有四条兔腿三张嘴的分配难题。那就谈，比一比谁的功劳大，谈好了，继续一块儿打兔子，蛋白质供应充足。谈崩了，分道扬镳，各追各的兔子，忙几天各自追不到眼看要饿死，人类文明危乎殆哉。《荷马史诗·伊利亚特》里，阿基琉斯就狂怒了，宣布兔子不打了，自己要回山洞了，因为他作为强者未能公平地得到强者的报偿。这个小郭暖，也是个阿基琉斯啊，打老婆当然是绝对错误的，但是，他真正怒气冲冲提出的问题是，郭家为王朝立下了如此巨大的功劳，我们是否得到了公平？年轻人的血气和冲动把这出戏、把世界推到了悬崖边上：你要的是什么公平呢？莫非你要当村长、当皇帝不成？唐王和郭子仪必须把这个悬崖上的问题糊涂到平地上去。所有胡子长的人包括孔子、柏拉图、亚里士多德，他们都站在唐王和郭子仪一边，他们接受世界的不完善，他们深思熟虑、老奸巨猾，他们通过《打金枝》宣传推广老年的、安静的德性。

戏散了，贾家庄的路上清辉如霜，路两边是高树，早春疏朗的枝杈印在幽蓝的天上。回到住处，是几幢仿建的老式洋房：徽音水坊、焕章别墅、正清金屋等。徽音是林徽因，焕章是冯玉祥，正清是费正清，他们都曾来过汾阳，他们来过贾家庄吗？应该来过的吧。现在，吕梁山下，中国的肘腋之地，他们毗邻而居，可以开会了。

我本一俗人，当然希望住到林徽因家，白日里被人领着一路走来，一抬头，却是站在冯先生门前。我真的不想住在他家，我是文人书生，与冯相处不安，地久天长、一夜安眠还是住在林家。1934年，梁思成、林徽因与费正清夫妇相偕来到汾阳考察古建筑，彼时伪满洲国已经成立，希特勒已经上台，五洲震荡，天下欲沸，他们却注视着那些老的、旧的事物，那些在岁月中经受磨损，经历风雨、地震、兵火而依然幸存依然屹立的事物，那些不变的、具有长须白发的恒久品性的事物。而冯先生，很难想象他对此有什么兴趣，1930年，风云突变，军阀重开战，蒋介石一方，阎锡山、冯玉祥和桂系一方大战中原，阎冯战败，冯借阎一角地暂且容身。这个人注定不能在吕梁山下安居，他身上有洪荒之力，他的天命就是破坏一个旧世界。1924年北京政变，冯先生大闹一场，到最后出其不意、声东击西，一把撕毁1911年的《清室优待条例》，驱赶溥仪出宫。戏不是这么唱的呀，台下众人大惊，对！老子要的就是你们这大吃一惊，《打金枝》的戏散了吧，不再有悬而未决、不再有犹豫留恋、不再有揖让和糊涂，从此后白刃相见、水落石出。这个民族正处于生死存亡的危机，在危机中把一切视为例外，更何况不过是一纸《优待条例》。

这座房子小了，这张床也小。冯先生会撑破这间卧室。我不知道他的确切身高，我看过照片，他比合影者高出一大截，他是巨人猛虎，这个人必对他周围所有的人形成威迫，他在乱世中啸聚起庞杂的大军，他会在暴怒或故作暴怒中狠抽部将的耳光，耳光啪啪响亮，将军立正站好，然后他会命令将军在他的卧室外彻夜站岗。现在，我的房门外可能就站着这样一个倒霉的将军，《打金枝》的世界不复存在，他心中一千架渔阳鼙鼓一起敲响，安史之乱正动地而来。

忽然想起，多年前读陈公博回忆录，上世纪30年代，中国被日本迫上悬崖，汪精卫、陈公博等结成"低调俱乐部"，他们认为他们有"理性"、世界大势了然于胸，他们断定中国无法与日本对抗，中国太弱了，必须寻求妥协。但是，冯玉祥这个"莽夫"，他坚决认为必须打、只有打，陈公博在回忆录中带着蔑视，带着秀才遇见兵的无奈写道，每次谈到中国所面临的种种不可能时，冯大爷根本不听，只有一句话：打！打到胜利！

——历史站在这高昂壮硕的血性汉子一边，把那群整洁消瘦、彬彬有礼、"体面理性"的绅士们扫进了垃圾堆。在危机状态中，历史由血气翻腾的激情和决断所写定。1924年，冯玉祥把溥仪轰出紫禁城，绅士们莫名惊诧，他们被冯的决绝鲁莽吓住了，胡适甚至说：这是民国史上最不名誉的一件事。后有鼠目寸光者看大事，以为没有当年的仓皇出宫，或许就不会有后来的伪满洲国，其实只要脑筋稍微转个弯就能想到，假如溥仪仍留在北平故宫，在日本掇弄下难保不会搞出更大的烂事。在1924年，胡适见不及此，冯先生自己也没想那么多，胡适讲客气，冯先生则不管三七二十一掀了桌子。哪有什么地久天长，真要长久的话，皇帝如今还坐在宫里，时间猝然提速，世界轰鸣，欲绝尘而去，现在，需要一个鲁莽无畏的人来解决这个BUG，他一抬手就解决了它，顺便以绝对的轻蔑，宣布了那个长须白发、请客吃饭的温良恭俭让的旧世界的完蛋。胡适吓了一跳，王国维吓了一大跳，吓得都不想活了，他们未必多么爱大清爱溥仪，他们只是深刻意识到了这件事背后的逻辑。

在这个太行与黄河之间、吕梁之下的村庄里，林徽因、梁思成、费正清和冯玉祥成为邻居，他们被博物馆化了，被从各自的世界中提取出来，如安放在玻璃柜中的藏品，各自被灯光聚焦、照亮，各有各的心事。现在，冯玉祥从这幢房子走出去，在花园里，碰见了深夜未眠的梁思成和林徽因，他们会谈些什么？在1930或1934年，他们或许无话可说，道不同不相为谋，话不投机半句多。但如果再过些年呢？比如1944年，林徽因千里流亡，僻居宜宾李庄，卧病在床，据说，她的儿子梁从诫曾经问她："如果日本人打进四川怎么办？"林徽因说："中国念书人总还有一条后路，我们家门口不就是扬子江吗？"

——此时这一腔血，林和冯是一样的。

再过五年，1949年，冯玉祥昔日的部将傅作义签署了北平和平解放的协议，固然是兵临城下、大势不可当，但战场双方的商量何尝不是出于对这古都、这故宫，对民族生活的长久岁月和恒常价值的眷念和珍重？而此前一年，冯先生已殁于黑海的船上，彼时，他正满怀憧憬地奔赴新的中国。

贾家庄里，梁思成、林徽因、冯玉祥，见那边遥遥走来一个童子，走近了，却是马烽。1930年，马烽8岁；1934年，马烽12岁；1958年，马烽36岁，在贾家庄完成了《我们村里的年轻人》剧本初稿；1959年，电影在国庆10周年前夕上映。——夜里，我在冯玉祥的房间从电脑上搜出了这部电影，那是60年前的中国故事，2019年，我来到了这个故事的根基所在：贾家庄。这吕梁山下的村庄，千百年来贫困、孤独，4000亩可耕地中2800亩是盐碱地，它在封闭、脆弱的生存循环中耗尽全部能量。一代一代人老去，时间周而复始。但是现在，时间挺直了，时间获得了方向，这里有一群年轻人，他们要打开这个村庄，劈开两座大山、跨越三条深沟，从远方引来清水，洗去盐碱，让这里成为流淌奶与蜜的地方。

在网上，我读到了刘芳坤、田瑾瑜两位山西学者合写的论文，他们敏锐地注意到了剧本中一个意味深长的现象，尽管片名是"年轻人"，但在马烽的行文中，却始终贯穿着一个集体的、抽象的指称——"青年"："一伙青年正在锄地，一个个汗流浃背""青年们纷纷报名""歌声继续着，青年们在未打通的那段崖上和塌下来的巨石上打着炮眼"……山西人在口语中，其实是不使用"青年"这个词的，这不是吕梁山和贾家庄的词，它来自北京、来自普遍性的现代汉语书面语，从梁思成的父亲梁启超的"少年"，到李大钊的"青春"，到陈独秀的"新青年"，青年是决绝地向未来、向现代而去，是血气、激情和梦想，是断裂然后创造，是旧邦的新命。必须是"青年"，不能是"一伙年轻人正在锄地，一个个汗流浃背""年轻人们纷纷报名""歌声继续着，年轻人们在未打通的那段崖上和塌下来的巨石上打着炮眼"，这其中隐含着一种老年视角，"年轻人"终将被收回自然的生命周期、周而复始的日子，而"青年"，这个使山西人、使贾家庄人感到陌生的、不自然的词，以它超出日常经验的光芒和生硬，拒绝被注视拒绝被收回，它喻指着、它本身就是宏大的历史主体，将这个村庄向着未来和现代打开。

——忽然想起，我其实是很近地见过马烽的。1990年底，我从被停刊的《小说选刊》调到《人民文学》，去八里庄鲁迅文学院的招待所和《人民文学》的主编程树榛见面。老程和马烽都是从京外调来，暂住招待所。马烽苍老，就是一个饱经风霜的老农，他和夫人正围着一个电炉子下面，山西人啊，想必是自己擀的面，像招呼一个年轻人一样，他说：来一碗？

我很后悔没有吃一碗马烽的面。

归去来兮，调到北京的马烽大部分时间仍在山西，过了几年终于彻底回去。这不是他第一次回去，新中国成立初期，他就在中国作协工作，1956年终于在34岁时回山西，挂职汾阳县委副书记，从此，他在贾家庄有了家。这里不是他的家乡，他的家乡在吕梁地区的孝义，但汾阳、贾家庄离吕梁山更近。在一张1980年的照片上，我看见马烽走在贾家庄的乡亲们中间，整个人明朗舒展，是走在他的风光、他的山川里。

天亮了，一群人去看马烽当年所居的小院。进得门来，迎面是马烽的坐像，他端坐在椅子上，依然是老年形象。我忽然想，这是不对的，马烽是青年，是新青年啊，他属于在20世纪塑造中国的青春洪流。22岁的马烽和比他小半岁的西戎写出了《吕梁英雄传》，来此之前我专门找了一本带上，这是一本多么粗糙的书，但正是这种粗糙令人震撼折服，事件与行动、抉择与战斗，密如疾风猛雨，作者和读者都不能停留、无暇沉吟，必须奔跑，在混乱的战场上拼死和求生，没时间、也不应该把这一切编织成严密周详熟练得包了浆的故事，战争和危机中的书写不是绣花，是立即开枪。

但在这一切的底部，有一个根本逻辑：生命、时间、历史的循环必须打破，为了使世界获得前行的动力，必须张扬身体的澎湃"血气"，老成持重、深思熟虑是怯懦的，糊涂和忍让是可耻的，悬崖之上，只有搏斗，再无苟活。吕梁英雄们秉青春之血气，雷石柱、康明理、孟二楞，这些康家寨的年轻人，说服、带动、反抗他们的长辈，义无反顾地把这个村庄推入了滚滚向前的历史。当青年们和强行入侵的日本鬼子干起来的时候，他们也就把康家寨打开了，从此这个村庄进入现代历史、奔向一个现代世界。直到《我们村里的年轻人》，决心创造新生活的高占武依然不得不与长须白发的高忠爷争辩，在后者看来，年轻人畅想的未来不过是少不更事、痴人说梦。而在影片上映的1959年，黄河那一边的柳青正在对《创业史》第一部做最后的修改。年轻的梁生宝力图打破祖祖辈辈的命运循环，在此地，走异路，变成别样的人们，但他的身上却不仅是血气，而更多俄罗斯式的沉思、忧郁，甚至是马烽暮年的苍老……

现在，贾樟柯走进马烽的小院，马烽会对他说什么？以我的直觉，垂暮之年的马烽不是一个喜欢教导别人的人，很可能，他只是从大碗上抬起眼，说一句：来一碗？但是，如果是写《吕梁英雄传》的22岁的马烽、写《我们村里的年轻人》的34岁的马烽，贾樟柯碰见他、我碰见他，我们又会说什么？2019年，我55岁，贾樟柯49岁，我们已是比马烽更老的老人。

谁知道呢？贾樟柯的电影，终究也是关于"我们村里""我们县里"的年轻人，马烽在片名中使用"年轻人"或许是对口语、对日常经验、对恒常土地和岁月的妥协，而在贾樟柯这里，"年轻人"似乎正在从"青年"中离散出去，变成加速器中向着四面八方漫射的原子。

但谁知道呢？也许有些事仍然在，马烽把康家寨、把贾家庄置入了广大的空间、广大的世界，历史不再是时间问题，不再是仅由时间标定的价值，他和柳青，他们把时间空间化，向着远方和远景、向可能和不可能敞开和扩展。当马烽遇见贾樟柯，他会发现，空间仍在，但那已不是隐喻和转喻，那就是必须使用交通工具去跨越和抵达、去置身其中的地理空间，这不再是《伊利亚特》，这是《奥德赛》，奥德修斯们是否记得回家的路？还是，他们的家在路上？

在贾家庄，我待了两夜。第一夜，是《打金枝》，第二夜，是音乐会。

暮霭沉沉，钢琴在流淌弹跳飞翔。这不是音乐厅，这是幽蓝的天之下、这是群山之间。乐声透明、饱满，似乎上空膨起一个巨大的玻璃的气泡，收拢着、珍惜着所有的声音，让所有的声音闪闪发亮。

我忽然想到，此行竟不曾看见吕梁山。我想起上一次、也是第一次来到吕梁，那是二十多年以前，大概是1994年，由太原奔孝义，在孝义大醉，上车一路西行，醒来时，下车，唯见荒烟蔓草。余醉未消，我问，吕梁山何在？

我记得，同行者笑道："醉了醉了，脚下便是吕梁山。"

（原载《十月》2022年第2期）

李敬泽，批评家，散文家。现为中国作家协会副主席，书记处书记。著有评论集《为文学申辩》《致理想读者》《会议室与山丘》《跑步集》及散文集《会饮记》《咏而归》《青鸟故事集》等。

耕堂聊天记往

◎ 谢大光

　　偶然看到一本 2017 年的刊物，封底彩照为孙犁故居，说明文字："作家孙犁故居，天津市南开区玉泉路学湖里小区十六号楼三门三层。1985 年建成，为六层曲线型条式楼，天津人俗称'蛇形楼'。孙犁 1986 年到 1996 年居住于此，晚年的大部分作品在此完成。他 1995 年正式封笔。"

　　照片应该是对的，文字有出入。孙犁 1998 年 8 月才从多伦道搬到学湖里，按当时建制，学湖里属鞍山西道；地址也有误，准确说应是学湖里十六号楼二门三〇一；说孙犁"晚年的大部分作品在此完成"，不准确，耕堂随笔十种，只有《如云集》《曲终集》两集，大致算在新居完成，因为《如云集》中不少篇章还是在老宅完成的。有人会觉得，我这样对着一幅老照片吹毛求疵，该不是没事找事闲得难受吧。实话说，项庄舞剑意在沛公，我心里另有所属。

　　1979 年第一次拜访孙犁，他住在多伦道二一六号，这是一处旧时的花园洋房，据说原为一政府要员的公馆，后来做了《天津日报》家属院，住进十几户人家。孙犁住大院南面一处平房，与李夫相邻，该是"公馆"前厅，门前有露台、回廊，室内高大轩敞，采光却不好，被一长溜书柜隔成两爿，里间卧室，靠南窗一边做书房兼会客室。这屋子中看不中用，冬天灌风，夏天漏雨、嘈杂，住着并不舒服，更不适于写作，孙犁曾以"空荡，破旧，清冷"形容，与友人书信中多次出现"我住的是间老朽的房，窗门地板都很破败了，到处通风。冬季室温只能高到九度，而低时只有两度""一到夏天下起雨来，每间屋子，几乎无处不漏""入夏以来，庭院大乱，我什么也干不了"这样的话。就是在这里，孙犁"闭门谢客，面壁南窗，展吐余丝，织补过往"，写出晚年大部分著作。1979年以后，我常到多伦道看望孙犁，开始是约稿、取稿、送校样，后来，有事没事也来聊天。有朋友曾提醒，这样的机遇难得，先生谈了什么，每次记下来，以后有用。我很享受与先生无拘无束地聊天，没在意，偶尔也会追记一点先生言谈，正式一些的留在本子上，更多是随手记在纸片上，时间长了，散在各处，忘记了。好在我有一个习惯，不随便丢弃写有字的纸，这两年准备写点回忆，彻底清点从单位拉回的旧物，才把散乱的追记归拢整理，就作为先生逝世二十周年的纪念吧。

1980年2月10日上午，陪滕云拜访孙犁。滕云当时在社科院文学所，有意下功夫研究孙犁著作，很想当面向孙犁请教，又怕谈不拢，冷场，拉我作陪。滕云刚刚从湖南、广东考察回来，见到萧殷、黄秋耘，谈话从萧、黄二位与孙犁的交往开始，气氛融洽，时间也超出滕云预料。孙犁正在准备与《文艺报》吴泰昌的谈话，想得比较深，谈到政治对文艺的决定作用，也谈到艺术和政治还是有所区别。文艺评论属于学术范畴，不能按照政治需要搞。"我赞成扎扎实实地做学问，像王国维那样，几句话都是站得住的，我很佩服。胡适之的小说考证也是扎实的学问。罗振玉是汉奸，可是搞了不少碑帖，都是从古墓里挖出来的，那是硬挖出来的呀！""今年过春节来人多，但并不觉得太累。接待人多了，有经验了，学滑了。来人我想法让他们自己说，或拿出作品来请他们看。这样我就省力了。"说到这里，孙犁哈哈大笑。说到文联、作协恢复工作了，作家协会应该扶植创作，不要妨碍创作。"现在作协就是妨碍创作，起码妨碍我的创作。我坚决不干这些。我是很胆小的，很怕得罪人。写东西是要考虑这些。你们更为难一些。我完全能理解。河北作者写的一篇小说，传说我给韩映山写信批得很厉害。其实我都没看过。大年初一收到信，马上回信说明情况。这样的事太不正常了。"

滕云说，现在希望开一个孙犁作品讨论会的呼声很高。孙犁说，这事我从不表态。花那么多钱，没有那么多新东西，就不好了。我那点东西，本来就浅，在浅的里边再评得更肤浅，实在没什么意思。主要问题是，他们不熟悉我那个时代的生活。

1980年8月30日，与同事李蒙英一起到孙犁家。孙犁谈到市里召开文艺座谈会，他头晕，又怕引人注目，这种人多的场合，最怕引人注意，坚持到市委领导同志讲完话，已经精疲力竭了。会后，袁静、王昌定等多人找他。他已书面提出，坚决不当作协主席。这些人来劝他当。孙犁说，他们还需要我做个幌子。实在无聊，把作协变成了权力角逐的官场。这是自古没有的。很气愤。坚决不当。后又谈及为刘绍棠《蒲柳人家》写的读后记（这篇读后记八月七日写出，发表时标题为《读作品记（一）》）。刘绍棠看后说，北京的一些老作家，都不像您这样直言。（《读作品记（一）》有这样的话："绍棠对其故乡，京东通县一带，风土人物，均甚熟悉，亦富感情。这是他创作的深厚基础。然今天读到的多系他童年印象，人物、环境比较单纯，对于人物的各种命运，人生的难言奥秘，似尚未用心深入思考与发掘。"）孙犁说，这些人你们不要得罪。我老了，我不怕。对有成就的作者，只捧，会断送我们的事业。但现在多数人都不这样说。我个人力量有限，但我绝不说违心的话。有看法就是有看法。当时拿去给《新港》发，表示还要写一篇读从维熙《泥泞》的。他没有妓院生活，而写妓院，漏洞百出。下等妓院哪还有什么大衣柜，有什么特殊房间。那样身份的人，也不会到下等妓院去。是哗众取宠，投一部分读者所好。这一部分和全书，没有什么有机联系。

1981年初，一天，北京宗璞打来电话，想专程来天津看望孙犁，听说孙犁住所门上贴了字条谢绝来访，问我是否属实。我解释说，孙犁不像外界传说的那样不近人情，你来，他一定欢迎。宗璞说，那就请你陪我去吧。宗璞是个周四上午来的，我事先已和先生打了招呼。我们到时，先生已经在等候。彼此没有多少寒暄，直接谈起了文学。孙犁之前没有读过宗璞的小说，知道她做外国文学研究，所谈围绕着近年读过的一些翻译作品。孙犁说在《儿童文学》上，重新读了安徒生的《丑小鸭》，心里好几天不能平静。这才是真正的文学。《丑小鸭》好就好在声东击西，有弦外之音。这样的作品不多。又说到俄国作家库普林的两个短篇，发在《百花洲》上，每一个细节，人物的每一个行动，都给人留下很深印象。这是很厉害的。还有普希金的《驿站长》《茨冈》。宗璞走后，孙犁对我感叹，不愧是名门之后，谈吐就不一样。没过几天，孙犁读到宗璞新作小说《鲁鲁》，写下《读作品记

（四）》："这样美的文字，对我来说，真是恨相见之晚了。"

1982年7月里一天，去孙犁家。先生心情很好，从书桌抽屉里拿出两张稿纸，是刚刚完成的《尺泽集·后记》。"你看看，提点意见。"文字不长，我很快看完，感慨地说："写一篇序跋，您都这么动感情！"孙犁突然说："嗜，我最动感情的文字，你还没看到呢。"我大感意外，忙问。孙犁有些卖关子，沉吟了一会儿，说："我最动感情的是给张保真的信，有二百多封。后来分手她还给我，我一时气不过，投进炉子里，一把火烧了。"我连连说："太可惜了，太可惜了。"孙犁也说："是呢。事后也有些后悔。那几年通信密，常常是她的回信还没到，我的信又寄出了。两个人的信在空中交汇。"（边说边做手势）我又问起，那您知道张保真现在的情况吗？孙犁说："听说到国外去了。和前夫又在一起了。"我紧跟着打趣说："看来您还是惦记人家。"孙犁不再说话。

1982年12月20日，到友谊宾馆探访四川作家周克芹，周刚刚拜访过孙犁，忍不住谈起感受：很早就想来看看孙犁，去之前心情很紧张、激动，因为过去感到孙犁是个对青年人很严厉而爱护的老人。从文章看，由于上了年纪，可能爱生气。一见面，谈得很高兴。孙犁也很激动，说到给《人民日报》写"小说杂谈"中，对《许茂和他的女儿们》的批评。孙犁在1981年11月11日写下《小说的抒情手法》，谈道："周克芹同志的小说《许茂和他的女儿们》，蜚声文坛，羡仰久之。只是因为时间、身体、视力，一直未能拜读，领略风貌。今日本地电台，每日于早八点许播讲，正值我晨炊之时，一边看着炉火，一边静心听讲，已经有些天了。这是一部存有忧国忧民之心的小说，一部有观察、有体会、有见解、有理想的小说。听时因照顾锅灶，容有疏略，总的来说，作者的艺术，是令人心折的。但也感到，小说中的抒情部分太多了，作者好像一遇到机会，就要抒发议论，相应地减弱了现实主义的力量。"有人说是吹毛求疵。我说，我一点也没有这个感觉。孙犁说，我都是认为很好的作品才去讲的。一聊开了才知道，孙犁不仅看过我的长篇，还看了几年里发表的所有短篇，连在地区小报上发的答记者问都看过，真有心心相通之感。很感动。孙犁也说，和志趣相投的人相谈，是非常愉快的。我同意这种说法，就是繁荣的标准，是看塑造了多少感人的能保存下来的艺术典型。我写小说从不编故事，让人物活动起来，一活动就要和周围的人发生关系，就要有矛盾冲突，就有了情节。高晓声的陈奂生就是个典型。生活问题主要是个感情问题。深入生活就是要积累感情，感情到一定程度，就要爆发，就会出来作品。有生活不一定写出好作品，要思考，要认识生活，提炼生活。

1983年5月18日（周三），上午到孙犁家。他拿出给《人民文学》谈散文的稿子（此稿发表时，题为《关于散文创作的答问》）让我看，并请我代他寄给《人民文学》编辑部。我边读边发表议论。读到"文章要感人肺腑，只有出自自己的肺腑，才能够感人肺腑。读者都是具有良知良能的，不是阿斗，你言不由衷，人家就会看出你在骗人。有几分真诚，读者是看得很清楚的""唐宋八大家的散文，主要经验是：所见者大，取材者小（即以小见大），都取自日常生活的言谈、事件、与人的关系。都包含着深刻的内容""好的散文必须是真诚和朴实的。要敢于说出真心话，是不容易的。只有抛掉种种顾虑，才能写出好文章"，我深有感触。

后来谈到，现在学校里语文教学，讲什么段落大意、主题、结构，大多是老师自己的臆想，和实际创作很隔膜。我说，看女儿作业，老师讲的主题就是各段落大意合在一起。孙犁大笑。

孙犁说："上海一位老师来，问《山地回忆》是怎么构思的，我说没有什么构思。他不信，说，我就是要写谈你构思的文章。"我说，你就为他写文章而"构思"吧。孙犁大笑起来。又说，一天，河南、上海两个编辑来约稿，河南是一写作杂志的，带一个大皮包。孙犁说是皮包编辑部，上海人忙说，我们不是，是教育出版社的。又谈到佛经翻译对中国散文的影响。谢灵运就曾参与其事。鲁迅也谈过。《红楼梦》里很明显，谈禅学。

1983年9月9日（周六），上午十点半到十一点半，和孙犁约好谈童年与家世。事先读了《我的童年》《在安国》《自传》《听说书》《第一个借给我〈红楼梦〉的人》《书的梦》《猴戏》等篇，拟定要提的问题：

和父亲的关系：期望过高吗？独子？父学徒到哪年？常回家吗？

是原始住户，还是山西洪洞大槐树下迁来？

对母亲的印象。

最初的女性印象——安国的表姐？干姐？

第一次读《红楼梦》，看得懂吗？有什么印象？

《书的梦》中"童年时代，常常在集市或庙会上，去光顾那些出售小书的摊贩。"——开始与书结缘？

《画的梦》中"赶年集和赶庙会，是童年时代最令人兴奋的事。"——孤僻？

为什么说"为衣食奔波，而不感到愁苦，只有童年"（《度春荒》）？

《木匠的女儿》中，对于村子的介绍，是否就是童年的生存环境？

《菜虎》中，"这种手推车的歌，在我幼年的记忆中，留下了深刻的印象。"有夸张成分吗？

开始，孙犁对这种聊天方式不太习惯，点颗烟，说得很慢，渐渐沉浸在回忆中，眼睛眯起来，似乎我这个提问者已不存在。孙犁出生时，父亲的情绪，既高兴又担心。上边五个孩子夭折，不知这一个能否活下来。当然，农户家死个孩子算不了什么，叫"干巴"扛出去埋了就是了。这个村子很穷，逃荒的多，外出学手艺的多，有闯关东的，也有去上海的，但赌风颇盛。人们似乎要在赌场上改变自己的命运，也是要以此刺激填补空虚的灵魂。

事先命题的聊天仅此一次，我当场做了笔记，整理成《孙犁谈童年》《孙犁谈母亲》两篇文字。这种方式我也不习惯。我发现，在耕堂，和孙犁单独相处，最适于漫无目的的闲聊了。这个住着并不舒服的房子，倒是个聊天的绝佳所在。

1984年1月31日（农历腊月二十九），去孙犁家拜早年。孙犁兴致很好，说得也多：今年春节我又忙了。帮忙的（玉珍）回乡下老家。我一人，要管两个炉子。每天六点起床生炉子，白天时时要注意，搞不好要灭掉。这样活动多了，反而胃口好了，能多吃些饭。中午孩子过来帮忙做点饭。我平常喝粥喝惯了，孩子来了，又赶上过年，当然要弄点肉。今天倒觉得肚子有点不太好。外孙女天天中午来，她爱吃鸡，我平常也不弄鸡，她来了，就弄鸡炖白菜。昨天我把鸡热上，盛好，中午她去奶奶家了，我只好自己吃掉。谁知一不小心，让一小块鸡骨头，把个牙硌掉了。牙已经糟朽了，就这么个小骨头。人老了，真不知会遇到什么事。

我说，你这样为炉子尽心忙活，炉子感觉得到，吃得多了，心情也好，因祸得福啊。可以写个《炉子》的续篇了。孙犁笑着说，写作真是可以锻炼人的好事。我有时有些不愉快，一钻进去写，就什么都无足轻重了，只有我这个文章最有分量了。勉励我遇到不顺心的事，要把精力用到写作上。对雪杉（诗人，我的百花社同事）也这样讲。我说，我这个年纪，还没有到宠辱皆忘的岁数。有些事，你不去找它，它来找你。总是不得安宁。我又联想到，上次和李蒙英来看孙犁，孙犁说起，每天晚上钻进被窝，总要披着上衣，点着一颗烟，坐半天。想的就是一件事：晚年怎么办？想来想去没办法。李蒙英说，找个老伴吧。孙犁说，早几年还可以。现在建立不起感情来。人不是一件东西，一盆花，可以随便搬进来搬出去。想想很是凄惶。

正聊着，沈金梅（评论家，《天津文学》副主编）敲门进来，说有个外语学院的日籍教师，临回国前，想访问孙犁。孙犁说，说我身体不好吧。婉言谢绝。我是下决心不见外国人了。要做很多准备，房子，衣服……前一天有人来给我照相，彩色的，还要拿到美国去洗。洗出来一看。我的裤子没系扣。真是没办法。有些外国学者要来，我都挡驾了（还是外文出版社社长——我们延安一起共过事——介绍的法国人）。有个青年作者，认识了一个英国女朋友，要我签名赠她书，我说不行。我知道她是干什么的。

孙犁想起姜德明推荐《洪宪纪事诗注》，托沈金梅替他买。又说，老了，什么都想维持现状。不想搬家。不想来客人。不想过年。变化就可能带来事情，打乱正常生活。准备写些读书记。读《魏史》和梁启超的书。《饮冰室文集》太多，六十卷，看不过来。梁启超对推行新学是有功劳的，可以说是不遗余力。（投稿）对报刊的态度很敏感，稍有厌倦的表示，立即停止寄稿。《羊城晚报》关国栋不在，发稿就慢多了。现在对史籍感兴趣，对文学反而淡了。前几个月手抖得厉害，我真怕握不成笔，不能写作。那可该怎么办？现在好了。看来还是和心情有关。

说着话，孙犁从抽屉里拿出一张八行朱栏宣纸笺，北京许姬传来信。许是从姜德明给他的《天津日报》上，读到孙犁写关于王国维的文章，希望能看到全文。许在信中讲到其曾祖与王家的世交。孙犁说，现在能写这样信的人不多了。字好，写得好，规格要好，可以当个艺术品收藏起来。

1984年6月14日，我去广州、深圳、上海月余，回津上班第一天，先去探望孙犁。《羊城晚报》万振环托我给孙犁带了一些广东土特产。已是下午五点多，小外孙女正在，十岁左右，长得很俊秀。孙犁对其十分疼爱。向我问起广州及沪上诸友。说肖关鸿来信，很热情，他感激。又说，我爱看熟人的作品，可以了解得更多；又问《解放日报》的吴芝麟，有一稿寄去一个多月，未见回信。我只有帮朋友打掩护，说他们太忙。忽然又说到中国作协让他去新加坡，和姚雪垠同行。有个写小说的，再找个写散文的，很难找，想到了孙犁，还考虑到新加坡是华语国家，生活习惯相差不多，很照顾了。马丁（天津作协秘书长）来问，孙犁说，我天津的活动都不参加，还去新加坡吗？又说到平生仅一次去苏联，人多，二十多人，好几个团长，不用他出面应付说话。他每次都是躲在人后边，弄得苏方接待人员都问翻译：这一位怎么总是一人向隅，郁郁不欢？也拿他没办法。打领带都要李季给他打。"我一辈子对这些，一点欲望都没有。"说到写作要甘于寂寞，我说，这些我都知道，就是做不到。孙犁说，你们没有这个条件。我是几十年形成的，人家都知道，无形中批准了。连丁玲去厦门过八十大寿，原想让我去，后来自己就否定了：孙犁肯定不会来的。

我谈到对广州、深圳的看法，经济发展快，文化气息淡薄，难得出好作品。孙犁说，文化是要有闲的，要有时间，从容搞来，紧紧张张、分秒必争的空气下，无法搞艺术创作。

又说起出国的事，"这辈子不想出国了"。我说："别说绝对了。要是给你诺贝尔奖呢？"孙犁哈哈大笑。我曾经写过孙犁的笑，这是毫无戒心的痛痛快快的笑，在这个空阔的房间里，这笑卢填允每一个角落，震荡着屋宇。

我又问起那两首诗，《眼睛》和《甲虫》。孙犁说，寄给《诗刊》一个月，未见回音，给邹获帆一明信片，邹回信说，《眼睛》不错，有哲理气息，把《甲虫》退回来了。孙犁笑着说，把我的"眼睛"留下，"甲虫"退回来了。我对人说，要不是大光说行，我这诗只有放在抽屉里，不敢寄出去。

我认真地说："《眼睛》是你诗中最好的。"孙犁笑而不答，并说："写诗就要灵机一动，计划好了就不行。《眼睛》就是偶然想到的。"

1985年5月25日下午五时，和李华敏（百花社同事）去看孙犁。这个时间，孙犁不写作，来客亦少，适于聊天。果然，孙犁正闲坐吸烟。说到因文字引来的麻烦。孙犁说，李准写信，用"撞钟"来开导我。钟一敲就响，总有人敲；敲一下不响，就没人敲了。我说，这个道理我懂，但一遇到具体事，就沉不住了。我是一敲必响。还是修养不够啊！

我说在电视上看到吕正操打网球。孙犁说，学生时代，他也爱打网球，而且打得还不错，只是发球总不过关。现在还常常梦见练发球，将球高高抛起来，用力扣下去。又一再对小李说，编辑要写作。你写了拿来，我给看看。我现在只能给青年初学者看看、说说，有点名气的就不敢了。谌容昨天来，问我意见，我说，系统看看再说。我哪敢说什么呀。不只是她，就连铁凝，我现在也不敢说了。我说话常不注意。问谌容多大，答：四十八了。我说，正好。弄得她后来一头雾水，问柳溪："嘛正好？"其实我的意思是正当写作的年龄。

1985年10月3日（周四），在耕堂，孙犁问到我的家庭情况。我说，我们一家，父母一辈从山西来天津，乡土习俗重，到今天一家不吃鱼，勾起孙犁的回忆。他说，当年我们在晋西北，生活很苦，从河沟里捞上来些小鱼，房东不让用锅煮，只好拿茶缸子煮煮吃。当地人不只不吃鱼，连鸡都不吃。鸡死了，都埋上，不用说杀鸡了。养鸡只吃蛋。山西人我接触不少，老家县城里开染坊的，保定开钱庄、银号的，很能吃苦。从小出去，七八年不能回家（我谈我父亲在西安商铺学徒情况）。和山西作家接触不多。赵树理认真讲就见过一面。他来天津，当时我住后边小屋。他很有才华，在这辈作家里，底子厚。很可惜。（我说，赵写《三里湾》和孙写《铁木前传》时间差不多。孙没写完就病倒了，而赵以后写的也不行了。真正的文学生涯也是到《三里湾》就结束了。这是一种值得深思的社会现象。）孙犁说，他开始写《铁木前传》在1955年，后来一反胡风，写不下去了，拖到1956年。有人说，作家不受政治的干预是不可能的，多么大的作家，也做不到。郭沫若、茅盾、曹禺，解放以后都没有写出什么。我说，你晚年写了这么多好散文，是不容易的，出乎人家的预料。孙犁说，其实都是些小文章，就是写得多了，才引起注意。写个一两篇，就不行。其实，写来写去，就是这么些东西。我不是不想看一些外国新作，下不了这个决心。你刚才说的三十多万字的《百年孤独》，我就下不了决心看。我说，你是聪明的做法。根据自己的情况，选择写散文。如果花几年时间，写《铁木后传》，就吃力不讨好。孙犁说，我是写不出了。其实我是个懒人。没有情绪，写不出时，绝不去硬写。我说，您的情绪倒是经常有。您还不是那种对一切都不感兴趣、都无所谓的老人心境，而是对很多事物还有兴趣，常有所感。否则，我就看不到这些散文了。孙犁不吭声，笑。又问到我的家庭生活、住房情况。

1986年1月11日（周六），一早和李华敏去看孙犁，先生正在院里散步。昨天因邻居家做木工，没睡好，今天晚起一小时。说起做梦，我问：您写的梦特多，为什么？孙犁说，我好做梦，往往是一场梦醒来，才知道我确实睡着了。经常是噩梦。这是神经衰弱。我说，您睡眠质量不高。我经常是寻梦不着。您将来可以写一组芸斋梦谈。

孙犁说，中国的哲学讲究将人的本性善诱发出来，本性恶压抑下去，重视道德的作用、后天的教育。粉碎"四人帮"之后，意识形态没有大的进展，总要有一个主导。什么能代替马克思？萨特恐怕不行。西方也没有一个主导的思想。我们也混乱。给《人民文学》王扶写的封二的话，三段，都是平常想到的，记在纸条上（来信裁下的白纸）。第一段讲艺术感觉来自艺术修养，修养不够，一遇时机，就易流入庸俗；第二段讲读者与作者关系的恶性循环，写书，读书，要有主导，否则就会导致恶性循环；第三段尤其厉害，写有些人迎合洋人口味，写中国人的落后面，实际是买办文学，等而下之。还有一段，写、出、吹捧坏书，都是为了钱。由阶级斗争为纲，一夜转为金钱为纲，是文学的悲哀。有一位姓韩的战友，想借《金瓶梅》，我不愿借，想办法给他买一本。写信给秦兆阳。结果说，拿到人文社出版部，一提孙犁的名字，没找秦兆阳，就卖给了。"想不到，我的名字还有这样的分量。今后可要珍重一点了。"说毕哈哈大笑。

1988年3月11日（周五），由报社去孙犁家。孙犁正在整理书，准备搬家。旧书装纸箱，已装了八箱，新书装了五大木箱，还没完。见我来了，说正好休息休息。聊天谈及年轻时，在北京求职的情况。自年幼时体弱多病，农活干不了。父亲从商，伤了心，不愿儿子再从商。供上大学又不可能，只求一个安定的饭碗。高中毕业后，到了北京，原想卖稿为生，写了很多，投出去无消息，少数发表，稿费也很少，最多的一次三块，有的（如开明书店）只给几张购书券，实在太抠（看到叶圣陶回忆录也提及）；什么都写，影剧评、明星演员介绍、杂文小说，大都未能留下来。记得沈从文编《大公报·副刊》，投稿寄去未用，退回的稿子上，有亲手改过的痕迹，很感动。无法谋生，父亲托人活动，在市政府某科任书记员，抄写文书。每月二十大洋，后来靠山调任，一朝天子一朝臣，遂被解聘，又活动到某中学任庶务，比看门的略高一些，每月十八元，实在不想干，这才由同乡荐至同口镇中学教学。那时对老师重视，心里很舒畅，受到尊重。在京期间，父亲来信让考邮电局的捡信员，英语口试未过关，淘汰。父亲和故乡邮局局长熟悉，从小希望他好好学英语，将来入邮局，铁饭碗。上学时英语水平可以，但口语不行，考试人又多，还有刚毕业的大学生等。其实就是一个捡信员的位置，英文也用不上几次的。北京终究是政治文化中心，流落求生的学生很多，大都带着一个梦，其实求职真不易。见识多了，看了不少书，特别是理论上的，鲁迅、普列汉诺夫。作品发表不了，不怨别人，是水平不行，达不到要求。真正的好作品是不会被湮没的。写作的契机是抗战，各方面都需要人，队伍中有个高中文化的，能讲出几个理论词儿和人名，就认为是了不起。有机会发挥了作用，才放开胆去写、去做。

孙犁1988年8月10日迁居到学湖里。新居比多伦道房间多，有暖气，生活方便，但屋子矮了，间量小了，没有院子，出门要上下楼。用孙犁致姜德明信中的话，"新地方有些新情况"，"就是安不下心来，从八月到今，已经四个月没有动笔，每天想定个题目，写点东西，就是定不下来"。孙犁新居离出版社远了，来往不如原来方便。第一次到新居看孙犁，老人穿了件新衣服，加上环境有陌生感，感到双方都有些拘束，聊起来不像原来那么放肆。去耕堂的次数少了。1988年10月，天津日报社首次召开孙犁作品学术研讨会，会后去看孙犁，还没落座，孙犁向我问起会议情况，并说："听说你在会上发表了新论。"一听这话，我心里有些紧张。孙犁对文坛上的新思潮、新观点，历来有自己的判断，常说："贩卖旧货，以为新奇，实今日文坛之特点。"我知道，有人提前向孙犁通报了会议发言，不知道是如实，还是添油加醋。其实我在会上本不愿发言，听到太多的重复，才谈了一些自己的看法：孙犁所取得的文学成就，除了其他因素，还和一生中两场大病分不开，一是幼年患惊风，养成敏感、内敛、爱独处、怵交际的习性，加上喜欢读书，联想丰富，逐渐形成日后的艺术气质；二是1956年写《铁木前传》时，严重神经衰弱，导致匆匆搁笔，这一次患病使孙犁躲过了政治风浪，有从容读书、思考的机会。没有这两场病，就没有今天的孙犁。听我复述完毕，孙犁点点头，说："是这样的。"

1990年7月30日上午，陪同万振环全家看望孙犁。老万在《羊城晚报》编《花地》副刊，从1985年始，经手孙犁来稿，由于编辑用心，处理及时，深得孙犁欣赏。那些年，我常到广东出差，每次回津，老万总要让我捎些广东小食品给孙犁，当时老万的儿子万志新还在上小学，也让我带一盒糖果给孙爷爷，还附上一封问候的信。孙犁特别看重小孩子的心意，说，小孩子的感情是最纯洁的。这一次，老万偕妻子、儿子专程来津看望，孙犁很高兴，望着个头快赶上他爸爸的万志新说："这就是志新？长这么高。你送我的糖果、柚子，都好吃。谢谢你呀。"孙犁又对老万说："你们发我的作品快。我也乐于为你们写稿。今年写新居的几篇短文，一次全见报了。挺难得。"又说："我老了，写长篇没有精力，只能写些杂七杂八的小东西。"老万说："您这些短文可不容易写。短小精悍，在我们报纸发出，很受读者欢迎。"话题扯到物价上，孙犁说："现在什么都讲究经济效益。我喜欢用明信片，以前寄一张只要四分钱，现在涨到一毛五了。"临别时，孙犁与老万一家合影留念，还单独与万志新照了一张。

1995年4月的一天，去看孙犁。聊天时孙犁说，现在看，早年存一些线装书太对了。字大，纸白，书轻，看得很舒服。新书一打开，阳痿广告，错字连篇，印刷不匀。很堵气。说两件好笑的事吧。《新民晚报》严建民要我写字，一拿毛笔就紧张。我这人小气，怕浪费纸，怕写错字。寄稿子，用自己糊的信封，结果自己封上的一头打不开，成品的一头好打开，拿出稿子时，把一点连到了笔画里，"万"字成了"方"字。熟悉的编辑会把关，那也不容易。给《羊城晚报》的稿子，"到独单"，"独单"是方言，广东人不懂，疑为"单独"，给改成"单独到"。天气不好，就在阳台上活动，亲眼见邻居一老人，过马路时胆小，问司机倒车吗，正巧司机在倒车，撞倒在水里了，后来再出来就坐上了轮椅，现在就见不到了。

我看先生这两年明显见老，问起身体，说是其他都还好，就是牙不行了，都磨平了，像老马一样，咀嚼的功能退化了。睡觉也不行，常睡一会儿就醒来，再也睡不着。每天早上还能出去转一下，警惕自己别摔跤。

没过多久，忽然传来先生生活失常的消息，不理发，不刮胡子，不思饮食，不愿见人。我知道，先生的精神又受到刺激了，以先生的脾性，这个时候最不愿意让熟人见到。只有默默祈祷先生能够康复。后来儿子晓达把先生接去了。1997年夏天，听郑法清说，孙犁住进了医院，在总医院高干病房。我和几位同事相约去探望。一间挺大的病房，孤零零放着一张病床，先生闭着眼平躺着，原来高挺的身材，瘦小了许多。我们几人排着队依次到床前，前面的人说着问候的话，先生始终合着眼，轮到我上前，我握住先生的手，刚要说话，先生突然睁开眼，问："万振环有信来吗？"我心中一阵喜悦，孙犁还是原来的孙犁。我赶忙趋近一步双手紧握，连说："有哇，有哇。老万来信，每次都要问到您。"先生又闭上了眼。这是我与先生最后一次聊天。

（原载《上海文学》2022年第5期）

谢大光，历任《散文》月刊编辑、百花文艺出版社副总编辑、《小说家》主编。1980年开始发表作品，出版散文集多种。

老谢，我还没有准备好……

◎ 贺绍俊

　　接到鸿鹰的电话，说谢永旺走了，我一时没反应过来，及至明白"走了"的意思时，头脑竟是一片空白，这怎么可能会发生呢？我还没有当面再叫一声"老谢"啊！

　　谢永旺是1985年调来文艺报社当主编的，他来了之后，我们都叫他"老谢"，几十年来我就一直叫他"老谢"，他也一直叫我"小贺"，一声"老谢"，一声"小贺"，叫起来觉得很亲切。

　　在老谢来文艺报社之前，文艺报社的名称是《文艺报》编辑部，《文艺报》是一本月刊。当时的主编是冯牧和孔罗荪，副主编是唐因和唐达成。我和几位年轻人大学毕业后便分配到《文艺报》编辑部，不用多久，我们都喜欢上了这里活跃、民主的编辑环境。当时主要是唐因在主持日常的编辑工作，他毫无架子，又一点儿也不掩饰自己的个性，我们特别喜欢听他无拘无束又充满机智的讲话，在讲话中他也就把工作布置妥当了。我们都为有这样的主编而庆幸，没想到才过了一年多，中国作协希望《文艺报》能适应中国社会的改革大潮，决定将《文艺报》由刊物改为报纸，我们便投入到了改版的紧张准备工作之中。因为改版，《文艺报》编辑部也改为了文艺报社，连领导班子也作了彻底的调整，老谢就是在这样的背景下被中国作协派到文艺报社担任主编。有一天早晨，我上班推开了总编室大门，发现老谢站在屋中央和老陈说话，我一愣，口齿不清地叫了一声"老谢"，老谢带着笑意朝我点了点头。我尴尬地退出房间，走出房门后摸了摸后脑勺，看来自己的心绪还在留恋过去美好的编辑时光，对于老谢的到来，我还没有准备好呀！后来我逐渐发现，老谢比我们更看重活跃、民主的编辑环境，他也像唐因一样没有领导的架子，而且他比唐因更随和，更平易近人。比如他就是骑着一辆自行车来上班的，我也从来没有去想他作为主编是可以让报社的小车接送上下班的。他在编前会或评刊会上似乎也更倾向于听大家的发言，并不把自己的意见强加于人，他总是鼓励别人把想法说得更充分一些。

自从改版为周报后，编辑工作的节奏加快了，我们似乎还没有完全适应过来，常常忙得不亦乐乎，尤其是总编室，所有版面的排版、调整等问题都汇聚到这里，他们叫苦连天。有一天，老谢叫住我，说，小贺，把你调到总编室吧。虽然我知道总编室缺人手，但从来没有想过自己去做总编室的工作，便脱口而出："老谢，我可没有作好准备去总编室呀！"老谢笑了笑，说知道你没有这个准备，不过现在准备也来得及。然后他对我详细说了为什么会考虑要让我到总编室工作，他分析了我的优点，总编室的工作特点，说得是那么坦诚，我也就默默地点了头。第二天，我就将办公桌移到了总编室里，我正在桌前收拾东西时，老谢进来了，笑着对我说："现在都准备好了吧！"我不好意思地笑了。

准备好了——这仿佛是老谢的性格特点和处事方式。他从来不会做出鲁莽、轻率的举动，在他的言行中就能看出深思熟虑的痕迹。但他从来不会因此就圆滑处事，推卸责任。相反，他是一个勇于担当责任的领导者，当然，一旦他要担当起责任，他一定是作好了充分准备的。这是就他本人的性格特点来说"准备好了"的。从处事方式来说，老谢则是以"准备好了"的姿态去为别人提供一个思考的空间。老谢并不爱给人下指令，哪怕这是他作为主编应有的权力，他善于用商量的方式布置工作。他用一个信任的眼神看着你，就像是在对你说："准备好了吗?"总编室的工作往往要与老谢直接打交道，因此我常常会接收到老谢这种"准备好了吗?"的眼神，这给了我一种轻松感，也更激发起我的自主性。这恰好证明老谢具有一种建立在现代民主意识基础之上的领导艺术，他这样做，反而能把工作做得更加圆满，因为在商量和期待中其实也是老谢在给人提供工作的思路和办法。

又何止是领导艺术。长期与老谢接触，便越来越感觉到他内心的温柔。我想，这一定也是为什么人道主义精神在他的文学观里占有很大分量的重要原因吧，或者是因为他秉持着人道主义精神才使得他有了一颗温柔的内心；关心和体贴别人，这对他来说就是非常自然而然的事情，文艺报社的同仁们几乎都没把他当成领导毕恭毕敬。记得有一年文艺报社举行新春联欢会，老谢成为了联欢会上的舞蹈明星，大家都争着要与他跳一圈。让我最难忘的是有一年除夕在老谢家吃年夜饭。我刚接手总编室工作不久就到了春节边上，那时我的妻子还没调来北京，我打算春节期间留在北京兼顾一下总编室的工作，等春节过后再休探亲假。老谢听了我的计划后，沉吟了片刻，他似乎觉得不能让我在春节期间回家乡与亲人团聚于情不忍似的，但工作又必须有人来做，最终他才从口中吐出"好吧"这两个字，接着他马上说道，大年三十你就来我家吃年夜饭！我正要开口推辞，他一把拦住我，以不容置疑的口吻说，就这样定了！

当我再一次默默地叫一声"老谢"时，首先映入眼帘的仍是他那令人倍感亲切的笑容，忍不住要诉说的仍是他那令人敬佩的品格。他低调、正直、宽容、豁达，在这样一个道德标杆一再拉低的浮躁年代里，老谢显得是那么的珍贵！我以曾与老谢有过一段共事的岁月而感到荣幸，也以老谢的品格为楷模暗暗鞭策自己。但仅仅这样说还不足以概括出老谢的全部！因为他是一位具有犀利眼光和职业操守的编辑家，也是一位具有扎实理论功底和敏锐艺术感觉的文学评论家。我知道，《闪闪的红星》和《大刀记》的出版就凝聚着他的心血，在那个文化思想处在偏执状态的时期，这两部小说能够保持其独特的艺术风格公开出版，是与老谢在编辑上的努力和智慧分不开的。1972年，《大刀记》的作者郭澄清写出初稿后，邀请老谢去山东看稿，老谢看稿后，特别肯定了作者在语言上融入古典文化和民间文化的韵味，以及对人情之美的表现。虽然该书的出版几经周折，但仍尽量保持了作者在这方面的追求。老谢作为一位文学评论家，看重每一个文字的分量，张光年曾以"正直、勤奋、好学深思"来评价他的文学评论写作。他不作惊人之语和偏激之辞，也不说套话、空话、漂亮话；他坚持从文本出发，从理解作家内心出发，因此他的评论文章总是服人心的。凌力就格外服膺于老谢对她作品的评论，她甚至认为只有老谢才真正认真读了她的全部小说。我想这应该是一位作家对评论家最高的赞赏了。

老谢不担任《文艺报》的主编后，我与老谢见面的机会就少了，偶尔有机会见面，我总愿意和老谢多聊聊，其实我是想请他多给我一些指点。我也曾有念头要认真对老谢作一次访谈，因为他一生为中国当代文学事业做了很多有益的事情，他一定有很多宝贵的经验和思想积累，这一切连同他的著作，是一笔非常有价值的精神财富。可是我总是以还没有准备好为理由一再拖延着，如今这个念头竟成为了我对老谢永恒的愧疚。

老谢！要像你一样为人正直，为文真诚，我们都准备好了……

（原载2022年9月5日《文艺报》）

贺绍俊，沈阳师范大学教授。曾任文艺报社副总编辑、《小说选刊》主编。著有《文学的尊严》《重构宏大叙述》《铁凝评传》等。

远去的莲花瓣

◎ 理　由

　　1976年夏秋之交，这是中国社会一场巨变的前夜。当时北京市文化局的负责人通过《北京文艺》资深编辑周雁如找到我，他说："密云县山区有个村庄叫莲花瓣，发生泥石流，死了不少人，我们希望你去采访一趟，写篇小说吧。"

　　这一年灾害频发。在唐山大地震之后一个多月，北京郊区又被泥石流冲走半个村庄。莲花瓣地处北京最北的云蒙山中，听说灾难发生后曾有直升机飞去探查；那里音信阻隔，人迹罕至。

　　我问："您对写这篇东西有什么想法？"

　　文化局负责人说："以那里的阶级斗争为主线吧……"

　　在任何年代，出题目做文章的事总是难免；不过，这次不光隔山出题目，还要隔山定调子，对我来说还是头一次犯难。但是我不能不去，主要因为周雁如。

　　周雁如大姐是脱颖于晋冀鲁边区的老报人，在复刊后的《北京文艺》一向担任我的责任编辑。当时北京文联早已被撤销，《北京文艺》受北京文化局领导。周雁如待人慈祥宽厚，于我有知遇之恩；只要她有交代，我就义不容辞。

下马威

大清早从北京长途汽车站出发，只携带一个装有日常用具的小挎包，一路颠簸两三个小时，到达预计的车站下车，抬头望去，一座陡峭的山坡迎面而来，这就是通往莲花瓣的入口。

事后才得知，这座难以攀爬的山梁叫"瞪眼坡"。传说中有一位部队团长因身材发胖而干瞪眼，最终被四个年轻战士抬上坡顶。这件事的虚实未能详考，却被当地人用来寓意地势艰险。

幸好我时值三十多岁，一米八的个头身强力壮，平时又喜好运动，于是沿着依稀可辨的小径，暗中嘱咐自己调整呼吸节奏，沉着地向上攀登。只要呼吸不乱脚下就扎实，好不容易爬到山顶，额头已沁出汗珠。

看手表是上午十点钟，这才后悔此行太大意，随身带的饮水不多，还忘记戴个草帽。俗话说：假阴天，晒死人！当天薄云遮日，阳光的热度丝毫未减。估计还有七八个小时的山路不可松懈……

前行不久又遇到一处天险，在两座高山之间有一条用碎石筑起的凌空小路，窄窄长长，向前延伸百十来米，比体操运动的平衡木略宽，只容得一个人单向通过，而两侧是深不可测的谷涧，向下看惊心动魄。

事后得知，这处险境叫"人肉锅子"，因不时有行人或运货的驴子脚下打滑跌入谷中粉身碎骨而得名……幸好是事后得知，如若事先就知，我还能不能在恐怖的心理压力下顺利地走完全程呢？

身过此处已完全没有退路，索性放松心情留意一路上的奇异风光。

华彩长廊

前方路途遥遥，感觉却渐入佳境。

脚下的路面变得宽些，左侧是连绵不断的大山之脚，右侧是时断时续的风化岩造型。有的巍然拔起，好似一柱擎天；有的在巨大的岩石座上顶着另一个巨大的石卵，其间只有一点粘连，仿佛风一吹就会摆动；还有三截岩石的重心错落相互支撑，就像展示杂技的高空技巧，看上去惊险，却泰然若素……

大自然的鬼斧神工引发人的联想：倘若右侧风化岩中的任何一座，生长在这条山谷之外，都会引来游人如织，驻足观赏，成为著名景观。而它们犹如空谷幽兰，与世人缘悭一面，未免太可惜了。

转念一想，此念不妥！脚下的路虽然不宽，必定有人修筑；风化岩虽是大自然无心之作，在修路时必定有人刻意保护。

谁是修路人？依照对其受益者的合理想象，指向莲花瓣。由此，我对莲花瓣人生出一丝好感。

这一路走来并不寂寞，天色却暗了下来。

大山中的阳光说落就落，从朦胧到漆黑只在片刻之间。山谷景色已模糊难辨，道路尽头依然看不到灯火。随身的小水壶早已喝光，身着的薄衫也透进凉意，不禁顿生焦虑，难道要在这上不着村下不着店的荒山里过夜吗？

说来凑巧，前方出现一个晃动的人影，走近看清轮廓，原来是一位中年妇女，身后背个篓子，手中持把镰刀。两个陌生人在空旷的大山里相遇，对方竟然毫无惊恐，她用格外喜悦的声音向我指点路径……

到达莲花瓣村口夜幕降临。粗略估算一下，不计搭乘长途汽车的路程，只从攀爬瞪眼坡算起就走了9个小时，按人类平均行走速度每小时5公里计算，莲花瓣深藏于远离外界约40公里的山谷之中。

桃源梦境

敲开第一户亮着灯光的人家，开门迎接的是一位老大娘。村干部闻讯赶来，体贴地嘱咐：辛苦了！先吃饭，早休息，今晚就住这里，明天到大队办公室再谈。

大娘显然是一家之主，身为农妇却仪态端庄。端茶上饭的年轻女子面如桃花，身段姣好，不知是大娘的女儿或儿媳，更不便相问。

吃饭时与主人互道姓氏，大娘说：俺们姓李；我答也姓"理"。理李同音，于我来说虽然是附会，也非妄说，史籍早有理李同源之论。这样拉开话题，大娘告诉我，莲花瓣全村都姓李。

从大娘口中大致了解这场泥石流灾害。莲花瓣位于云蒙山中五条溪流汇合之处，全村恰恰落在莲花座上。人与周围环境历来相安无事，没想到突发横祸。

谈话中随意打量一下这户人家，丝毫没有受灾迹象，反而特别整洁。炕上炕下一尘不染，箱柜桌几色调典雅，颇有农村的世家风范。

如我这般的城里人对上个世纪六七十年代的农家并不陌生，我曾在密云北部山区参加过长达一年的"社教运动"，眼见"大跃进"和公社化的折腾过后，有许多农户家徒四壁，生活窘困；相互比较，这户人家别有洞天。

入睡时大娘向全家人分配被褥。大娘居中，男女都睡一席大炕。人家坦然自若，而我却不习惯，还有点羞涩，几乎和衣而眠。

迷糊中，这一天历见的奇异情景在脑海中不停切换。隐约感到，解开这场谜一样遭遇的钥匙，就藏在今天走过的路途之中。

古往今来，中国平民百姓最怕两件事：一怕乱离人不如太平犬，二怕苛政猛于虎。然而，从瞪眼坡到莲花瓣之间的险境为山里人设置了安全的屏障，村里人宁可忍受诸多不便也要与外界保持距离——这里不就是世外桃源吗？

陶渊明笔下的桃花源，沿溪而行忘记来径，下船夹岸数百步，得一山口，又前行数十步，而莲花瓣的天堑之险又非桃花源可及。

一座远离外界喧嚣的群落更易保存传统文化的质地。

年龄之谜

次日搬到生产大队办公室附近的一间房，第一件事是用手摇电话机向城里报告平安抵达。这玩意儿用手摇上一两个小时也不一定能听到清晰的声音，索性罢了。

村里人忙得不可开交。李姓人家齐心协力筑起一道宽厚的堤坝，抵挡可能再次发生的泥石流。村干部来去匆匆，偶然聊上几句，也是问我食宿安排有何不妥，几句嘘寒问暖。他们面对大自然的威胁无暇旁顾，如果按照北京文化局的思路展开采访，不光给人添乱，还有挑拨之嫌。

几天下来，已和村里若干人混个脸熟。其间最惊人的发现莫过于莲花瓣人普遍显得年轻，也就是说，一个人看上去的年龄比实际年龄要年轻十到二十岁！不只面相，还有身材以及行动的敏捷。例如某人看上去三十来岁，一问得知五十来岁。起初怀疑自己的眼力是否严重失准，于是逢人就问对方年龄，而判断失误却屡屡发生。当时我属于中年人，看老看少都不应太离谱。这个看似水中月镜中花的话题，成为此行兴趣所在。

村里不仅忙于抗灾，也在抓紧复产。这天跟随村民爬上高山去查看梯田里的玉米，沿途只觉空气清新，溪水清澈，山林如洗，果木如碧。玉米在梯田中排列有序，但长势并不强壮，令人恍然有悟：清静的自然环境，祥和的村民心态，并不丰盈的粮食，佐以水果和坚果的食谱，恰是延缓衰老的良方！

差事完结，打道回府。在我的文字生活中，此次是少见的详细采访而未发稿的例外，我却并不引以为憾。当时所谓的"阶级斗争"，愈来愈似一种工具，既非理念也非真相。洁净莲花瓣，何必惹尘埃？

尾　音

回到城里，9月的北京很不平静。大道消息依然高亢，小道消息漫天飞扬。笼罩在人们心头的是对这个斗争或那个斗争的普遍厌倦。我的稿子一拖再拖，不见有人来催。拖到10月4日，仍是文化局那位负责人善意地小声提醒说，过两天会有大事发传出来。这篇约稿就此拖黄了。

如今的莲花瓣已迁出大山之外，融化在人间烟火中，而眼前依旧浮现着它那往昔的身影……

（原载《北京文学》"精彩阅读"版2022年第5期）

理由，本名礼由，满族。历任《光明日报》记者、北京作家协会驻会作家。著有《扬眉剑出鞘》《理由小说报告文学选》等。

嵯峨

◎王　陆

李默然那年52岁。

他拿杯水，将一把药送嘴里，没吞好，呛了些水，身和手有些颤抖。待平静下来，他对纺织女工白洁说："党领导我们流血牺牲，推翻了三座大山，建立了新中国。可现在又有三座大山压在我们身上：问题成山、麻烦成山、困难成山。解放30年了，国家还这么落后，人民还这么贫困，我们能坐得住吗？你……你不是说要让人民穿上好布吗？"

这是话剧《报春花》第六场的情景，是东北某纺织厂党委书记的台词。

不说台词有多么振耳，也不说李默然有多么感心，就说掌声。掌声如惊雷，一再传响，最响处在北京。在京城一演就是200多场。

如果说上海工人文化宫《于无声处》是长空闪电，那辽宁人民艺术剧院《报春花》就是大地春雷。

中央把《报春花》请到北京怀仁堂，时间是1979年11月18日、19日两天。18日是邓颖超来，她说她代表小平来，问大家好。19日王光美来，劫后余生，她双手紧握李默然的手说："太好了！太好了！"她的手又枯又凉，但有苏醒之力。李昭也在，她送来锦旗，说很抱歉，她仅仅能代表纺织部，但胡耀邦讲了，《报春花》一定要看。

《报春花》一定要看！

时代一定要有态度！

我看《报春花》是转过年寒假。我坐6个半小时的火车从大连到沈阳，住在沈阳同学的家里。同学搞来两张票。一张是《报春花》，看到李默然，也看到辛薇和宋国峰。还有一张票是《谁之罪》，是首演，张志新由崔萍扮演，记得王秋颖和郝海泉两个大演员也在台上。还记得，辽艺剧场门前冰雪，聚集着等着退票的人，黑压压的人群呼出腾腾白气。

1979年的气势明显高过1978年，愈加峥嵘。话剧有三台，上海工人文化宫《于无声处》一个，北京人民艺术剧院《丹心谱》一个，辽宁人民艺术剧院《报春花》一个。都说《于无声处》最响，《丹心谱》次之，《报春花》又次之。当时我也这么认为。

40年一晃成过往，重温《报春花》，倒觉得它比《于无声处》、比《丹心谱》更深远。白洁一个年轻姑娘，就因为阶级出身不好，连织五万米无疵布、当先进的权利都没有，此剧昭示着我们应有怎样的文明。

只是，《于无声处》拍成了电影，《丹心谱》也拍成了电影。但是《报春花》没有。

《报春花》没有拍成电影，之后也没有再上舞台。

山石嵯峨，潮汐不语。

那时我19岁，在辽宁师范学院中文系读大二，却不好好学习，迷上戏剧，在大连艺术学校业余话剧班厮混了一年。

话剧班主任是苔邢薪老师，她原来是哈尔滨话剧院的，后来到辽宁人民艺术剧院，再后来到旅大话剧团。她对辽艺崇拜，尤其对男线演员，她弯手指头一个个数，李默然、王秋颖、陈颖、赵凡、郝海泉……那是一个个高低山石，各成巍峨，问全国，有哪个院团能找出这样一批？

那时刘增庆已回到旅大话剧团，他有一天来讲课，聊到男演员气质，他说《兵临城下》《甲午风云》若没有辽艺这些人，就是另一副样子。他和王秋颖很熟，也最佩服王秋颖，说王秋颖在舞台，无论远近正侧，不见死角，台词叫硬，最轻处见力，最重处见情，只可惜他那个鹰钩鼻子，耽误了演正面角色，但看他演那李鸿章，别人谁替得了？他若能遇到机会演赫列斯达可夫或者夏洛克、阿巴贡，个个能成为经典。

刘增庆是明星，人却很谦虚，说他在银幕上的英俊倜傥都是靠镜头拍出来的，不算什么。他遗憾的是自己在舞台站不住，舞台就是舞台，要高峻，要响亮，要延伸至最后一排最角落的那个观众心底。

他给我们推荐了辽艺另一个男演员，他叫刘文治。那时，刘文治正携黄梅莹联袂主演电影《苦恋》，戏未成，人先红。虽作品最终没有成活，但他后来主演电影《孙中山》，得了金鸡奖，证明了实力。

其实，何止辽艺？那时沈阳话剧团也好，旅大话剧团也好，都自有其形容风貌。怎么说呢？东北之质，偏于男线，无论剧目，无论表演，不离雄浑，不脱高健，即便是表现妖娆与悲凄，也是白桦秋风，不见诙嘿与扭捏。我的认识里，那是舞台最基本的要求。

咳，现在只能去怀想这些，基本！

提一个问题：你知道20世纪七八十年代夏天时，听音乐会，看话剧，最好的去处是哪里吗？

你一定会说是北京，是上海。

你错了！20世纪七八十年代夏天最好的去处是大连！

那时大连可真是好地方啊！一进6月，丁香开完槐花开，凉爽的海风穿街扑面，好像全国顶尖的文艺团体都一下子飘落下来，就看大连的一条条斜街陋巷，随意就会遇到明媚而艺术的身影。

就说大连1981年8月份的剧院场景！我有一个个节目单证明。

国际海员俱乐部的是旅大市歌舞团上演轻歌剧《货郎与小姐》，而后来了上海音乐学院女子弦乐四重奏组，俞丽拿和丁芷诺担任小提琴。

人民文化俱乐部的则是中国青年艺术剧院话剧《威尼斯商人》，于黛琴演波西霞，王景愚演夏洛克，那算是我第一次在剧场看莎士比亚，揣摩着舞台诗意，也揣摩文艺复兴的情景精神。

军人俱乐部刚送走中央音乐学院叶佩英、吴天球的独唱音乐会，又迎来中央乐团，波士顿交响乐团戴维·吉尔伯任指挥，有贝多芬《爱格蒙特》，有德沃夏克《新大陆》。我和同学不懂交响乐，但深知它是伟大的文明。我们把中央乐团一个长笛演奏员请到辽师中文系阶梯教室，他从乐器讲起，再讲奏鸣曲，待讲到海顿时，窗外已是黄昏。

人民剧场的是上海青年话剧团《再见了，巴黎》，七天连演，是祝希娟主演。只知道她在电影《红色娘子军》中吴琼花演得好，怎知道她还有舞台涡旋力，她饰演的被开除革命队伍的小将陶解放能让整个剧场陷入迷狂。上海青年话剧团前脚走，长春话剧院后脚来，其看家戏《救救她》更加火爆，一天两场，一直演到初秋，我是由中文系集体组织看的白天场，散场时我和同学辛毅沿天津街一路走一路争，那时青年思想都是借文艺层层递进。

而在大连艺术剧场，先是旅大市话剧团的《雷雨》，后是沈阳话剧团《茶花女》，剧院门前那条丁字街等待入场的多是青年，风月可说，青衫好看。同城竞演，大连和沈阳丝毫不怯北京与上海。

沈阳话剧团很厉害啊！有苏金榜，有王璐，还有一个叫吕晓禾。几年后吕晓禾在谢晋电影《高山下的花环》中主演梁三喜，就自然成了影帝。至今，想起吕晓禾，就想起梁三喜；想起梁三喜，就想起对越战争，心底就起悲怆。咳，梁三喜那样坚性硬骨，除了吕晓禾，全国再想不出还有谁演得出来。

我后来工作，去沈阳无数次，多是当天去当天回来，能留我在沈阳住下不走的，大概只有戏剧。但剧场内外慢慢就不一样了。1986年夏天吧，我看了沈阳话剧团的《榆树下的欲望》，虽有吕晓禾领衔，但也就七成座吧，我是现去买票，竟然在门口买到半价。可惜了吕晓禾那粗犷与高旷。听说剧组一路去南方巡演，看报道说情况不错，但愿实际情况真是如此。

随后李默然率辽艺《李尔王》巡演也大致这样吧。《李尔王》应该是李默然又一座高峰。李默然虽然已年老，却因这年老落实了李尔王脆弱的精神，而恰是这脆弱让我们看到了人性的开阔。让人性开阔，这正是莎士比亚400年前的要求。是不是轰动，有没有票房，似乎并不是最重要的。

李默然版《李尔王》就是这样。

戏剧圈有一个喊法，叫"北于（于是之）南焦（焦晃）"，不知这说法从哪儿来。京沪傲慢，眼里没有江湖远处那些个寒山云峰！

要承认，京沪易盛，边鄙难活。辽艺虽还有些动静，也渐渐萎然，又渐渐悄然。唉！

旅大话剧团改成大连话剧团，我最后看它的一个话剧是《饥饿海峡》，是日本水上勉的作品，演出时间应该是1994年夏天时节。1996年，我结识中国青年艺术剧院导演陈颙，她那时退休在家，聊到《饥饿海峡》，她说，这么好的一台戏，不是光得一个梅花奖就算了事的，"梅花"算个什么？重要的是一定要演下去，要一直演下去，要演到一代观众能常常思念起。

这很像契诃夫《海鸥》最后一幕的情节，演员尼娜看窗外风雪弥漫，就是这么说的："……在我们这种职业里，主要的不是光荣，也不是名声，也不是我所梦想的那些东西，而是要有耐心。要懂得背起十字架来，要有信心。……嘘，我得走了……"

又过去了20多年，李默然走了，陈颙也走了，一切似乎到此为止。

按理说，粗犷与高旷谁不敬重呢？美丽与诗意谁不珍藏呢？可是怪，为什么高山乔木最先失去了它的水土，而草枝杂花竟然占领着千家万户以及最肥沃的要地？

2011年3月，我住在英国斯特拉特福小镇，它是莎士比亚的家乡，雅芳河流经岸畔即是莎士比亚皇家剧场（RST）。3月5日是剧院大修重新开放日，伊丽莎白女王下午幸临，晚上观看伊恩·麦克伦（Ian McKellen）的《李尔王》。我订的票是3月6日晚上的《暴风雨》，演出在天鹅剧场，与皇家剧场面对面。

《暴风雨》是莎士比亚晚年最后一部作品，主人公普洛斯彼罗不因人们崇拜而狂妄，他更加恳求现实主义，让权力归于人性，要崇高映照理性。他有这句台词："Things would have been waves of ups and downs, and if people can build climax to proceed will be traveling." 意思是"风浪自有起落，人们当迎浪疾行，这样才可尽阅一路航程"。

莎士比亚不离文艺复兴的教养。这教养流传400年，不落陈旧，传至天下的观众，包括我和我的子孙。李默然晚年拼了老命巡演了《李尔王》，想必他也有这深切的心曲。

嵯峨早已作秋声。

但即便秋声，也要讲出口，亮出相，要让你知道，东北大地曾经是怎样的高峻和响亮。高峻和响亮本来就是东北最贵重的天赋。

（原载《鸭绿江》2022年第11期）

王陆，毕业于辽宁师范大学中文系，曾在中学和大学任教。散文代表作有《1978年之恋》《蝴蝶有声》《下长白山》等。

在想象中生活

◎ 扎西才让

　　2009年7月，我所生活的黑措镇上，又开了几家酒吧。晚上十二点左右，喝得醉醺醺的年轻人，会从酒吧里涌出来，他们大声喧哗，左顾右盼，寻衅闹事，像极了凶猛的野兽。他们的服饰都比较怪异：男孩子，有的夹克衫配马靴马裤，有的风衣配西装领带，女孩子则是短夹克配牛仔裤，清一色的高勒靴，裹着正在发育的精瘦干硬的身体。

　　我和嘉措刚从一家奶茶馆里出来，看到不远处脚步蹒跚的几个年轻人，我对嘉措说，你瞧，就是他们，给我们黑措镇带来了躁动不安的氛围，还有狂热危险的情绪。嘉措说，就是，怪得很，他们在莫名其妙的仇恨里生活，却始终搞不明白仇恨究竟来自哪里！

　　也许是我俩的说话声比较大，结果，让他们中的一个给听见了。他转身走到嘉措跟前，挑衅地问，你说啥？背后说人闲话，有意思吗？

　　这青年体型瘦高，脸小，眼睛却大而圆。显然喝酒了，但似乎没有醉，问话时，声音尖而高，感觉神经兮兮的。

　　嘉措说，我说得不对吗？

　　青年说，有种的话，你把前面说的话，再说一遍。

他的伙伴们，都返身回来，把嘉措和我团团围住。我环视他们一圈，见对方浑身都是火气，感觉有可能会挨揍，忙给对方解释说，甭生气，甭生气，我这朋友是个画家，性格有点怪，说话没高没低的，谅解一下吧！青年说，哦，原来是画家，那你呢？我说，我是个写东西的。青年一听，瞬间就换了一副笑脸说，啊呀，作家啊，都是文化人，得认识认识，我们留个联系方式吧？

于是，我、嘉措和这个青年，就算认识了。慢慢地，竟成了形影不离的朋友。

这个青年，就是苏奴，小我五岁，小嘉措三岁。

"苏奴"在藏语里，是"富贵"的意思，因藏语方言的差异，有时翻译为"索南"。普通藏族人，有以自然界的实物命名的，比如"尼玛"指太阳，"万玛"指莲花，"措姆"指大海；有以出生的日子为名字的，比如"次森"指初三，"巴桑"指星期五；更多的名字，和"苏奴"这名字类似，大多数情况下，是由高僧大德来取的。因此最终取定的人名，带有宗教色彩，其含义，就有了祝愿和祈祷的意味，比如，名叫"扎西"的，祈愿吉祥，"才让"则希望长寿，"道吉"强盛如金刚，"丹增"与佛法同行。而"苏奴"这一人名，显然有着一种祈愿：活人，不能既贫又贱，得既富且贵才好。

为了实现命名者的祈愿，苏奴还是比较拼的：上学，考入大学，攻读汉语言文学专业。但毕业之后，却阴差阳错，被分配到黑措镇档案馆里，工资和地位都不高，达不到"既富且贵"的标准。这样，心里的期许和现实之间就有了落差，这种落差似乎暂时无法调和，于是苏奴就和镇上的小混混们混在一起，喝酒，闲逛，偶尔打个小架。直到遇到了嘉措和我，才完全远离了他的酒肉朋友。

说起当年相识的事，苏奴就兴奋起来，高声说，那时我只崇尚武力，相信刀子。是的，多年后的今天，苏奴不仅迷上了写作，还自筹资金，出了一本诗集，算是个正儿八经的诗人了。在快速流逝的岁月中，他很快就掌握了寂寞而快乐地生活的能力。

我在一首诗里，这样总结他的过去：

狂饮，神经质，在人群里故意显得与众不同，
那时，这人还不会写疯狂的诗。
在白墙上画下黑太阳，
在荒野上长啸，在深巷里撒尿，
那时，这人还不会写叛逆的诗。
把啤酒瓶砸在别人头上，
也被别人狠揍，昏倒在大街上，
那时，这人还不会写失败的诗。
谈恋爱，高歌，
醉酒后大笑，在风中露出白牙，
那时，这人还不会写光明的诗。

苏奴见到了这首诗，问我，你的意思是，现在，我会写疯狂的诗、叛逆的诗、失败的诗和光明的诗了？我说，那当然，我发现你已经把侵害别人的利爪收起来了，像个文明人了。嘉措听了，在一旁笑起来。苏奴也笑了。

其时，我们三人正在一家名叫"老地方"的茶馆里。茶馆设在一栋具有寺院外观的高楼的五楼，凭窗而眺，黑措镇正处在阴历十月的阳光斜照里，整个小镇给人一种很沧桑的感觉，似乎完全对得起我们仨怀旧时的心情。

嘉措说，和你们在一起谈文学，是件挺有意思的事。

我说，要不你把嫂子休了，像苏奴学习，娶个女诗人做老婆。

苏奴一听，正告我们，我娶的，是个词作家，不是诗人。

苏奴的媳妇名叫何卓玛，在镇文化馆工作，以前写诗，后来转向歌词写作，在黑措，算是个名人。

我问苏奴，诗人和词作家有啥不同的地方吗？

苏奴说，诗人爱喝酒，爱抽烟，爱哭闹，爱醉生梦死。词作家的生活，就正常多了。

嘉措说，苏奴的想法，跟我一样。说实话，我总觉得，有些女诗人，还真像个神经病！

我说，你俩的观点，太偏激了。我觉得你俩直接生活在想象中。

苏奴说，这话你说对了，既然现实如此无聊，我们生活在想象中，倒是特别好的选择。

嘉措说，有道理，黑措镇的生活节奏慢，镇上的大多数人，除了工作之外，吃喝拉撒就是人生大事。在这样的环境里，没点想象当作作料，生活还真的没滋没味。

苏奴一拍大腿，嘉措老哥说得太对了，都说到我心坎里了。

随后，苏奴立刻就提出他的一个文学观点：文艺创作得有想象力，而想象力的提升，得靠吹牛才能激发。

嘉措完全肯定苏奴的观点，并建议我们各说一件发生在自己祖先身上的事，强调说，可以渲染，可以夸张，可以天马行空，总而言之，言而总之，反正得有想象力！

我说，好吧，我这里，正好有个与我太爷有关的故事。

嘉措说，那你先说。

我把我手机里写的一段文字找了出来，一字一句念给他俩听：

百年前的某个秋日，我的两个太爷从异乡出发，走在归家的道路上。途经一个小镇时，两人看到一处庄园，背靠在巍峨的西山下，那高耸的门楼在落日的余晖里显得异常壮观。一个太爷指着那处庄园说，听说这就是土司居住的地方。随后他俩就离开了。但还没走出那个小镇，就被一群人——老人和孩子——给堵住了。老人们神色都格外慌张，而孩子们个个手里拿着沙棘条，枝条上的绿叶和红果依然充满生机。他们用眼睛盯着那处庄园，指责他俩不该用手胡乱指点，说庄园的主人会很愤怒，而主人的愤怒必将给小镇带来看不见的灾难。两个太爷只好顺从了这些老人和孩子，被他们领着踏上赎罪之路。他们把他俩带到庄园门口，其中一个白胡子老人很小心地敲了几下门。等了好半天，没人来开。白胡子等得有些焦虑，就轻手轻脚地去推门，门也许从里闩住了，怎么推也推不开。又等了一段时间，没有一丝有人来开门的迹象。白胡子说，也许里面的人都睡了。这样吧，你俩就等在门口，等第二天门开了去给主人赔罪。可是，第二天，门没有开。第三天，门依然没有开。一个月过去了，门还是没有开。一年过去了，门始终没有开。时光老人挥舞着他的长鞭，把万物赶往岁月深处。两个太爷已经老了，同他俩一样坚守在庄园门口的那些老人，早就化为了灰尘。那些手执沙棘条的小孩，也长成了大人，他们早就不想等了，都悄悄地离开了那个小镇。但那扇在落日光辉里更显沧桑的庄园大门，一直不曾被人打开。

苏奴说，比起我太爷的故事，扎西老哥的这个，就差远了。

嘉措说，那好，让我们听听你太爷的故事吧！

苏奴说，我的太爷身上，有一种奇怪的力量，只要一想什么，身边就会发生什么，他能让河水倒流，岩石开花，樱桃树上结出硕大的苹果，严冬时节陡现鲜花、绿草、碧树和汹涌的河流。人们都惊羡于他的这种能力，但他却陷入无穷无尽的烦恼：他能带给别人巨大的惊喜，而自己的生活，却像一潭死水，无法产生令他惊喜万分的波澜。有一天，当他为自己乏味的生活深感懊恼时，来了个和他长得非常相似的客人，在闲谈过程中，这人像磁铁那样悄悄地吸摄去了他想象和创造的能力。客人离开时，我的太爷就变成了平庸的人。从此，他的生活里处处都是惊讶，时时都有匪夷所思。他终于觉得生活开始变得很有意思了。然而，他就在这凡人才有的生活里突然消失了——那客人悄悄替换了他，并坐上了他的位置。

苏奴讲完太爷的故事，有种遗憾挂在脸上，这种遗憾，是完全能够看得见的。

嘉措说，我不得不承认，苏奴吹牛的功夫，要比扎西老哥好。

我说，确实，苏奴讲的这个故事，很有想象力。

苏奴说，嘉措老哥，你讲吧。

嘉措问，那要不要加入吹牛的成分？

苏奴说，那是一定要的。

于是嘉措说，我太爷六十五岁的时候，去参加聚会，反应总比别人慢几拍。听人讲笑话，等大家笑够了，散伙了，他才独自笑起来。因为把笑话完全想透了，所以他笑的时间格外长，要笑老半天。他想，这可能是我的脑袋缺了颗螺丝的原因。但他也有待人接物反应特别快的时候，和平时大不一样，像变了个人，显得另类，说出来的话，也隐藏着深渊般的玄机。他作出判断，认为他的脑袋里，肯定比别人多了颗螺丝。他甚至觉得自己与先知、巫师和算命先生，是走在同一条道上的。他有点后怕，决定把自己修理成普通人。他找到长相酷似巫师的兽医，兽医说，这需要打开你的天灵盖，取出或添加一颗螺丝就成。我太爷说，那你就打开吧！兽医说，我只是个兽医，治人，没经验。我太爷说，我都不怕，你怕啥？兽医只好哆哆嗦嗦地上阵了，但因这手术花费的工夫太大，操作过程过于复杂，结果还是出了问题：他还没打开我太爷的天灵盖，就被"万一失败了怎么办"的担心，给压得昏了过去。等他苏醒过来，我太爷发现，那个兽医，竟然变傻了。

我问嘉措，讲完了？嘉措说，讲完了，有啥问题吗？我问苏奴，你觉得有啥问题吗？苏奴说，没问题啊，嘉措老哥凭着想象力，还原了他太爷的故事，是不？我说，好像是，不过，这事在我们这里，能发生吗？苏奴说，只要有强大的想象力在，我们这里，啥都会发生的。说着，一拳砸到茶几上，茶水都溅出了杯子。

嘉措说，对，文艺创作，就得这样。

苏奴说，最近我想象了另一种家庭生活，写成了一首诗。我感觉这些事，一旦写出来，就会成为历史。

苏奴拿出手机，给我们看他新写的诗歌。诗名《当我从高山之巅回到小镇》，内容为：

鸟儿在林子里飞累了，

迟早会化为鱼，

从山谷里出来，栖息在黑措河畔。

孩子们在房子里待久了，

迟早会穿上华丽的衣服，

跑出巷巷道道，聚集在黑措河畔。

香浪节这天，铁皮炉上

茶壶里的水开了，

那壶盖啪啪跳动，像人一样热烈。

先人的魂灵闻到了酒香，

就从供堂里出来，

桑烟那样在门口盘桓。

卓玛啊，我要去

陪高山之巅的朋友喝酒，

三天三夜，你就别找我啦。

回来后，当我步上台阶，

你可不能陷在别人的怀里，

喝酒，亲吻，把对方搂得紧紧的。

如果那样的话，我们的孩子

将会转世成猫，

在花园里徘徊，闪烁着红色的眼睛。

当他们被猴子和狐狸引向别处，

亲爱的，那时

肯定就是我们永不相逢的日子。

我说，写得真好，我喜欢。嘉措抢过手机，细看了一遍，说，兄弟，看来你不自信啊，担心媳妇跟了别人。苏奴说，啥呀，那是艺术处理，我媳妇在这方面，那还是有分寸的。嘉措说，那可不能保证，我听说诗人都比较敏感，有未卜先知的能力，也许你写的，真会变成现实。

苏奴变了脸色，语气冰冷地说，屁话！

嘉措有点尴尬，看着我。我说，走吧，今天聊得太多了，下次再聊，好不好？苏奴站起来，狠狠地说，走吧！边说边离开包厢，不看嘉措，也不看我。

看来，嘉措的玩笑话，戳到苏奴的痛处了。

过了几天，听说苏奴和何卓玛吵了一架，之后，他从家里搬出来，住在单位的办公室里了。我约了苏奴，也约了嘉措，又去了"老地方"茶馆。苏奴的情绪特别低落。

嘉措说，两口子吵架，是常有的事，你就甭伤心了。

苏奴恼怒地说，你就甭劝我了，我和媳妇这样，都是你那天那话咒的。

我问，到底怎么回事？

苏奴说了事情的原委。我们才知道，苏奴果然如嘉措所说，心里还是怀疑何卓玛对自己的感情，就试探何卓玛，何卓玛待理不理的。这更加深了苏奴对何卓玛的怀疑，连续几次试探后，何卓玛恼了，你说我有相好，我就有相好，你能把我怎么样？苏奴忍不住扇了何卓玛一巴掌，何卓玛十分委屈，去找自己的老哥诉苦。谁知两人在一起的情形又被苏奴一个好管闲事的朋友见了，打电话告知了苏奴。苏奴赶过去，才知道自己确实冤枉了何卓玛。苏奴给何卓玛道歉，给何卓玛老哥道歉，但两人都不愿原谅他，他只好从家里搬出来，在单位里暂住。

我说，看看吧，捕风捉影，只会害了自己。嘉措说，就是。苏奴说，就是个屁，这人世间的事，没意思，我真想出家，当阿古去。我说，想去寺院？那就得不惹尘埃。苏奴说，对，不惹尘埃！

我对他说，尘埃是啥？是情欲、贪念、嗔怪、痴迷，你能戒得了吗？

嘉措帮腔说，对，家庭矛盾、情场仇杀、商业机密、政界旋涡，都是尘埃。它们无处不在，你能做到都不惹吗？

我说，对，还是去给媳妇道个歉吧。女人心软，说几句好话，就能冰释前嫌。

嘉措补充说，对的，人人都感觉活得苦，活得累，但还得活着，对不？

苏奴的情绪好转了，他喝了一口奶茶说，原以为只我一人活得不像人，一听你们的说辞，才明白别人也活得不怎么样。说罢，他情不自禁地笑起来。

但再次聚会时，苏奴说他的道歉，还是没有感动媳妇，又说他不想回家，也没心思工作，得请一个月的假，去他舅舅家，体验体验生活。

苏奴的舅舅家在农村，有一大片山地牧场。在那里，他将甩起抛石去放牧，在放牧之际，会把眼中所见，写成诗歌，通过微信发给我们。过了几天，我们果然收到了他的一首诗：

积雪像刚剪下来的羊毛，
松松地堆在西山。
山顶的信息发射架上缠着经幡，
经幡上的文字像睁着的眼睛。
灌木丛低伏着身躯，它们的
枝丫还未被北风吹干。
看不见北风的形体，当它掠过灌木时
的声音，让我想象到它的犀利的身影。
听说只有雪豹，在那肉眼可及的
森林深处，仍保持着绅士风度。
这位雪豹家族的第七十二代猛士，
一边巡视着疆域，一边舔舐着伤口。

再看诗名，是《我：雪豹》。作为在黑措镇长大的人，我们还是比较熟悉苏奴的内心的。当他放下抛石，拿起纸张，我们就知道，诗歌中的雪和雪豹，已经悄然进入了他的心灵。当天幕降下来，他回到冬窝子。屋子里，光线开始变得暗淡，沉闷地洒在床面上、炕桌上和一把空空的椅子上。小小的房间只他一人，静寂的黄昏后，他得开始生火，把隔夜的剩饭加热，关上门窗，把北风堵在外面……

当我和嘉措忙于自己的俗务时，苏奴给我们发来了内容相似的微信："这一段时间，在山地牧场，我反复思考这样一个问题：活着究竟是为了什么？我回忆了我的过去：出生，哭闹，吃；成长，傻笑，大哭，继续吃；念书，做作业，挨老师批评，换着花样吃；买房，娶媳妇，生孩子，有时不想吃；工作，吵架，耍脾气，看到下一代开始重复自己经历的生活，气得不想吃。我终于发现，人类的生活方式远不如飞禽自由，也不如野兽那么简单。我突然明白，要活着快乐，还是要靠想象。只有通过想象，把得不到的得到，才能过上永恒的好日子。"

过了几天，苏奴打来电话说，扎西老哥，我现在是这里村民们的导师了，他们特别信服我。我说，你就忽悠他们吧，不过，你得小心，也许是他们在忽悠你。

一个月之后，苏奴回到了黑措镇。

我问他，你这个导师回来了，那些村民会不会迷失了生活的方向？苏奴说，那不会的，我把我的思考和发现，都传给了另一个羊倌。嘉措戏谑说，那个羊倌，是不是充当了新的启蒙者？苏奴一脸自豪地说，那当然。嘉措说，谁知道你说的是真还是假。苏奴说，你不相信我？嘉措说，等你媳妇原谅你了，我再相信你。

新岁到来之际，在镇文化馆组织的茶话会上，我遇到了苏奴的媳妇——何卓玛。身为词作家，何卓玛身材颀长，眼神清澈，给人清爽干练的印象。

我说，三个月前，听说你和苏奴狠狠地吵了一架，是不是？

何卓玛说，没有啊，谁说的？我说，就是你家苏奴说的。何卓玛的脸上浮起了愁云，他的话你都信啊？我说，你的意思，这都是他想象出来的？何卓玛说，我看他基本分不清想象和现实。

我大大地吃了一惊。我说，他还说和你吵翻后，就去了他舅舅家，在牧场上待了一个月，这事不是假的吧？何卓玛说，假的。我说，你的意思是，这些都是苏奴编出来的？何卓玛说，根本就没有发生过这种事。我说，天哪，那他太能编了吧，我和嘉措都信了。何卓玛说，他总是编些乱七八糟的事，把自己弄得神经兮兮的。

我问，那他还编过啥？何卓玛说，有一天，他竟然给我讲他死后的情形，还写成了一段话。她拿出手机说，你看，就这个。

我一看，苏奴如此写道："我躺在湖边，头朝湖水，脚朝一片郁郁葱葱的森林。一个省上来的验尸官喃喃地说，他的脑组织都溅到了草上。埋葬我的时候，那些抬棺木的人，双腿打软，都走不动了，但还得朝挖好的墓穴慢慢挪去。那时，天色肯定是阴沉的，柏木棺材也比他们以前抬过的要重得多。当一堆湿土形成山峰的样子的时候，那些低空盘旋的桑烟，才很不情愿地升入了天幕。"

我感慨道，他真有想象力啊！

何卓玛说，他还想象了他走了以后我们的反应。点开了另一个界面说，你看，就在这里。

苏奴写道："送葬的亲朋好友一回来，洗净了手，开始吃羊肉泡馍，这时候肯定会想，苏奴已经吃不了羊肉泡馍了。当他们抽烟喝酒的时候，肯定会想，苏奴已经不是高声喧哗的一个了。当他们熄了灯，搂着妻子或娃娃们睡觉，肯定会想，苏奴已经和家人永远分开了。那么，苏奴留在世上的，还有什么呢？衣服？被烧了。书？也被烧了。房子，还有妻子？成了别人的了。他溅在草地上的脑组织？那会被蚂蚁分食，成为人类完全忽视的粪便。只有他的诗歌，还被人们记着，但在不久，若不进入文学史，也会被人一一忘掉。那么，在这人世上，他什么也不会留下，即使他的尸骨，也会化为腐土，永远地消失在地底下。"

读完，我惊出了一身冷汗。

何卓玛说，这半年来，他一直活在想象中，都搞不清啥是现实啥是梦境了，让人担心得很，你们做朋友的，得劝劝他！

我说，我得给嘉措打个电话，把这事给他说说。

电话通了，嘉措说，扎西老哥，你在哪里？我和苏奴在一起聊天，这家伙太能吹了。随后，苏奴的声音就传过来，老哥，我想你了，你在干啥？我说，我在文化馆组织的茶话会上，和你的媳妇何卓玛在一起。

电话里传来粗重的呼吸声，半晌，苏奴说，我就知道她会背叛我，和别人在一起，但我不知道的是，她竟然和你……不过，请你转告她，我不恨她，也不恨你。

我忙说，兄弟，你误解了，事情是……

电话里一阵忙音，这个苏奴，竟然切断了我和他的通话。

（原载《回族文学》2022年第3期）

扎西才让，本名杨晓贤，藏族。著有诗集《七扇门》《大夏河畔》《当爱情化为星辰》和中短篇小说集《桑多镇故事集》等。

南方的孤独和哀愁

◎ 朱山坡

小时候，我并没有感受到南方的美丽，就像不晓得牛奶的味道。我理解不了"美丽"：生机勃勃的绿色和鸟语花香对五官早早便没有了刺激，雨后青山更加寂寞，层层叠叠的稻田是我的噩梦，蕉林蔗海在台风和洪水之后的狼藉惨不忍睹；台风比亲戚串门还要频繁，对我而言毫无新鲜感和愉悦感。但可以理解"美妙"：比如从探亲的亲戚手里分到几颗"大白兔"，在各种喜宴上吃到大块的肉，大人同意带上我去一趟高州，听说骑车走两三天便可以看到大海，北方马戏团来到村里表演的那一夜……随着年龄的增长，连所获无几的"美妙"也消失了，孤独和哀愁接踵而来。

我对陌生的路感到恐惧，生怕找不到掉头的方向。因为南方的岔路很多，山抱水绕，峰回路转，世间有无数的路，长短不一，宽窄各异，路比人还多。几乎所有的路都被树木和杂草包围、遮掩、伪装，故意让人走着走着就南辕北辙或怀疑自己。大多数路都是寂寞的，尤其是山路和水路，有时候只有你一个人在走，面对空旷和深邃，听着自己的脚步声和呼吸声，孤独感油然而生。有些路走着走着就没有了，有时被一座山堵住了，有时是因为缺少一座桥，更多的时候是因为人迹罕至不需要路。不是所有的路都会生长，有些路迅速衰老，在荒草和尘土中消失得无影无踪。有些路，曾经很熟悉但隔久了不走也会逐渐变得陌生；有些路，走了无数次依然不熟悉。我经常一个人来往于镇上和家乡之间，要走一段漫长的山路，穿过没有人烟的密林、山坳。因为鬼出没的传说让我心里阵阵发毛，尽管走了那条路无数遍，但还是感到无比陌生、孤独，必须奔跑着走到大道上去见到人群。

我的家乡很偏僻闭塞。我曾经努力寻找通往世界的路。从我的家乡出发，向南，沿着红壤土路走到324省道，跟随汽车往清湾镇走出省境，抵达广东省的宝圩、高州，再往南走就应该是广州、深圳，路的尽头是南海，应该也是世界的尽头。到了高州我便戛然而止，因为再往前走，离家乡便超过100里，到达我再也承受不了的生命之"远"。往北，搭乘班车，沿着尘土飞扬的泥土路，穿过七八个镇，早上出发，午后可以到达县城，再往北，就是玉林，那是陌生得一个亲戚也没有的地方，我在人海中显得比什么时候都孤独。往西，是一条崎岖的公路，翻山越岭，走到尽头是陆川县城，那里有火车站，意味着从那里可以走向世界，但我从没有走过通往陆川的路，因为我对它一无所知。往东，一出门我就得翻越一座高山，山的另一边是白米村，是另一个镇的范围。过了白米，又是高山密林，崇山峻岭，无路可走。因此，要通往世界，我只能选择往北走。

然而，我的伙伴都往南走，在广州、深圳、东莞、香港捞着大把的钞票，荡漾在灯红酒绿里。父亲早就劝勉我，往南是穷途末路，那意味着打工、贫贱、堕落、自断前程；北方是中心，是正统，是广袤，是无穷的坦途。问题是，当时我也是这样认为的——至少"北上"比"南下"更有意义。我跟伙伴们反向而行，因此，往北走便显得孤独而另类，还有淡淡的哀愁。也可以理解为不安、自卑和胆怯。

我的县城以西不过几公里，有一个千古名关，叫鬼门关，《辞海》上有介绍。"初唐四杰"之一王勃因杀死官奴曹达，连累了他的父亲被贬为交趾县令，"出三江而浮五湖，越东瓯而渡南海"，远谪到南荒之外，令王勃愧疚难当。不久，王勃南下探父，看到父亲身处荒蛮之地的惨状后内心更加痛苦和歉疚，从交趾归来，在经北部湾的途中，在苍茫孤寂的大海上一直以酒消愁，某天夜里狂风骤起，坠船溺毙，尸无可寻，留下的"落霞与孤鹜齐飞，秋水共长天一色"千古绝响，也是永恒的孤独。唐朝宰相李德裕于宣宗时（847），被贬为崖州司马，从长安迢迢而来，过鬼门关时看到白骨闪烁，孤魂游荡，心生悲戚，写下："一去一万里，千去千不还。崖州在何处，生度鬼门关。"多年以后，苏东坡沿着李德裕的足迹经过这里，穿越瘴气弥漫、百兽出没的密林小路，一路往南，在世界的边缘行走、苟且偷生……他们留给我们孤独的背影也是心理的阴影。南蛮和流放之地几乎成为古代"南方"的代名词，也成为"南人"基因的组成部分。既然"南下"如此悲凉和绝望，那么"北上"便成为南方聪明人的唯一选择。还是唐朝，我家乡邻县的杨玉环和高力士也许是彼时长安最有名气的南方人。到了近代，太平天国和桂系军阀中的许多将领出自本县和邻县，有些还跟我的祖上沾亲带故，他们是抵达北方影响最大的家乡人。当然，也有南下的，到南洋去的祖辈数不胜数，只是大多数以干苦力为生，成功者屈指可数。而今，他们依然孤悬海外，即使在坟墓里也举目北望、独叹伶仃。有时候，坐在山顶上看着无数的山，觉得有人故意将我囚禁在此，永远走不出去，我竟然愁绪暴涨，号啕大哭。每年初，传来第一声春雷，我便开始百念萌动，告诉自己要出发了，但到了年底，我依然没有走出小镇半步。我特别喜欢台风，那是大自然最神奇的馈赠。每次台风到来时，我对着它读诗，告诉它我的愿望，它离开时会全部带走。因而，我的诗和理想先于我出发，早早抵达陌生的远方。它们在遥远的地方等我。但没有人知道，也没有人能理解，我多么愿意追随台风离开贫穷丑陋的家乡。下一次台风来时，我又有了新的诗和愿望。如果我存在台风那里的诗和愿望能转换成钱，我早已经是百万富翁。

那时候，我的孤独主要是因为离北方太远和对北方的过度想象。而且，千千万万条通往北方的路，似乎没有一条能让我踏足其间。"西北望长安，可怜无数山。"我在徘徊、怀疑、小心翼翼。内心的狂野和胆怯互相撕咬，加剧了我的孤独感，并使我愁肠百结。于是，我便开始编织我的文学世界。开始写诗歌，然后是小说。写诗是想取悦身边的朋友；写小说是想取悦北方的读者。写作需要大量的孤独和哀愁作为燃料，煮文字，烹饪情感。确实，我在世间万物中感到了寂寞，也充满了愁怨。那是文学赋予我的，是才华和灵气的一部分，我无比善待它们。我在小说里构建了一个并不宏大的"南方"，主要有两个芝麻绿豆一般大小的地方：米庄和蛋镇。亚热带的勃勃野性和盎然生机，摧枯拉朽的台风和洪水，无边弥漫的巫气和鬼气，浩瀚深邃的大海，亲近和敌意并存的边境，色彩斑斓的民族风情，善良和幽默的人们……我反复编织各种各样的故事和细节，将南方的思维方式和腔调尽可能转换成北方规范化语言乐此不疲地讲述，向你们描摹南方的模样。跟你们想象的不同，甚至跟真实的南方也未必完全相符，它经过我的修饰、变形和想象，这是文学的南方。我努力描画南方，是希望北方的朋友喜欢上南方，喜欢上我。

后来，我曾到过无数次北方，而且在北方生活过一段时间。举目南望，果然是一种"俯视"。不过，跟真实的北方对比，我还是觉得南方更美丽。有一年，我在北师大读研，跟来自海南的林森、来自潮州的陈崇正两个南方作家在北京待了很长时间，每天饭后散步，都在讨论北方与南方的问题，讨论得非常充分、彻底，那实际上是一次心灵的治疗。从此以后，我将盘踞已久的"北上"心结缓慢解开、放下，让自己获得了某种精神解放。"重返南方"的意愿越来越强烈，而且回乡的路千千万万条，每一条都宽畅无比。

到头来发现，其实我从没离开过南方。所有的孤独和哀愁都是原来的气味。基因和骨子里的东西根本无法改变、更换。它们多么顽固和坚韧，虽然经历过那么多的台风和洪水。

世间的悲欢并不相通，孤独和哀愁也一样。因此，南方和北方对彼此的陌生感才使得我们相互向往、互相理解、互相热爱，"新南方写作"才成为可能。

（原载《青年作家》2022年第6期）

朱山坡，小说家、诗人。著有长篇小说《懦夫传》《马强壮精神自传》《风暴预警期》，小说集《蛋镇电影院》《萨赫勒荒原》等。

墓畔回声

◎ 帕蒂古丽

在山东德州北郊北营村，仲春的晨光洒在苏禄国东王墓高大的坟堆上，坟土刨得很松，几株小草正从蓬松的黄土里探出绿芽。同行者在墓地的围墙外急急地喊：

"走，我们该回去了！"

这句话的回声在墓地四周撞击。我蓦然发现自己绕着水泥护围和墓地砖墙恰巧踱出一个"回"。来墓地的每个人，都有意无意间用脚步在墓地周围回旋转绕。

"回"字中间躺着的是苏禄王。惶惑间，我一时难以分清，这个"回"究竟是在唤我回去，还是在唤地下的苏禄王回去。我第一次惊心于这个平平常常的"回"，内心有一种倏然的警醒。

明朝永乐十五年（1417），苏禄国东王巴都葛·巴哈剌与西王、峒王，率340人的大型使团访问中国，那年苏禄三位王爷在北京愉快地逗留了二十余天，受到皇帝朱棣的盛情款待。使团离京后，乘船沿京杭大运河南下回国，到达德州时，东王突患急症，1417年9月13日殒殁于德州以北的安陵镇驿馆。

苏禄国东王长眠德州，他枕着运河的堤岸，听着黄河的水声。不管温度和湿度是否适宜，这里成了他永世的归宿。

东王下葬后，其长子都马含随西王、峒王等人回国继承王位，王妃葛木宁、次子温哈剌（塔拉）（译音）、三子安都鲁及侍从十余人则留在德州守墓三年。永乐二十二年（1424），明朝政府派人护送王妃葛木宁回国，王妃葛木宁眷恋东王，次年她再次返回德州，从此再未离开，与两位王子长期留居德州，直到去世。

现苏禄王墓东南侧，有三个比王墓略小的土堆，便是王妃葛木宁及东王次子温哈剌（塔拉）、三子安都鲁之墓。这个村子里的很多居民，应该就是他们的后代。苏禄国东王墓不是中国唯一的外国国王陵墓，却是中国历史上唯一带有守陵村落的异邦王陵。

苏禄国东王的葬身之地最早并无村落，居民除王妃、王子及侍从十余人外，就是明王朝从山东历城迁来的三户回民：马丑斯、陈咬柱、夏乃马。因苏禄国习俗与回族相似，由三户回民负责王墓祭祀、耕种祭田及家务杂役，所有人同住墓侧。

大约在万历至天启年间（1573—1627），在东王墓西南立清真寺一座，于安、温两姓中各选掌教一人，负责宗教事务。每逢伊斯兰教大典，掌教率领安、温全体族人诵经祭墓，成为定例。虽然生活习俗与当地人接近，但在祭祀东王时，后裔还是按照伊斯兰教习俗纪念，并没有仿效当地的祭祀仪式。

墓畔长满守墓者的后人

故国王土，变成不可企及之地，弥留之际，东王对陪自己同去京城、同奔归途的苏禄王子说的，少不了这一个"回"字。不能回去的父王，只有以王子回去的形式，完成自己回去的心愿。上一代回乡的意愿，可以让下一代承接完成，血脉就像一条河流，哪怕一条分支到达了源头，也代表这根血脉的回归。只是回忆起这一段失去了父亲的路途，不知道这位王子回国后，会在怎样的思念和祈祷中度过一生。

按照大明礼制，守孝三年期满后，王子等守墓人员都可以归国，但他们放弃了。东王的第八世孙苏禄国王通述，请求清朝廷将德州守墓人员的后裔入籍中华。后经朝廷礼部查明，准予入籍。东王后裔正式"以温、安为姓入籍德州"，成为清朝编户齐民，并逐渐融入回族，结束了"客居"身份。史料记载，两位王子和仆人随从学会了当地话，生活变得跟德州人很相像，当地人也对两位为父守孝的外国王子敬重有加。

德州当地的家族文化逐渐影响着这个新兴的王室家族。安、温家族的孩童在清真寺接受伊斯兰教基础普及教育后，也学习汉字以及《三字经》《百家姓》等。家族中出了十几位秀才，清初，温泮还成为家族第一位举人，官至广东按察司知事。温宪则通过科举入仕，累官至知府、道台。民国时期，安、温家族还在西北军中出了一位"不侍二主"的名将安树德。

东王后裔迄今已传至第21代。今天的北营村已经拥有七百多户居民，其中安、温两姓占到四成以上，余下的以马、刘姓居多。全村光屠宰户就占了八成，温姓最多。据当地人介绍，从古至今，安、温两氏修建的房子都分布在王墓的周围，表现了一种对先祖的尊敬。

本是些回不去的人，却成了回族，这几近语言学意义上的一个悖论。东王的随从及其后人，在墓畔坚守，回去的想法，最终也只凝固在他们作为"回族"的命名里，如今他们与当地的民族融为一体。新中国成立前只允许族内通婚，如今随着观念开放，越来越多的王室后裔去外省发展，通婚不再只限于族内。

在北营村苏禄王御园里，遇到作为管理员的"八〇后"王室后裔安静。她笑着说，这里的王族后裔，早已是地地道道的中国人了，没有王族的感受，也没有总想着那块重洋远隔的"故土"，现在因守墓而发展起来的北营村，每家每户都可以用"安静"两个字来形容。

近些年，菲律宾苏禄王王室后裔访华祭祖越发频繁，北营村的安、温家族也有更多机会听到来自家乡的声音。菲律宾的亲人们来祭奠苏禄东王墓的照片，挂满了苏禄东王墓旁展览厅的墙面，人们坐在墓的周围诵经，说着早已遗忘了的从前，久远的岁月汇聚在墓前，他们与先祖在墓地旁完成了隔世的团聚。

看着眼前这一切，心中莫名的哀婉。我怀疑自己对"回"字的破译，只是一己的想象。面对偶然的文化转向，苏禄东王后人和随从，他们当时是哀婉叹息，还是一心如铁扎根他乡，选择在异地上崛起和重建？

人类在大的文化转向面前，难以平衡自己，往往是太在乎失去的东西。没人能将失却忽略不计而去论得到。面对失却，应有哀婉。哀婉也许能让人得到一种精神安慰和心理上的满足，却无法弥补和挽回巨大的失去。有时候，在突如其来的生存环境大转换之际，只怕连哀婉和叹息都来不及。

有故乡而不能抵达，苏禄东王被埋葬在一个大大的"回"字中间。穿过久远的时间向后看，历史上一批把自己模仿成当地回民的菲律宾人，他们身上几乎浓缩了外来者在另一方土地上生命渐渐演进的过程。

墓地周围古老的松柏，像是一个个隐喻。逝者，可以以一座墓的形式落地生根，守望回不去的故国家园；生者，也可以像树一样移植异国他乡，守望一座经世之墓。一眼望去，墓葬周围，谷子一样一茬一茬长满了守墓者的后人。

生活在另一块土地上重新打开

在苏禄东王的墓地，我突然觉得汉字的"问"字与"回"字是这么形似，"回"字是被包围的，"问"字像是打开了一堵围墙和一侧的门锁。走向墓地一侧的门，我仿佛从"回"字，走到了"问"字。

墓中的苏禄东王似乎在对我言语：回不去了，就像我一样，躺在陌生的土地上，晒晒异乡的太阳。像丢掉累人的行囊一样，丢下属于你的一切，学习当地人的生活，让子孙后代在另一片土地上繁衍生息。身为王者尚且如此，何况普天之下的苍生呢？

苏禄东王及其随从的后人，是一群特殊的回族，他们带着自己的文化偶然闯入了别人的文化。在六百年的岁月磨损里，他们渐渐褪掉了身上所有菲律宾人的印记，随着一代代与当地居民的融合，他们的节日，他们的服饰，甚至他们的长相，都完全回族化了。这个墓地里，没有任何能代表苏禄国的文字，东王亡故后，留下的守墓者和他们的后人，渐渐扔掉了原有的文化，他们的语言、他们的习俗都已湮灭。

当一个生命中最重要的人，被埋在这片土地上的时候，根似乎被无声地挪移了，墓地成了他们永远的故乡，生活在另一块土地上重新打开。他们完全融进了这片土地，他们顽强地生存下来，在辽阔的齐鲁大地上耕种、收获，这片宽厚而蕴情的土地喂养了他们。他们将清真寺建在墓旁，墓前还有皇帝题的墓碑，墓碑由一种龙头、龟身、蛇尾的动物驮着，这种人间不存在的动物叫赑屃。

赑屃这种在汉文化传说里具有神力的动物，没能在活着的时候驮着苏禄东王漂洋过海，回到他远隔重洋的国度。在他死了以后的六百年里，赑屃驮着墓碑，高昂着头，似乎一直在行进中。它穿过层层的岁月，漂浮在时间的河流之上。这让人想起这位菲律宾的王，沿大运河坐着船一路自京城漂流下来的路程。这块墓碑将一直被这只不知疲倦的赑屃驮着远行，从他乡永远地往回走，一直走到时间的尽头。

幸好还有一个"回"字可守

大地上的人们在不断地迁徙，每个人的命运都在无奈地搬迁和无奈地挪移中变幻莫测。很多情形下，也许我们能够坚守的就是一个亲人的墓，甚至有时候，连亲人的墓都被我们抛到了千里之外。瞬息万变中，我们不知道会在哪一刻丧失家园、丧失语言、丧失文化、丧失生命的原点和能量。

从大地的这一头迁徙到那一头，尊贵为王者，尚且命运难卜，半途葬身，难以料想我们的墓，最终会修在哪一段来路和去途中，甚至将来世界的某一处，会不会有一座为我们预备的墓，用来掩埋我们的遗骨。如果我们有碑，碑上会刻什么样的痕迹，来讲述我们在接连不断的失却中完结的一生？

我们从世界的这一处行往那一处，不知道会碰上什么样的风浪，遭遇什么样的险阻，然后就会彻底地改变回归的方向。我们会在哪里安身，会守住一个什么样的根？我们会在途中遗落什么？我们又能够坚守住一些什么？

命运这个听起来那么厚重的词语，在一场偶然面前，竟然显得那么轻、那么薄。甚至不需要战争，不需要瘟疫。苏禄东王路途中的一场风寒，就足以使他的后裔命运转向、民族变更、文化尽失。这一群丧失了一切的人，代代更迭，如果到了最后，连出发的原点和初心都已忘记，一旦根系枯死，就真的再也没有还魂的可能了。幸好还有一个"回"字可守，只要守住了一部分，那一部分就成为种子和根，人就可以在那微小的一部分里存活，繁衍生息。

苏禄东王巨大的墓，以死亡的形式，向人们昭示着一种生，那是一个用一代代守护者的盼望浇灌的生，而这所有的生命的原动力，就是与墓地建筑形意相同的一个"回"字！他们的根系阴差阳错地扎在了异国的土地上，回族这个身份和名称于他们，俨然成为一种心愿的象征。六百年梦回，内心还是听从着墓畔响彻的"回"声。

只要"回"这个愿望一息尚存，它就是有生命的一个字！这座墓也就是有生命象征意义的一座墓，因为它的盼望没有死，它的守护者依然守护着与墓主人相同的盼望，虽然那盼望就如石碑上的刻痕，由于年代久远，已经变得模糊不清，但守望者以不变的初心守望一座墓的姿态，已经成为这个墓旁强大的文化注解。

关于根与归根，关于归人与过客，关于回去和现在，关于我们该回到哪里和我们能够回到哪里，回不去以后，我们的生活最终会变成怎样，苏禄王的墓，将关于文化的宿命昭示世人。

现在，一切静静地化为一座墓的形象，回到历史深处。苏禄东王的随从和后人们，六百年来化作大大小小的坟墓，融进脚下的泥土。他们活着的子孙，有的生活在墓地周围，有的从墓地周围迁徙四散，扎根别处，这些外来者不外乎这样两种宿命。

在墓地门口，我看到一位卖鞋垫的中年女人和一位卖茶叶蛋的老年妇女，她们用当地口音吆喝着。墓地的围墙根下，我看到许多与泥土打交道的庄稼汉，我看不出他们是不是跟这座墓有关系。我问，你们知道这墓里是什么人吗？

一个农民模样的中年男人回答：“我爷爷知道，听他说是一个外国人，我们祖先守过这个墓。我们早就改种地了，现在这里是景点，不管墓里头埋着啥人，时间过去太久了，跟我们也没有啥关系了。”

守着守着，恐怕最后连守墓的人自己都忘记守的是谁了。

我看到有一家人聚集在墓地前的清真寺门口合影，一名年轻人推着轮椅，轮椅上坐着一个白胡子的老者，后面站着一对中年夫妇，男的戴着白帽子，女人头上戴着头巾。

中年女人指着墓地旁边的白房子说，她的家过去就在墓地附近，她的祖先就是守这座墓的。他们从很远的地方回来，为的是带孩子来看看自己的根。言语间，他们已把这里当成了自己的根。我看着那一家人推着轮椅上的老者进了清真寺的门。对于外来客漂泊的灵魂，也许只有他们认同这里是他们的根，才不至于在漂泊的命运中遗失自己。

回去可一定要趁早啊

这世界上，还有很多像苏禄东王的后人和随从一样的人，虽然没有把"回"字写在他们民族的命名里，但作为回不到故乡的人，他们到死念着一个"回"字。当故土无法回归，我们将何去何从？我突然担心自己也像苏禄东王一样，成了一个走到半路回不去的人，我更害怕成为一半回去、另一半回不去的人。

从浙江支边宁夏的我公公，死后躺进宁夏河套平原的黄土里，他的眼睛到死也没有闭上。他回不去了，跟他同祖籍的妻子守着他的墓，也回不去了。我能听见他喊着一个无声的"回"字。他没有喊出来的那个字，是一曲无法唱出的归乡哀歌，只有我这个几十年来跟他一样患着严重的思乡病的人能够听懂。

我的母亲是回族，我不知道她曾祖父以上那些久远的历史。我至少知道在半个多世纪前，黄眼珠、棕红胡子的回族太外公带着我汉族的外公、回族的外婆和后来成为我母亲的那个人，从甘肃天水张家川逃荒出来，到了新疆的北疆以后，就再也没有回去过。饥饿相逼，活命成了第一法则，整个家族仓皇迁徙，故园反而成为一个亟待逃离的噩梦。直到晚年，回去道别或走坟故园，才开始成为他们生命里生长出来的迫切念想，而漫长的岁月中，念想延伸的根或慢慢枯干，或被无常的命运斩断。他们那几代人直到死去，没有任何一个再返回过故乡。

带着一半的回族血统，现在生活在江南的我，一直想去母血的源头，认领我的另一个故乡。我沿着来路一代代上溯，顺着原初的根脉去探看，去抚摸，我不知道这样做，算不算替他们回去。

我身体内的另一半维吾尔族的血脉，渴望着与父亲的血脉靠近。父亲在二十世纪六十年代初，从喀什来到了北疆，直到生命终结，也没有再回过自己的故乡。父亲的墓就在离村庄不远的地方，我带着回到父亲身边一样的喜悦，在我的出生地老沙湾大梁坡盖了房子。衰老来临之前，我要做好一切回归的准备，这算不算另一种形式的守墓？墓地是我生命的原点，也会是我生命的终点，我只是一直流浪在路上的那一个，一直游动在两者之间。我们不想成为既不能到达，也无法返回的那一个。我的还乡，就是返回对生命原点的无限接近中。

现在我是另一块土地上的那个我，我精通宁波这个地方的方言，那是我父亲认为世上最难懂的语言。我谙熟南方人的生活习性，依照他们的习惯行事，除了尽最大的努力遵循能遵循的传统规则，我按这里的生活方式生活。每天走在路上一片怅惘，脚下的青石板上的苔藓，都摆出一副不认识我的吃惊模样，仿佛提醒我，为何煞有介事地错踏在南方的青苔上。

我半边脑子在想，死后也许我会葬在宁波东钱湖畔的穆斯林公墓，或许我会满世界走，最终连自己也找不到自己；半边脑子又在想，我要在死去之前，回到生养我的大梁坡，好在死后把自已埋进那片盐碱滩，去暖一暖父亲冰冷的白骨。人们还能从我双眼里看出什么？一只写着南方，一只写着北方吗？抑或是一种分裂？站在生活一侧旁观的那个北方的我，猜不透生活在南方的我在想什么，就像我一半的血脉，猜不透我另一半的血脉。

我要寻回父亲的血脉，母亲的子宫。我要在所有孕育过他们的地方重新诞生一遍，重新掩埋一遍，重新复活一遍，活成我应该活成的样子。一年一次亲近新疆那块熟悉的土地，成了我生活中最奢侈的享受，回去可一定要趁早啊，晚了，途中被什么事情一耽搁，恐怕连喊一声"回"字都要哑了，就像那个客死异国他乡的苏禄王一样。苏禄王患病他乡时，回不去了的醒悟是那么可怕！

看到我弥留他乡的样子。

我努力使自己在苏禄王坟墓旁醒着，他的随从和后人们六百年来在他墓畔演绎的，是另一方水土上的生生不息。突如其来的死亡，让他眼前的一切变得黑暗，他只能抗拒着走向生命的终点。遇到这客死的王陵，似乎遇到了一个可以让我入戏的角色，一段为我而写的独白。我恨不能借这座墓冢，伴着他乡的墓畔哀歌，美美地哭上一回。

从遇见这座墓的那一刻起，内心的不安感和安慰感，就化成两股绳索，向两个不同的方向拉扯我的心。不安，是看见墓里面那些别人看不见的东西；安慰，是因为几十年来怀乡的情感，暂时借助一个客死他乡者的坟冢得以释放。

在遇到这座墓之前，我的一些意识是沉睡着的，在这座墓旁，我遇见了另一个我。我的心猛然收紧，她原来一直在那里冷眼看着我在异乡生活、想念和撕裂，只是我平时一直故意沉浸、奔波在另一些事情当中。她是能够带我回到原乡的灵，我只是她在现实当中的空壳。她很从容，时间、心跳和喘息，都因她的从容变得很缓慢。我就那样看着她在墓旁踱步，绕着水泥护围转圈，踱出一个又一个"回"字。一些意识从我的心底新生出来，很强大，我无力制止，无法抗拒。

这座墓在恍惚中像一面镜子，照出了我多年后弥留他乡的样子。人是不是在惶惑中，才更容易接近和抵达自己？我突然想到，一个民族最终能留下的是什么？某个民族引以为荣的服装，最终可能成为任何一个民族的时装秀，说明服饰肯定不是。许多人以为可能是语言，苏禄王的后裔主动放弃了语言，说明他们意识到在与其他民族的融合中，语言可能会是障碍。而宗教信仰在文化学视野下属于一种文化形态，在社会学视野下宗教乃社会的"意识形态"。那么最终能留下的可能就是一种精神气质吧。

伫立苏禄王墓畔，两边是苍松翠柏、青柳白杨，我躬身捡起一片被风吹落的叶子，抚摸上面的叶脉。苏禄王，曾经作为一棵枝繁叶茂的大树存在，这里居住过苏禄王的一个王妃和两个王子，王族的血脉衍生出的枝丫也曾在这里延续。我没法比对植物的叶脉与人的血脉到底有什么不同。六百年过去，苏禄王的血脉从这里渐渐扩散到越来越远的地方，消融在齐鲁大地上，那些细若游丝的脉络，已经融合在更大的群体中。

墓地的围墙外，一幢接一幢守墓者和他们子孙的白房子，远看一片缟素，一重一重朝远处延展，像一个套一个的"回"字，似乎千万张口在重复一个字：回！回！回！这个有形的声音，以王的墓为原点，一层一层的回声在五月的风中回荡，在空空的墓地上空像涟漪一般不断回旋、扩展，自近处的层楼和人群扩散到远方，直到风流云散，再也听不到一丝回音……

（原载《文学港》2022年第8期）

帕蒂古丽，本名帕提古丽，维吾尔族。已出版散文集《隐秘的故乡》《散失的母亲》《混血的村庄》，长篇小说《百年血脉》等。

风中的修辞

◎ 刘云芳

　　风吹来，盘踞在我的鼻尖。更多的风在爬山虎的叶子上、河面的睡莲上，以及岸边小孩子稀疏的头发上，快速地翻阅着……它们是在寻找什么？一群群麻雀从梧桐叶子脱落的地方冒出来，在那里说三道四，蹦蹦跳跳。树上，圆滚滚的球形果实摇来晃去，像一个个耳麦，这棵树把它们垂挂在空中，想要收听到些什么呢？

　　我踩着叶子，从小区里的砖石路上走过，感觉身边所有的事物都像是有话要说，比喻、拟人、排比、夸张……它们隔着物种的界限向你传递某种信息，那么复杂，又那么亲切、熟悉。空气里传来雨后青草枯萎的味道，这让我想起某个秋天的清晨，从这样的气息里穿过，去地里掰玉米棒子、摘南瓜、薅葱、挖红薯或者土豆。在一个个重复的季节里挖出新鲜的果实，将它们放进地窖或者粮仓，储存起来。我父母总是在跟某个季节抢东西，把那些物件从地里快速地收回来，藏在某处，保持水分，免得被冻坏。

　　而与此同时，蚂蚁们也在田野里快速地搬运着。我蹲在地垄边，看着父母和蚂蚁们以同样的姿态忙碌着。我坐在那里，让自己安静成大山的一部分。我能感觉到，在大山的心跳里，父母的忙碌与蚂蚁的忙碌运用着同一种修辞。

河边，爬山虎的红是一把钥匙，它打开一层，让我看见故乡黄栌叶的红，那是一团团忽然就燃在远山的火，让人有种错觉，以为又有花忘了季节，由着性子开了。它让我想到少年时，自己和伙伴都有过那样一张红扑扑的脸，一整个秋天，风和阳光都在这些红脸上摸摸索索，好像错将我们的脸当成了一颗颗苹果。当然，它也摩挲奶奶的脸。那么瘦弱的奶奶，在田野里开垦出无数的小块田地，种葱，种红薯，种土豆，也种花生。那些田地有的像鞋底，有的像头巾，它们是奶奶扔在大山里的抽屉，在一些个清晨或者傍晚，她从那里取回各种鲜灵灵的果实。

在故乡，风是大自然全年都在用的修辞。春天，它亲吻你，冬天，在你脸上磨刀子。春天能有多温柔，冬天就能有多狠心。我的脸被风割出过口子，手上、脚上都被割出过。在山路上一走，风直往手上的口子里钻，像是急切地要往那里塞上一封信。脚丫上的口子总是往外渗血，母亲给我洗了脚，往上糊一层煮熟的土豆泥，可惜这口子根本不领情，依旧张着，似乎有话要说。它要说些什么呢？说它走过的那些路吗？等到晚上，袜子和肉连到了一起。母亲帮我一点点往下撕扯，扯出一块血脓来，又是往上抹蛤蜊油，又是放在火上烤。一股热气，顺着那口子直往身体里灌。

父亲从外边回来，看了看，什么话也没说，去他的电工包里来回翻找一阵，拿出一截白胶布。那截原本用来缠电线的胶布，被他快速地扯下，牢牢粘在我脚底。白天，这块胶布总是向我提醒着它的存在。许多个冬天，我的脚是父母和一场场寒风竞技的舞台。他们想尽办法，让那些口子闭紧嘴巴。

露水有时是摇摆的无根无茎的果实，有时是一面微小的立体的镜子。这透明的球体在清晨探照整个世界。它看得见，清晨，谁奔忙在田地里割韭菜、拔萝卜，谁穿着一双高靿球鞋弯着腰捡地软，谁对着一地庄稼叹息或者说话。少年时期，我没有看到的有关清晨的景象，都被无数的露水记载着。但它们从不认账，等我去辨认的时候，翻身就滚落到土里，又在人看不见的地方努力往上爬，能爬多高就爬多高，然后藏在一颗颗玉米的籽粒中，也藏在瓜果最甜的那一部分里。后来我发现，它们也藏在年长者的眼眶里。当我第一次看见那露珠从他们身体里分泌出的时候，我才知道了那个秘密——他们，也是这大地上的庄稼。

奶奶喜欢坐在玉米皮编制的蒲团上，花白头发总是遮住半张脸。她将高粱秆也长长短短地切好，两头用细小的树枝接上，拼造出了一座宫殿。她把这礼物送给我的时候，也一同送我些故事，王宝钏苦守寒窑或者梁山伯与祝英台楼台相会。她还用布头拼制出一张张被子，用塑料袋折成三角形拼制书包……奶奶总善于用零碎的东西拼凑出另一种东西。比如用鸡蛋拼凑出一年的用度，用一块块田地拼凑出孩子们的营养所需。她也习惯于拆解，用碎片的叙事向我展现她的童年，那散落在岁月深处的星星点点的甜。

夏天，她送我麦秸秆做的蝈蝈笼子挂在高处，又交代我，要喂它们吃南瓜花、酸枣叶，挂露水的最好。那只蝈蝈最终吃掉了另一只，而它自己也死了，两只脚还紧紧地抓着一段麦秸，表现出一种不舍和恐惧。在做东西时，奶奶过多地关照了细节，说话时却从不夸张，也很少比喻。她那么随意地将它们递给我，只说

"给!"，好像一切都是顺便为之。

几十年过去了，我总渴望通过想象和梦境进入那段时空，把蝈蝈笼子取下，把"宫殿"拎在手里，将一切都紧紧攥着。我希望自己成为时间的窃贼，把那一段经历尽可能立体地进行剪切，粘贴出来。但醒来之后，手心里，除了因为握得太紧留下的指甲印，什么也没有。

眼前的河水混浊，一些水草在里边横竖交错。站在石头后边，我与这水影相认，确定那里隐藏着奶奶最后几年的眼神，含混，却微微透射出某种暗淡的光，像是眼眶里嵌了一对琥珀。奶奶看人时，总是费力地把那些光聚到一起，然后努力回想，眼前走过的人到底是谁。我总是怕与她对视，但她依旧到处搜索我的身影，不管谁经过，都先把我的名字挂到人家身上。

她经常坐在别人家的房顶上，望着远处那些小块田地——她藏匿着的"抽屉"已经被大山收了回去，先是长了苦菜，后来又长了野菊花，再后来，竟然有几株黄色的野玫瑰也搬了家来。她不能跑远，便在窗台上种了许多花草，好像是为了与那些不能再去的遥远田地进行呼应，似乎在告诉它们，哪怕出不了远门，她也能种出一片姹紫嫣红来。

去看她，就要穿过从土墙上凿出的那一截甬道，暗得看不见手指。她刚才已经在窗口看到我，在里边喊着：慢点走，黑！用这声音为我定位。我摸着一旁的土墙一步步试探着往前，终于进了那孔窑洞，她盘腿坐在炕头，前倾着腰身，邀我上炕。我从那双眼睛里看着自己的倒影，我像照镜子一样，看着自己坐在她的眼眶里，听她说话。某一刻，我甚至觉得，此刻的自己正是她眼眶里那个小小的我投放出来的。

最后那两年，她躺在炕上，已经失去行动力。我总是避免去看她，也怕看到她混沌眼神里小小的自己，生怕从那里照见无以言说的胆怯。我知道，某种事情正在她生命里悄悄蔓延。她越来越瘦，越来越小。最后那次见她，窗帘拉着，她蜷缩成一团，见了我只是哭。那哭是有气无力的。我感觉，暗处的奶奶像一丛被人放倒在地的纤细的花朵，一抖一抖的。

那次离开故乡的时候，大雪封山，我只好背着行李出发，到山下搭班车去外省上班。雪没过小腿，在脚下咯吱咯吱地呻吟。几天之后，我接到奶奶去世的消息，当时正在街边店里买自行车。我付钱的手颤抖着，推动那车子，骑上去，感觉车轮迅速地滚动着，像是要飞快地碾碎什么似的。

那些年里，我总是梦见她依旧躺在老屋的炕上，旁边停留着一口棺材，像船一样，等着载她去远方。她去世之后的多年，一直暂居在我的梦里。我总觉得，那是她有意将生前的留白一点点涂抹填满。

后来，我结婚时，长辈们把她的照片请出来，靠墙供着。她以这样的方式参加了我的婚礼。她的眼神里保留着那几年的混沌。我弯下腰去，擦拭照片上的灰尘，然后，偷偷抹掉了眼眶里的泪水。

我一次次爬上地垄。仿佛那些曾经被奶奶收获瓜果的抽屉，如今也变成了我的。在所有大地深处的抽屉里，我都能发现长辈们留给我的非文字的惊喜。于是，我看到柿子树结满果实，看到柳树弯腰，拼了命也要亲近土地上的一棵草，看到喇叭花在栅栏上竭力喊出无声的消息……大地生产了最新鲜却又最古老的语言，将它们揽在怀里，等着某个人或者所有人去聆听。为什么我在更小的时候没有发现呢？好像年龄一日日增长，就是为了让自己终于可以够到这些秘密似的。

这么多年，每次回乡，我都会去大山深处，遇见石头，就坐上去。山野空旷，看不见人，但抬头低头都能看见往昔的情景。语言开始在心里乱撞，它们像醉了一样，东倒西歪，拼不出一串像样的句子。

走在小区里，看到曾在5月盛放过的野玫瑰，现在只剩下小小的叶片晃动，绿化带里的黄栌也已经变换了色彩，松塔不时从高处落下……眼前的植物仿佛也与故乡的植物通联、合谋，让所有既虚无又真实的东西飘过，在心里扎根。我恍惚起来，此刻，自己到底身在哪里？但一眨眼的工夫，这幻觉便碎掉了。我呆立着，对每一株摇摆在风里的植物肃然起敬。

（原载《散文》2022年第3期）

刘云芳，现居唐山。中国作协会员，河北文学院签约作家。已出版散文集《木头的信仰》《给树把脉的人》《陪你变成鱼》，长篇童话《奔跑的树枝马》《老树洞婆婆的故事》。

一个人的创业史

◎ 李一鸣

一

1992年岁末，我回到故乡过年。之前由于节日值班，我已经三年没回老家了。让我纳闷的是，一连几天未见表弟。表弟是小姨的孩子，和我们同村。他出生那年，我母亲到父亲工作的辽西看病，小姨就带着表弟住到我们家，看护着哥哥和我。放学回家，我常常抱着表弟，到街上转，去田野里玩，虽说是表亲，感情上却和亲兄弟没什么两样。以往我回老家，表弟不管多么忙，总会第一时间来看我。未见其人，先闻其声。"二哥回来了！"伴着咚咚咚的跑步声，门被忽地推开，门楣下露出表弟那俊美的面庞。

表弟个子高挑，生得白白净净，一头鬈曲泛黄的发，眼珠乌黑，睫毛很长，一闭眼仿佛便有两团小雾遮起眼来，一笑，满口的白牙，右嘴角露出的一颗虎牙，让他的笑脸显得分外俏皮可爱。

大年廿八那天中午，我们到墓地祭拜过先祖，回家后团坐在一起吃饭，忽然听到天井里重重的脚步声，门帘一挑，随着地上长出一团阴影，跟进一个宽肩壮硕的汉子，却是表弟。只见他面容鳖黑，黑红的耳轮上泛着微白的爆皮，右腮隐隐有个弯月般的暗痕。表弟沉沉喊了声二哥，一握手，我顿时感到一股粗粝厚重的力量。落座后，看他的手指关节粗大，指甲隆起，指肚饱满得像小鹌鹑蛋，筷子在他手里显得十分细长。

"要工程款去了，蹲了半个月，才给了8000元钱。"表弟嘟囔道。

三年前表弟初中毕业，15岁年纪就跟着村里的劳力到油田建筑工地干活，先是当小工，搬砖头、扛水泥、运石子、筛沙子、搭架子、拧钢筋……两年后出徒当了"匠人"，放线、植筋、砌筑、抹灰……太阳晒，寒风吹，一个白净净的学生娃，成了精壮的汉子。

"我不干了！每日里起早贪黑十四五个小时，才给30块钱。不干了，坚决不干了！"几杯酒下肚，表弟眼睛红红的，一个嘴角扭到一边，抬头纹深深的，仿佛那纹里积满灰尘。

"不干建筑，那你干啥去？"

"跑业务！"

表弟所说的业务，是指厨具推销。

那几年我的家乡兴起了厨具热，开始是有一家兄弟仨靠制造厨具发了财，接着一家带一家，几户带全村，不几年，乡里周围矗立起几百家厨具企业。到今天，经过三十多年发展，家乡的厨具业已经从家庭作坊零打碎敲变成了现代企业规模化生产，成为闻名遐迩的"中国厨都"，市场份额占到全国的三分之一。但在当时，蕞尔小地的产品"养在深闺人未识"，如何才能"嫁"出去？

各厂家就用高回扣吸引乡亲们"跑业务",以打开销路。有些敢闯的小青年,不但跑遍省内,有的还去了"新西兰""云贵川",奋斗几年,驾驶着佩挂当地号牌的轿车返乡过节。

可是姨夫坚决反对表弟的选择。"还是干建筑稳当,甭整天想三想四想些不着调的!"表弟却执拗地去"跑业务",为此父子俩大吵了一架,大过年的,表弟跑到临村初中同学家里去住,过了初六就和同学去了遥远的拉萨。

二

两年后,表弟一个人从拉萨回来了。

脸是高原红,人成黑铁塔。

纯净的蓝天,圣洁的白云,雪山圣湖,风中经幡,浓浓的酥油茶,长长的哈达……都纺卷进歌曲里了。陌生的出租屋,生疏的街道,胸闷气短、头疼欲裂的夜晚,硬着头皮、一家一家敲门推销的忐忑,一次次被拒绝的沮丧,意外成功的欢呼,都成了过去的故事。

去时,钱兜瘪瘪;回来,两手空空。

表弟的那个初中同学,在拉萨已经和一个藏族姑娘成了家。婚后不久,突然连续恶心、呕吐、腹泻,以为患了胃肠炎,到医院一检查,竟是肝癌。四处寻医、找药、等肝源,费了千辛万苦,在天津医院做了肝移植手术。两个人辛辛苦苦挣来的钱,全贴上去都不够,还欠了一屁股债。

姨夫唉声叹气,劝表弟再回建筑队当"匠人"。表弟不吵不闹，到油田继续销售他的厨具，其间结识了市里一个退居二线的副局长张局。谁会想到，张局改变了他的生活。

张局是老乡，那时负责服务公司，在置办食堂厨具过程中，和表弟吃吃喝喝，唱唱跳跳，有了交情。厨具生意办完了，他留下表弟参与维修工程。就这样，表弟拉起一支十几个人的小队伍，挂靠服务公司，搞起了建筑老本行。尽管那里的维修工程需要垫资施工，但并不太累。"这里有的是活，只要有活干就亏不了咱！"电话里，表弟信心满满。果然，第一年春节，表弟就买了一辆二手上海牌轿车开回家，尽管快报废了，毕竟是轿车，在村里拜年走亲戚也开着，算是扬眉吐气了。第二年夏天，他又换了一辆向阳牌工具车，他的兄弟们坐在车斗里，兴高采烈地一起回家收麦；到了春节，他又开着一辆起亚轿车回了家。于是，乡亲们便张罗着给表弟提亲，相了好几门亲，表弟看中了邻村芙蓉姑娘，经过相家、换柬、交换手绢、看日子，两家给他们订了婚。

眼看表弟顺风顺水，将来的日子肯定风光无限，没想到却出了岔子。到了年根儿，张局突然提出第二年要通过招标重新确定工程维修队，并暗示优先让表弟继续干。这时，不料杀出一匹"黑马"，表弟维修队里的施工员竟报名投了标。这个施工员是表弟同学，平时两人也是掏心窝子的兄弟。张局趁机提出，谁想挂靠，必须先缴20万元的挂靠费。20万元可不是小数！"为了争口气，也要和他争！"表弟一头扎回村里，找亲戚，求朋友，终究没借到几个钱。"你弟弟回到家里，就挺到炕上，不吃不喝，不言不语，咋办？"小姨在电话里让我帮着想想办法。我到处打听，谢天谢地，终于找到一个在县农信社当经理的朋友，表弟贷上款，一把送给了张局。

原以为交上钱，挂靠服务公司的事就万事大吉了。没想到，20万元扔出去，维修工程不仅没增多，反而比以前还减少了。表弟意外发现他的那个参与挂靠竞争的同学另起炉灶，带着几个工人，也在干着服务公司的维修工程。表弟隐隐觉出了不对劲儿。"咋办啊！这不被人家坑了？工程量太少了，还不够还利息的！"听着电话里表弟沙哑无力的声音，我仿佛看到他焦灼得要冒烟的表情。

后来，表弟参加电业局一项工程招标，他的投标金额最低，人家考察了他的业绩，看他是个实在人，就选了他。表弟把这个工程当成救命工程，带着他的队伍在莽莽盐碱滩上搭起窝棚，驻扎下来，夜里听海风阵阵，数漫天星星，一眨眼，就是咬牙度过的一天。干了一个冬天，工程通过了验收。电业局的工程多是在野外，很艰苦，但最大好处是不拖欠工钱。工程结束一个月了，电业局财务处始终没通知表弟结算工程款，表弟开始不好意思问，以为等等就会接到通知。可左等没有，右等没有，实在沉不住气了，他去财务处一问，说是早已拨付了。细查，却原来是张局带着介绍信到电业局把钱划走了……

三

其间，发生了一件大事。

淄博市一家民营建筑公司在油田到处找工程，听说服务公司有个填海项目，几经周折，找张局来争取这项工程。

那天中午，淄博公司在酒店宴请张局，张局把表弟也喊上了，这让表弟受宠若惊。席间，张局介绍表弟是服务公司经理。淄博公司的人除了向张局极尽颂扬之能事和大表决心外，还向表弟频频举杯，表达请他关心之意。表弟酒酣耳热，心情愉悦，整个场面异常热烈。

饭后，淄博方面怕夜长梦多，请求当场草签协议。张局对表弟说："你来签吧！"表弟略有迟疑，张局催说："没事的，一切由我负责！"表弟懵懵懂懂，在甲方负责人栏里签上自己的名字。30万预付金，张局顺手放进了自己公文包里。

一年后，淄博方面迟迟未拿到工程，经过多方了解，得知填海是个有说头没来头的工程。他们多次找张局要预付金，张局不是搪塞他们，就是不见面，淄博方急了眼，起诉到法院。

进入司法程序后，表弟收到传票，要求他某月某日到案审理。表弟不予理会："我不就是替张局签了个名吗？又没拿钱，凭什么传我！"

后来法院缺席进行审判，给表弟发来判决书。判决书要求"被告于判决生效之日起三十日内偿还原告本金30万元。如果未按判决指定的期限履行所确定之金钱给付义务，应当根据《中华人民共和国民事诉讼法》第二百五十三条之规定，加倍支付迟延履行期间的债务利息。案件受理费4900元，财产保全申请费1760元，共计6660元，由被告负担。如不服判决，可在判决书送达之日起十五日内，向法院递交上诉状"。表弟气急败坏，把判决书揉皱扔到一边。

淄博那家企业经理给表弟打来电话，让他尽快还钱，说知道预付金是张局拿走的，但协议上是表弟签的字，只能找表弟偿还。至于表弟是否再向张局追讨款项，那是另外的官司另外的事。表弟在电话里和他声嘶力竭大吵一顿，气得一天没吃饭。

一天晚上，表弟在床上被淄博来的法警抓走了。淄博那家企业申请了强制执行。

当天半夜，我接到芙蓉的电话，芙蓉惊魂未定，在电话里结结巴巴给我讲了大体过程。第二天，姨夫又给我打电话，小姨抢过电话，撕心裂肺地哭："这日子没法过了！你快想办法救救你弟弟！"我当天把自己的定期存款取出来，又向几个同事借款，第三天才凑齐钱，与芙蓉在博兴县城会合，赶往淄博那家法院。

记得那天是多年未见的恶劣天气，一路狂风暴雨，汽车在公路上像喝醉了酒似的打飘，天仿佛裂开了口子，汽车雨刮器如两只交叉的手一刻不停地左右挥动，车前还是一片迷蒙。我让司机把车停在路旁等了半个来小时，风雨小了一些，我们才继续赶路，柳桥、曹王、索镇、朱台、辛店……芙蓉一个劲儿催："快点，快点！他进去两天两夜了，不知道折腾成啥样呢！"我劝慰她说："这是民事案件，不会有事的。"进了城区，眼看就到法警大队，汽车快速驶近十字路口时，红灯突然亮了。司机紧急刹车。这时听到身后刺耳的吱吱吱的摩擦声，越来越近，越来越响，正要回头看时，突然一股力量使我上身猛地往前冲去，顿挫之间，后脑勺又撞向椅背，然后又弹了回去，我感到脖颈麻木，头嗡嗡的，视线模糊，只听到芙蓉在喊："老天，这是咋了，要俺命啊！"

出车祸了！

接着听到车外发动机隆隆的声音，车轮在路面摩擦打滑的尖锐声音。惊悸不安中打开车门，雨正下得急，车后箱像个蚂蚱一样弓了起来，肇事车早已不见踪影。人生地不熟，又赶上这样天气，时间紧，事情急，我们只得晃晃荡荡把车开到法警大队门口一侧停下来。

面对满脸怒气、高大伟岸的执行局长，我轻声细语地申辩了几句："您也知道，他没拿到钱。他是签了字，不过他就相当于一支笔，只是工具啊……""谁签的字，我们就执行谁！"局长声音高拔严厉，打断我的话。芙蓉瑟瑟缩缩地躲在我身后，不敢出声，一个劲儿拉我衣角，我拍拍她胳膊："没事，不要紧，咱办手续。"我们小心翼翼地填表、写检讨书、缴款，手不由自主地哆嗦，似乎拿不稳几张薄薄的纸。手续办完时，窗外雨声更大了。

"把那小子提来！"局长对着话筒，中气十足，声振耳膜。

大约过了半个小时或是更长？在漫长的等待之后，只听到门外汽车的引擎声，刹车声，关车门声。随着办公室门被打开，表弟被两个穿制服的魁梧大汉夹在中间推进门来。表弟满脸灰暗，头发凌乱，两手抄着，一副锃亮耀眼的手铐闪着寒光。

四

天无绝人之路，苍天不负表弟，靠着诚实朴实和吃苦耐劳的品行，表弟队伍的工程量逐渐多起来，在七八家单位都有了工程，也赢得了不错的口碑。

"不管和谁相处，咱都得实实在在地处好，谁和领导处不好，那不叫人笑话？"表弟的话，让我回想起每次离家的时候，老母亲一遍遍的叮咛。是啊，在中国这样一个伦理社会，人们重视的是人情，顾及的是关系。而人品，更是做人的根本。

表弟说，测探公司刘总待他不薄，两人成了朋友。刘总母亲去世早，父亲得过半身不遂，不愿和儿子一家住在一起，刘总就给父亲租了房子，每周去看望，送饭送菜。有一次上级来督查工作，刘总几天没顾上去看老人，等督查组离开，匆忙去见老人时，只见房间里乱成一团，像被洗劫过一样。老人说前天晚上犯了哮喘，到处翻箱倒柜找药，差点过去了。说者无意，听者有心，表弟第二天就安排工人从建筑队食堂给老人送饭。"谁家没有老人？不就是做饭时多加一勺子面、多添一把菜的事吗？"

"人家看得起咱，咱就把人家当亲人看。"设计院王院长对表弟队伍很认可，据说在一次办公会上专门提出表扬，说，如果全院每个部门都像工程维修队那样，领导指到哪里，就打到哪里，而且干得出彩出色，超出领导预期，那设计院工作就会上个大台阶。这事传到表弟耳朵里，他大为感动。"王院是大官，咱是庄户巴子，人家这样对咱，咱拼上命也得对得起人家的表扬！"据说有个场合，表弟在酒店招待客人，恰巧王院长也在同一酒店请人社局领导吃饭，表弟带着茅台去敬酒："局长，我不会说话，我代王院敬您杯酒！您喝一杯小的，我喝两杯大的。"局长一小杯酒刚端起来，表弟两大杯六两六的酒水已经进了肚。"丢煞人了！送到医院，切了半截胃！"芙蓉高声嚷道。

"关键事上决不能掉链子，这样人家才放心咱。"表弟说。一个采油公司筹备庆典，一切准备停当，只等第二天上午举行典礼。不料，前一天下午局办公室主任提前来视察，提出会场场地不行，标准要提高！3600多平方米，半个足球场那么大的场地，一夜之间要重新拆铺，几乎是不可能完成的事。"任务交给咱，咱就要坚决完成好！"表弟把自己的队伍全部集结到现场，又高薪从附近工地找了80个技工和壮工，分成10个组，实行承包作业。一晚上，工地上锃明瓦亮，货车鸣笛声、机器马达声、铁锹镢镐敲击声、打夯号子声，混成沸腾的交响。表弟挽着裤腿和民工们一起干，直到典礼举行前半小时，一个崭新鲜亮的会场神话般呈现在人们面前。

经此一战，表弟声名鹊起。

五

几年工夫，表弟不仅还上所有欠账，而且有了厚实家底。座驾换成了奥迪A6，老家房子也翻建成楼房，一楼出租，二楼三楼住人，他和芙蓉平时在油田，小姨和姨夫搬了过来。表弟在油田的别墅，在一个高档小区里，绿树掩映着哥特式楼房，尖塔高耸，立柱修长，彩色大玻璃闪着霞光。

前年，表弟找我商量，他要回老家办厂。

表弟的宏伟蓝图由4项工程组成。一是建设一个现代化厨具厂，这已具备成熟的人才技术和市场。二是建设一座老年公寓。他说："现在已经进入老年社会了，村里青年人大都去城里打工了，留在村里的老人精神孤独，生活不便，咱一个村2000来人，四五年里，自尽了好几个老人。要是办一个老年公寓，把当庄和周围村子有意愿的老人收纳进来，让他们有热乎乎的饭吃，有医生护士给看病保健，有邻居百家一起拉呱，老人们喜欢，年轻的也放心，这不是天大的好事？"三是创办一家油井检测设备制造厂，他说这些年在油田闯荡，结识了不少领导和工程师，为油田提供配套服务，前景肯定广阔。四是开办一个印刷厂，名字都起好了，就叫"捷美印务公司"。他说最近认识了一个朋友，就在教育厅帮助工作，全省教材印刷量有多么大啊，没有问题。

我给他泼了冷水。

"但凡创办一个企业，首先得考虑几个重要因素：房屋、设备、人才、技术、市场、订单。对照这些指标，你这4个企业，都有欠缺。厂房，尽管建设用地手续很复杂，但经过努力还能办。设备购置，只要有钱，也不是多大的事。但是企业要活下去、能发展，根本在人才、技术和市场。这样看，厨具厂可以办，但要在上千家厨具加工企业中脱颖而出，也很难。办老年公寓，医护人员就难以解决，哪个有医师资格证书的大夫能到乡下来？乡镇卫生院留住他们都难，更不用讲老年医护面临的风险了。办油井检测设备厂，更得考虑清楚。产品是靠买专利？从技术专利到产品成型可不是那么简单，得先经过实验室初试，产品小试验证，中试生产，批量生产，然后才可能产业化，每个环节都会遇到意想不到的困难。如果给企业代加工，也存在很大变数。至于搞印刷厂，核心问题也是人才和技术，你那大粗指头能绣花？订单更是靠不住。"

但表弟主意很"正"，说是要用事实跟我说话。

他当即全身心投入到征地中。

为了向乡土地管理所所长汇报工作，他跑了几十趟。有天下午去土管所办公室汇报，所长正开会，让他第二天再来。他打听到所长居住的小区后，就在小区门口等，想等所长下班时能够见到。天渐渐暗了下来，人们陆陆续续下班了，仍不见所长的影子。或许出去吃饭了？他就继续等，等到夜里10点仍然不见所长，他想干脆明天再来。转念一想，既然等到这么晚了，干脆等下去，说不定能因此感动了所长。结果一夜未合眼，也没见到所长。第二天8点一上班，他赶到乡政府大院，所长办公室的门仍然关着。一了解，所长的老父亲昨天突然发病，所长没下班就赶到县医院去了。

尽管又困又累又饿又渴又急又气，表弟还是立即驾车去了县医院，到了病房就坚决要求给老人陪床，人家好言劝他走，他不走，护士赶他走，他转一圈又回来，病房内坐不下，他就蹲在门外，送餐、催药、端便盆，一连守了七天……

省市县的土地手续还在办理过程中，他就开始在村里对出让土地的村民一户一户做工作。他自己感到没把握的，就喊上小姨和姨夫一起去做，请上村干部帮着做。有一户由于户主和我哥哥是同学，他就打电话把我哥哥从外地喊回来帮着做。多数人家碍于邻里乡亲、抬头不见低头见的情面签了协议，有的则狮子大开口要加价补偿、悄悄获得附加赔偿后才签协议。二爷爷家坚决不同意出让土地，表弟就一趟趟上门，觍着脸，爷爷奶奶叫着，送面、送油、送水果，挑水、扫地、洗衣服。好不容易等到二爷爷松了口，他却突然提出："你只要把你侄子送到桓台一中附小上学，咱就签！"桓台一中那是闻名遐迩的省重点中学，它的附属学校也是赫赫有名，桓台的孩子想上都难。"咱和桓台不是一个县，没法办啊！"表弟低着头，吞吞吐吐地说。"那不行，办不了，想要俺的地，没门！"二爷爷犟上了。"那我试试！"表弟驾车去了桓台，找学校了解清楚了，桓台一中附小只招收具有桓台城区户口的适龄儿童，而且划片招生，限于柳泉北路以西、桓台大道以北符合条件的学生。表弟一听头都大了。后来找朋友打听有没有别的渠道上学，结果还真另有规定，但必须是在学校片区内有合法固定场所，夫妻双方至少一方在桓台务工经商的，可以拿着县公安局发放的有效居住证和县工商局颁发的工商营业执照给孩子办理入学。表弟走投无路，和家里反复商量，狠了狠心，花100多万元在桓台县城柳泉北路买了一套沿街商铺，去工商局注册成立了厨具销售门市部，又托关系去乡派出所把二爷爷孙子挂到自家户口本上，这才总算签下了最后一份土地出让协议书。

等所有手续办完，已是十个月过去了。表弟开始了他宏伟规划的重要一步：厂房土建工程。

六

接到电话，我急急忙忙赶回家时，眼前面对的是一堆瓦砾。

表弟辛辛苦苦建了一年半，8万平方米的厂房，被挖掘机拆了半个月，没了。

为了这厂房，他花光了最后的积蓄，另外在银行贷了500万元，从融资公司借款400万元，为了不至于半途而废，让厂房挺起来，他甚至借了300万元高利贷。

"说是越了红线了。"芙蓉咬着干裂的嘴唇。

"整整半个月啊，咣当咣当的，把心都砸烂了！"小姨眼睛肿着，头发干得像苇草。

没见到表弟。

说是他到济南去了，南部山区有个大项目，他要和几个伙伴把两个山头租下来……

七

48年前那个夏天的午后，天上下着密密的雨，小姨家正在屯屋，我和哥哥喊着吵着跑进跑出，头上脸上浑身泥点子。哥哥突然拉着我胳膊，我硬挣着躲开，他又拧着我脖子扭向西屋，小声说："你看奶奶在干啥？"透过西屋东墙上的窟窿，我看到一个让人疑惑的场景，奶奶——我小姨的婆婆，头上沾着一些麦穰，正跪在地上，闭着眼，双手合在胸前，嘴唇嚅动着。一会儿，她又俯身趴在地上，一下一下磕着头，头上的麦穰一颤一颤的。我们瞪大眼，不知道发生了什么事。正迷惑着，北屋门开了，妈妈从屋里弯着腰走出来，她坐骨神经疼了好几年了。妈妈招手让我俩过去，脸上满是喜气，说："别作声，跟我来。"她小心翼翼推开门，但门还是"吱扭"了一声。我进了屋门，仿佛一下子沉进地窖子里，只有土炕那里一盏煤油灯兀自亮着，椭圆的灯头散发出淡黄的光晕。我抓住妈妈的衣角，挪到炕沿儿那里。小姨躺在炕上，身上盖着一床花被子，头发披散着，她笑着掀开被角。"呀！小娃娃！"一个茶碗儿那么大的小脑袋露出来。小娃娃睁开眼，嘴角一歪，小姨说："看，你小表弟笑了！"

（原载《北京文学》2022年第9期）

李一鸣，文学博士、教授，中国作家协会办公厅主任。出版论著《中国现代游记散文整体性研究》《文学批评作为一种生活》及散文集《在路上》等。

断裂带上

◎ 羌人六

一

　　父亲已经离开十年，庄稼地里的粮食仍然年年生长，家门前的清漪江仍然日日夜夜流淌，群山上的草木仍然在季节的指引下枯了又荣、秃了又绿，重复着复活的古老游戏，乐此不疲。然而，父亲却永远不会回来了，他用死亡在我们之间筑起一道铜墙铁壁。死去的父亲再也爱不动我们，再也无法目睹这岁月长河里，像他过去作为下酒菜的花生米那样值得慢慢咀嚼的万家灯火。

　　这些年，我几乎从未在哪怕是关系紧密的人面前主动谈及父亲。断裂带环绕的群山带来的某种压抑，塑造了我沉默的性格，多年来，我在心里默默忍着这个话题是因为我相信自己能够忍住。似乎痛苦或者悲悼有着花瓶的形状，似乎，怀念与失落一旦挂在嘴上，就会变成更多的碎片，难以收拾，令人迷目。

　　早些年，父亲在我心中并不是那种和蔼可亲又顶天立地的中国好父亲。我从小害怕父亲，感觉自己就像是他和母亲一起生下的仇人。想来，我的早熟，我的懂事，我的敏感，和父亲息息相关。儿时，只要父亲在家，我就坐立不安，感觉自己的存在是多余的，空气也如泥潭，我动弹不得，我稍微动弹就会点燃父亲的无名怒火。那时候，家里蔬菜奇缺，连苦儿瓜也是饭桌上不可多得的美味佳肴，父亲爱吃，母亲爱吃，弟弟爱吃，我却不爱吃，潜意识里，我觉得吃苦儿瓜就是在吃我自己。那时候，我很迷惑，父亲不用眼睛看我就算了，为什么要我去吃他带刺的语言和铁锤似的拳头，并且，没有一个字的理由？

时光远去，过往的经历化为乌有，我的目光穿过我家阳台窗外的万家灯火，仍能看见那个无处可去的单薄少年，在冷飕飕的夜晚背靠刷着白石灰的砖墙，默默消化身体上的疼痛和心灵上的憋屈。那时候，我经常会听着家门前潺潺的流水声，远远地望着镇上的灯火发呆，想快点长大，到山外边去，到远方去，到万家灯火里去，因此总是嫌弃家门前的江水流得太慢太慢。

当一个人从生活里消失，他的脸就会日渐模糊，如同浸泡在暮色里的村庄、河流、屋顶、炊烟，再也无法清晰地窥见全貌，一览无余。如果不去翻母亲搁在木质抽屉里的那本旧相册，我就无法想起父亲的具体模样，顶多，我的记忆能触及他黝黑模糊的脸孔，以及那块膏药似的挂在人中上的胡子。

多年以后，我下巴也开始长草，如果几天不用剃须刀收割，它们就会把我变成另一副模样，或许是为了跟父亲保持"距离"，我总会把人中上的胡子刮得干干净净，留着下巴上的胡子，让它们想怎么长就怎么长。因为，父亲的下巴上没有胡子。

父亲死后，他不再是一个个体，而是依附在我们身上，通过气味、声音或者动作，保留着他的影子。不止一次，我发现，在母亲身上，在比我小仅仅十一个月的弟弟身上，在我自己身上，都能或多或少地发现父亲的影子。

母亲亮着嗓门说话的声音很像父亲，尤其是她亮着嗓门跟弟弟的两个女儿、我调皮的侄女们凶巴巴地命令着什么的时候——她双手叉腰，怒气冲冲，带着一副亲婆婆而不是外人的理所当然。母亲的冒火连天，就是"靠边站"的我听了也会脊背发凉，这时候我就会忍不住想起父亲当年的"风采"。2008年地震，家里的青瓦房已经毁掉过一次，母亲这样发火，真叫人担心。

仔细想想，似乎不奇怪，二十世纪九十年代某个秋天的夜晚，我在卧室里黯淡的光线下写作业，白炽灯瓦数很小，灯泡的轮廓又像极了苦儿瓜，营养不良似的灯光勉强照着小小的房间。正写着作业，弟弟忽然一阵风似的跑了进来，告诉我，快去看，他们在灶屋里……我问他，打架了？那些年，父亲和母亲除了拌嘴，偶尔也会打架。弟弟摇摇头，说不是，他小脸通红，显得十分激动。我就放下作业，跟弟弟跑向灶屋去看，我终于明白了弟弟的意思，父亲和母亲在灶屋里拥抱着，嘴黏着嘴，在那里亲吻，声音与灶孔里燃烧的柴火响成一片。两人个子都高，都是一米七几，站在灶屋里，站在灯火下面，脑袋与灯泡近在咫尺。虽然父母没有发现我们，我和弟弟还是迅速转身跑掉了。很长一段时间，我想不通，那些年家里穷得叮当响，他们怎么会有心情接吻？母亲的声音里有父亲的影子，不奇怪。

我和弟弟身上也保留着父亲的某些影子。这些影子和万事万物落在地上的影子一样，谁也无法拿走。扔掉了未必就好，也未必真的扔得掉。在阳台上眺望窗外的万家灯火，有时，我会仔细望着这些影子，它们就像墙头草，挂在断裂带一些熟人的脑袋和嘴巴上面。

每次回老家，母亲总是说："少喝点酒，别学你爸！"这是句狠话。喝酒跟他父亲一个样儿——断裂带的某些熟人背地议论我，好像我真是我父亲的最新版本似的。这些话先是钻到母亲耳朵里，又从母亲嘴里绕到我面前。世界上哪有这样的赞美？一问，是那个谁说的。瞬间释怀，好在我没有在他们家蹭过饭，更没有喝过他家的酒。父亲倒是喝过人家的酒，很久很久以前。曾在沈阳当兵的父亲性情直爽，心地善良，一辈子走了不少弯路，在这位熟人家喝酒，也是在走弯路。父亲当年在这位熟人家跟人打赌，端起两个斟满老白干的玻璃酒杯一口闷的情形，仍然历历在目。父亲以前不知道，现在也永远不会知道，他仰着脖子喝掉别人家两大杯老白干，实际上让熟人打心眼里"瞧不起"，因为熟人在我面前如此面带微笑地赞美过我的父亲，说他是"酒疯子"！我讨厌父亲喝酒，更为别人对他的评价难过。那时候，家里已经落魄，用母亲的话说，是"倒霉"，别人看不起父亲。父亲做梅子生意家里红火时的风光已然不在，每天都有人骑着摩托车或开着小轿车到家门口接他去镇上打麻将的风光已然不在。这些年，在断裂带，我醉过两次，一次是弟弟结婚，一次是祖母下葬。我不记得自己在这位熟人家里喝过酒，唯一的解释就是议论我的这位熟人也在场。据母亲说，当年父亲学会打麻将也是这位熟人手把手教会的。喝酒，我也会喝到醉，但不和那些不用眼睛看你的人一起喝。父亲在我身上的影子是模糊的。我告诉自己，这件事就像喝醉，酒醒了，那醉就不存在了。

在部队服役九年后，几年前，弟弟退伍回到断裂带。部队发了一笔钱，近三十万，不是小数目。这两年断裂带修高速公路，弟弟买了辆大货车跑运输。去年，我才听说弟弟的大货车是贷款买的，在镇上的信用社贷款十万元。实际上，弟弟买的大卡车总共才十多万元。家里生活当然有必然的开销，可是，我想那么多钱不可能一下子折腾光了吧？弟弟确实是差不多折腾光了，不然怎会贷款？弟弟身上有父亲年轻时候的影子，为人耿直却不懂得安排生活，花钱大手大脚，玩心重，喜欢打麻将。

　　每次回断裂带，我都会语重心长地"提醒"几句，但话也不好说太重。念过大学的我其实不比弟弟聪明，否则，他一学就会的麻将我怎么几乎连各种牌的名字也记不全？父亲年轻时打麻将，家里输个底朝天，小时候家里穷，正是因为父亲嗜赌。记得小学的时候，我的班主任王莉老师曾在课堂上对着全班同学发过一次火，她说，有些人的父亲打麻将五十元钱一炮都敢打，凭啥交不起学费？王老师很生气。虽然没点名，但跟我同在一个班读书的弟弟，肯定听到过这句话。我们知道那个人是谁。王老师待我不薄，后来，我才知道她为何在课堂上生那么大气。一个亲戚获悉王老师把一个助学金名额给了我，便跑到学校跟她大吵一通，因为那个亲戚的孩子没有享受到这种福利。我宁愿没有这种福利，并不是说助学金不好，而是因为父亲赌博输掉了家业，交不起学费，让我自惭形秽，在同学中间抬不起头。

　　上月中旬回断裂带，弟弟在牛角垭隧道那边的"清水鱼"请客吃饭，请的是他买车时帮过忙的几个村里人，原来那辆弟弟以七万元的价格转手给了一位熟人，刚又买回一辆。母亲告诉我，弟弟买车，向镇上开超市的二姨借了二十万元。那天晚上，喝完酒，弟弟便和几个人上桌打麻将，打的五十块钱一炮。听到打那么大，我心头很不舒服，也很生气。弟弟打麻将的样子，就像是穿上了父亲的影子。

回到家中已是半夜，我说了弟弟几句，打牌只是娱乐，何必打那么大呢，有多厚家底？弟弟说他也不想，是他们喊他打的。

我说，父亲当年把家里输得穷困潦倒，他也不想。弟弟沉默。点到为止，我勒住了语言的缰绳，虽然还想多说几句。按弟弟的意思，车不是他想买的而是别人让他买的，二姨的钱也不是他要借的而是二姨主动借给他的。能借到钱买车，有人相助，都是好事，难的是还钱，难的是把花出去的钱再挣回来。母亲这方面有经验，她以前经常说："借钱要忍，还钱要狠。"弟弟没有经验，把问题和社会想得过于简单和容易了。

我担心弟弟走父亲年轻时的老路，赌博、负债累累，好好的生活和一个家折腾得不成样子。虽然，父亲后来浪子回头，不过为时已晚，直到父亲去世，家里都还欠着一屁股债，没能真正翻身。那几年，母亲最担心的是，我和弟弟因为这一屁股的债成不了家。在我的童年和少年时代，我和别人的梦想就不一样，我的梦想特别简单：哪天放学回到家里，没人上门讨债，母亲没有以泪洗面，家里的门槛不会被债主踩破。

但我没有勇气跟弟弟深入交流这些梦想，因为它显得如此幼稚，不可理喻，甚至带着刺，压根不像我们这个年龄的孩子该谈论的事；我更不可能跟弟弟说起万家灯火，说起大地、星空、岁月、死亡和永恒，告诉他，每个人、每个家庭都是其中的一部分。

二

清明花、七里香、百合花在断裂带遍山盛开的四月，红樱桃、白樱桃、野樱桃在断裂带纷纷走向成熟的四月，大片大片梅林的青梅果开始在绿色枝叶间吐露雏形的四月，这一天大清早，我开着家里那台"或许早该换个频道"的白色起亚K2轿车，带着勒克莱齐奥的小说集《脚的故事》、若泽·萨拉马戈的《失明症漫记》以及史铁生的《病隙碎笔》，载着妻儿从绵阳出发特地赶回出生地，为已经拥抱死亡整整十年的父亲扫墓。

"扫墓"，大概是城里人的专属词语，实际上，在断裂带，在我自小长大的这片土地，这种祭奠逝者的仪式有着更为通俗的表述方式：上坟。

在母亲那里，给父亲上坟这件事从不直白，而是伪装成了一个问题。每次刚回到家里，屁股尚未坐热，正想着喘口气，母亲就迫不及待地说："去看看你爸？"语气客套、委婉、腼腆，简直像在请求。

死亡带走了父亲，他给我的那些伤害和阴影，我早已释怀。在我成为父亲之后，我甚至理解了父亲早些年对我的种种近乎病态的打骂，他太痛苦了。记忆中，只剩下父亲的好，剩下疼痛，剩下我们的最后一面。那是2010年，我大三暑假结束的时候，断裂带一个阳光绚烂的夏日午后，我在转盘路坐面包车去江油，再转回成都的学校。我刚上车，喝了点酒，像个小老头一样憔悴不堪的父亲忽然走到车窗前，以他一贯的说话语气，问我，带钱了没？要不要老子帮你给？可我不想理他，自己把钱递给司机。两个大男人有什么好说的？我只是纳闷，父亲才四十六岁，怎么就那么老了？家里的青瓦房在地震中毁掉了，地震后那两年，家里重新修房子，修的是楼房，前前后后花了二十多万元。据母亲说，修房子那会儿家里一分钱也没有。想想也是，那时候我读书要钱，高中毕业后在沿海城市打工的弟弟也不时需要家里救济，怎么会有钱？修房子的钱是父亲和母亲拼老命一分一分挣出来的。家里选择修楼房而不是原来那种青瓦房，是因为父亲考虑到我和弟弟都要成家立业，青瓦房住不下那么多人，也不够体面。那时候我没能体会到家里的难处。2014年在南坝小学教书，我问过我的同事，他们以前的工资有多少，同事告诉我，地震前，每月拿到手上的不到一千元。我算了算，2004年到2007年，我和弟弟都在读高中，不说学费，我和弟弟每个月的生活费加起来起码一千元，父亲只是一个普普通通的农民，可以想象，每一分钱都浸泡过他的汗水，带着他的心血。前人栽树，后人乘凉，漂漂亮亮的楼房修好了，父亲却没有享受过，就把自己腾了出去。

回断裂带途中，艾丽丝·门罗的话语忽然从世界的某个角落雪花一样飘进我的脑海："在你的一生中，有几个地方，甚至只有一个地方，发生了什么事情，因此所有其他的地方都只是这里。"我和这句话偶然邂逅的那个日子已然逝去很久了，神奇的是，如今我居然想起来了，不是注定会遗忘的什么日子，而是句子昔日的脸孔。它的出现仿佛是在向我证明，话语可以作为独立的生命而存在。于我而言，断裂带就是生命中一个魂牵梦萦的地方，一个爱恨交织的地方，一个秤砣般压在梦境之中的地方。和艾丽丝·门罗写下的句子再次重逢，也使我相信，也许分开十年的父亲只是在跟我们玩着童年里那个名字叫"藏猫猫"的游戏，没准儿哪一天父亲就安然无恙地回来了，站在他的儿孙面前，站在母亲面前，站在满脸惊讶和毫无思想准备的我们面前，说他回来了。

父亲拥抱死亡整整十年了，回断裂带给父亲扫墓，也是为了给母亲一个安慰。安慰长什么样子？我一头雾水。死去的父亲仍然拥有爱情，享用着母亲带给他的水果、花生，喝母亲带给他的梅子酒，抽母亲带给他的烟，用着母亲烧给他的花不完的钱币。

这些年，但凡去父亲那里看他，我总会在坟前发现某些爱的"踪迹"，这些踪迹就是那些水果、花生、梅子酒、熄灭的烟嘴，以及母亲留下的来过又离去的影子。除了母亲，还会有谁？

父亲走了，带着母亲的心。

三

父亲躺进泥土之下的坟墓，我则在泥土之上，在自己心口挖出另一个坟墓。这些年，与父亲相关的点滴，一直被我有意识地封闭在我心灵的坟墓中。

"给父亲扫墓"或者"给父亲上坟"，无论是作为念头，还是具体行动，我都感到自己难以面对，更不愿借助语言表达，只好以沉默代替，只好在沉默中，去经历，去思考，冶炼人生的滋味。沉默不代表销声匿迹，更不会死掉，沉默会在父亲的墓地上长出花花草草。

早年，给列祖列宗上坟，是逢年过节才有的事。通常由父亲在前面带路，在我们看来，他既是一面旗帜，也是我们的活地图，他通过喉咙发出声音，告诉我们家族的过去。父亲手上通常会带着一把沉甸甸的锋利的镰刀，为的是给祖先们清理墓地。香烛纸钱，通常是由我和弟弟负责拿着。父亲神情肃穆，不苟言笑，我和弟弟则嘻嘻哈哈，赶集似的，显得没心没肺。在我们眼中，上坟就像是一截拉开新年序幕的"引线"，没有悲哀，也没有关于死亡的恐惧。那时候，清明节倒是例外，印象中，我们家从来不会在这一天出门去给父亲口中那些陌生的祖先们上坟。

地震后的2010年秋天，断裂带遍地核桃成熟的季节。大清早刚爬上核桃树准备打核桃的父亲，因为穿的是平底鞋，脚底踩着露水打滑，意外从树上摔下来，又顺着院子下面的陡坡皮球似的摔在硬邦邦的水泥公路中间。院子下面的陡坡生长着茂密的杂草和树植，荨麻、蒿子、苦麻菜、喇叭花，梅子树、青杠树，但它们没有谁愿意帮帮父亲。从意外发生，到在江油九〇三医院，一周时间，身受重伤的父亲再也没有说过一个字。

父亲离开了我们，在泥土之下"躲清静"。"躲清静"是母亲的看法，好像这种过早显现在父亲身上的遭遇，是他有意制造出来的结果。

在父亲的死亡后面，有一双愕然而又孤独的眼睛，否则我无法看到人间冷暖，也不会无数次在城市的缝隙，形如一只站在十字路口的小小蚂蚁，望着白日的喧嚣转向沉静。万家灯火在大地的皮肤上点燃夜色，我热泪盈眶，百感交集。

父亲墓地就在我家地里。早些年，地里年年都会种上形形色色的庄稼，玉米、菜籽、大麦等。这些作物就像不断变幻的季节一样，走了一茬，又来一茬，收割一茬，又长出一茬。

年复一年，日复一日，岁月仍在努力生长，在泥土和阳光雨露的滋补下，父亲墓地前面的两棵柏树已经相当挺拔，高度远远超过记忆中的老屋。它们用植物的耐心，日夜陪伴着匆忙劳碌又两手空空离去的父亲，年复一年，日复一日。

两棵柏树是母亲在父亲去世那年亲自栽下的，左边一棵，右边一棵，高矮差不多，样子差不多，一样碗口粗的树干，一样的针形枝叶，一样的蓬勃生长。是时间过得快，还是柏树长得快？我不确定。我确定的是，这两棵柏树长得有多快，踩在青苔上的岁月就走得有多快，父亲就在他的死亡后面走得有多快。

黄昏来临，我和欢妹，加上弟弟两口子，提着香烛纸钱、刀头、酒水、烟……给父亲上坟。

我们所带的每一样物品都很轻，轻得像是快要飞起来，飞到天空的沉默里去。父亲墓地距离家门口不到五百米，在我看来，却远不止五百米，它有着更为漫长的距离。

递向坟头的香烟飞快就燃完一支了，剩下烟嘴意犹未尽。我终于相信，它们是我地下的父亲在用力、用心编织着的古老而又年轻的歌，歌里唱着：

日子穿过针眼

疼痛穿过针眼

我们穿过针眼

成为万家灯火的一员

四

给父亲上过坟，天已经黑了，断裂带淹没在浓浓的夜色之中。河流的声音，风吹的声音，草木生长的声音，日子向前走的声音，群山入睡的声音，在耳边回荡。

庚子年春天，新冠疫情的阴影笼罩着武汉，笼罩着大地，笼罩着每一个人的心。病毒在世界的各个角落肆虐的日子，生活被打乱了。不断涌入耳膜和眼睛的各种灾难和消息，令人揪心。

那天，看新闻，2015年去过的西昌再次发生森林火灾，十九名地方扑火人员牺牲。季节会重复，灾难也在循环。浏览死亡名单，一眼发现了与自己同名同姓的人就在其中，而紧随其后的罹难者中，居然也有跟我弟弟的名字一模一样的人。也就是说，我看到跟我和弟弟同名同姓的两个罹难者的名字。两名罹难者来自同一个村，年龄相差不大，想必，即便不是亲生兄弟，也可能是亲戚或有某种血缘关系。心，瞬间凉透。为他们默哀。

"你父亲要是还活着就好了！"

夜色中，欢妹的话语满是体贴，却显得昏头昏脑。

为何父亲坟前的两棵挺拔、茂盛的柏树，会让我感觉如此似曾相识？是否除了这具躯壳之外，所谓的"我"和"我们"，还有各种不同的形态以其他的方式存在着？正如史铁生所思考的那样："史铁生是别人眼中的我，我并非全是史铁生。多数情况下，我被史铁生简化着和美化着……因为史铁生之外，还有着更为丰富更为浑浊的我。"

某种程度而言，父亲确实还活着。在西昌森林火灾里牺牲的十九名扑火人员还活着。在新冠疫情期间死去的人们还活着，希望他们活着。平安无事地活在万家灯火的尘世之中，活在岁月的走廊上。

多年前在我家门口向我讨水喝的流浪汉是否不再流浪？那个吐字不清打听着某某村的残障男子是否已经回到家里？放学途中不小心看见的屁股上坠着一块肉瘤的妇女是否不再无家可归？三里村停车场那个拿菜刀故意毁掉几十辆轿车的挡风玻璃，只想知道"我的收入那么低这些人凭什么有车开"的外省年轻女子去了哪里？……母亲曾经如此评价我："你就知道和这些人打堆？"与"扎堆"相比，"打堆"似乎还有一种热情的意味。在我看来，"打堆"不是一个负面的词，尽管母亲的语气有些轻飘。或许是过往的经历在母亲心灵里留下了永远无法愈合的伤疤，如今，母亲把钱说得很重，说起谁谁一天能挣多少多少钱总是津津乐道，如数家珍。在很多我熟悉的人那里，也是如此。听得太多，人就疲倦了。因而，每次回断裂带，我都是来去匆匆。给父亲上过坟，了了心愿，在家里吃过晚饭，我们又连夜赶回绵阳。

夜深了，山里山外，绵延多姿的大地上花花草草般开出万家灯火，浩瀚的星空也一片璀璨，像是某种应和。

（原载《天涯》2022年第1期）

羌人六，中国作家协会会员。著有诗集《太阳神鸟》、散文集《食鼠之家》、中短篇小说集《伊拉克的石头》及长篇小说《人的脸树的皮》。

绿皮火车

◎ 田冯太

我第一次从老家来昆明，乘坐的不是绿皮火车。

那是我第一次真正意义上的离家，离开父母，离开故乡。那时候，正值农忙，我拒绝父母送我上学，独自一人前往传说中鲜花遍地、孔雀到处乱飞、小孩子骑大象上学的昆明。

从小到大，爹妈对我说得最多的一句话是："像我们这种出身的人，要想出人头地，要想跳出'农门'，只有两条路可走，要么当兵，要么上大学。"我长了一双平足，与当兵无缘，上大学便成为我唯一的梦想。录取通知书送来的时候，我正跟我爹摘辣椒，光着上身，顶着炎炎烈日，在辣椒和马鞭草丛生的地里来回穿梭。我有些迷糊，搞不懂究竟是太阳晒红了辣椒，还是辣椒映红了太阳。我爹用颤抖的双手给捎来通知书的邻居递烟，我则一脸平静。一切都在我的意料之中。

那年，重本院校还需要估分填志愿。成绩出来离我填报的志愿差2分，只好退而求其次选一所二本院校。一本《湖北招生考试》杂志被我翻得像油渣，最后终于决定填当时全国学费最低的高校——云南民族大学，每年学费2000元，比读高中时要得还少。很多跟我一样考得不太理想的同学都选择了复读。班主任赵老师也力劝我补习一年，说今年情况太特殊，又是高考提前一个月，又是闹"非典"，没考好是正常的，补习一年肯定能上更好的大学，不要给人生留下遗憾。经过一番思想斗争，我谢绝了赵老师的好意。补习一年就意味着多出一年的费用，好大学和低学费二者不可兼得，我选择了后者。我的高考分数虽然超出了云南民族大学的录取分数线近100分，但为了能百分之百被录取，我特地选择了当时比较冷门的社会学专业。

从老家湖北来凤县出发，坐六个小时汽车到湖南吉首火车站。出发时，下着淅淅沥沥的小雨，这在老家的夏天不多见，到达吉首时艳阳高照，火车站广场上熙熙攘攘的人们步履匆匆，伴随着时隐时现的火车撞击铁轨的声音。吉首站是一个小站，售票大厅并不大，买票的队伍一直排到了大门外。好不容易排到售票窗口，我掏出录取通知书递给售票员，她用很好听的女中音告诉我说，没有直达昆明的列车，得先坐到怀化再转车。我对她的话深信不疑，我相信每一个穿制服的人。

那是我第一次看到客运火车的颜色。以前在黑白电视机里见到的都是灰色的。站台的一边停着一列绿皮火车。不知道为什么，我第一眼见到它时，心莫名地剧烈跳动。我知道那不是我要乘坐的车，我要乘坐的那列中间为红色，上下两端是灰色的，停在站台的另一边。上车后，我透过车窗向外看，目光一刻也没离开过绿皮火车。直到我的火车缓缓驶离站台，它还停在原地，渐渐地变小，直到消失。我相信，我跟绿皮火车之间有着某种说不清道不明的牵连，就像相信我跟初恋女友的缘分一样。

她是我的初中同学，毕业后就失去了联系。尽管上初中时，我已经感觉到自己喜欢她，一见到她就脸热心跳，见不到她则浑身不自在，跟没吃饱似的。可惜的是，没有人告诉她这一切，我不敢说，别人也不知道我喜欢她。

谁能想得到呢？我们竟然重逢在昆明的雨季。军训刚结束，我跟几位刚认识的新同学去学校外面的网吧上网。他们打一种叫《反恐精英》的游戏，我不会打，只会用QQ聊天。那天我的朋友们无一在线，我百无聊赖，随机加了个好友，网名叫幸玲，头像是一个圆脸的女孩儿，蓝色的刘海儿遮住了半只眼睛，看上去很美。那时候，有句话刚开始流行——谁也不知道网线的那头是不是一条狗。于我，这句话要稍作修改：谁也不知道网线的那头是不是未来的女朋友。通过键盘，我们聊得还算投缘，互通姓名后我都不敢相信自己的眼睛了，竟然是我初中时苦苦暗恋的她。在这茫茫网络世界里，我竟然无意中加到了她，这不是缘分是什么呢？

那天，我们聊了整整一个下午，上网费花掉了我两顿饭钱，仍然意犹未尽。那之后，我们的联系变得更加紧密，除了上网也打电话。她有一部手机，24小时为我开机，我则随时留意哪里的201电话卡在打折。

雨季过后，昆明的天空异常蓝，她顺理成章地成了我的女朋友。她顺着网络信号从雨丝的缝隙中来，带给我爱情，又被绿皮火车给带走了。

在缠绵的情话中，半年的时光跑得比火车还快。放寒假了，要回家了，能见到她了，空气中弥漫着甜。我到达来凤，她已经在汽车客运站等着我了，凛冽的寒风中她满脸的笑，鼻子两侧星星点点的雀斑像一朵朵盛开的鲜花。她还是从前的样子，爱笑，长长的头发随意地扎在脑后，唯一不同的是多了一副眼镜，透明的镜片，金色的镜框和镜脚。那天，她毫不犹豫地跟我去了我家。我爹见我带了个如花似玉的姑娘回来，笑得像一个熟透了的柿子。只是这笑容转瞬即逝，然后他不住地搓着双手，话不多，吞吞吐吐地对她说，我们家穷……声音一个字比一个字微弱，以致后面的话我们谁都没听清。

套用一句歌词：2002年的第一场雪，比以往时候来得更晚一些。这场雪似乎很用心，第二天整个世界都是白色的。我和她在雪地里奔跑，有时还会打个滚撒撒野，累了，就在结满冰凌子的树下紧紧拥抱。我家的小狗绕着我们一圈一圈地跑着撒欢，用爪子画出同心圆。那场雪来得快，化得也快，像极了初恋。天黑前，除了少数背阴的地方，已经恢复了本来的颜色。晚上，我爹睡去后，我们仍守在火炉边，恨不能把积攒了多年的话一股脑儿全说出来。说得口干舌燥、面红心热，我们热烈地接吻，火炉里的炭火燃得雀跃。我发现初恋是水蜜桃味的。多年以后才知道，那是唇膏的味道。

三天后，我应邀去她家。她家在县城，距离城北菜市场很近。一进门，我感觉浑身上下每一个器官都无所适从，尽管她父母很客气，她的弟弟妹妹很热情。她家太豪华了！是的，"豪华"是我当时的真切感受，是我从没见过的豪华。电视机大得像电影幕布，米色的家具泛着微微的光芒，大理石地板亮得能照出人影，沙发蓝得像昆明的天空。我意识到，我们可能不是同一个世界的人。但我相信爱情，董永和七仙女不也来自不同的世界吗？

我的想法很快得到了证实。那天，我们约好上学时一起走，一起坐汽车到吉首，再坐火车到怀化，然后各奔东西，她去长沙我回昆明。那时我已经学会了上网查询列车时刻。按照我的计算，等我们到怀化时，当天已经没有去往昆明的火车了，这就意味着，我得在怀化住一晚，我相信她会留下来陪我的。我在心中热火火地盘算了一遍又一遍，就等冬天过去。

事实上，那年的冬天像往常一样寒冷，一样漫长。我用刀在家门口的大椿树上划下十几道杠，每过一天，便刮去一道，离我们约定的日子近了一天。漫长的等待经常伴随着绵绵的细雨，拂过脸颊的时候很像她的抚摸，痒痒酥酥。

出发的日子，终于让我等到了。我早早起床，刮去椿树上的最后一道杠，草草地吃完早餐，匆匆地跟我爹道别。我扭过头，假装没看见他眼里的不舍和脸上的忧愁，快步出门直奔县城。我比大多数菜贩子都早到城北菜市场，考虑到城里人起床晚一些，我在菜市场里胡乱转了一阵，每一步都迈得雄壮有力。菜市场里人声鼎沸时，我终于鼓起勇气敲开了她家的大门。开门的是她妈，她说她前一天出去了，还没回来。她招呼我进屋，我不想坐立不安，婉言谢绝了。我在菜市场门口找到一部公用电话，打她的手机，关机。我又踅进一间小网吧，给她的QQ留言，一气留了无数条，无一回复。其间，我一趟又一趟地跑出来打电话，她的手机一直处于关机状态。一整天，我都在那间网吧进进出出。晚上七点多，城里各种颜色的灯光全都亮了起来，我再次去她家。这次开门的是她妹妹，她一脸诧异地说："啊？你找我姐姐啊？她去我姐夫家了，昨天就去了。"我问她哪个姐夫，她说："周伟啊，你应该认识的，跟你们同过学。"那一刻，我感觉所有的街灯一下子全灭了。周伟我当然是认识的，上初中那会儿，我也听到过传闻，说他俩在谈恋爱。只是我一直都只把传闻当作了传闻。

在无边的夜色中，我买了一张去往吉首的夜班车票。那是一辆卧铺车，车厢里弥漫着污浊的气味和伤心欲绝。我彻夜难眠，觉得自己对不起那棵亲手种下的椿树。到怀化了，售票员说我运气不错，正好增开了一趟去往昆明的临时客车，有座位，不用硬站，票价还便宜，不到原来的三分之二。那些年的香港影片中经常出现一句台词："情场失意，赌场得意。"如果能用买票的运气换取情场的得意，我宁愿一直站到昆明。那时候的火车还很慢，从怀化到昆明K字头的快车要二十多个钟头。

我记不清当时是怎么想的，大概是觉得不辞而别终究是不礼貌的，检票前，我用广场上的公用电话拨打她的手机。这次通了。在电话里我们具体说了些什么，我也记不太清了，只记得她说："你们俩我都喜欢。谁规定我不能同时喜欢两个男人的？"我没有等她，自己离开了，这让她感到委屈。而我，又想起了那棵椿树，我拔腿走向进站口，我需要离开冬天，去往一座四季如春的城市。

那趟临时加车是一列绿皮火车，绿色的铁皮车厢，里面硬邦邦的座椅用绿色的军用油布包裹着，一切都绿得恰如其分。车厢内反复播放着两首歌，小刚的《黄昏》和阿杜的《离别》。"黄昏再美终要黑夜……爱情进入永夜……相爱已经幻灭……""就走破这双鞋，我陪你走一夜，直到心不再滴血……"我坐在靠窗的位子上，心里翻滚过许许多多怪诞不经的想法，甚至想到"惩罚"她妹妹。很快，我赦免了她妹妹，她不过是说出了真相，何罪之有？看着窗外，冬天渐渐远去，我又觉得可以原谅我的初恋了。我是大学生了，学了半年社会学，确实没有哪本专业书上说一个女人不能同时喜欢两个男人——后来我才知道，这压根儿就不是社会学研究探讨的范畴。

绿皮火车是忧伤的，也是迟缓的。它见车就让，见站就停。在走走停停中，车内的人也由稀稀拉拉变得拥挤不堪。其他乘客都觉得车厢里太热太闷了，纷纷打开窗户，有的还要求开启车顶的电风扇，只有我感觉冷。我将座位让给了别人，自己蹲在两节车厢连接处。那里有一个小小的茶炉室，锅炉是烧煤的。我蹲在锅炉前，适时地往里面添些煤。每次列车员来检查锅炉时，都只见红彤彤的煤和蓝幽幽的火苗。我对他说，这么挤，就不用那么费力地来回跑了，加煤这事儿就交给我了，反正我到终点站才下车。列车员是个胡子拉碴的中年男子，他用疑惑的眼神看着我，我回他坚定的眼神。他丢给我半包红河烟，交代了几句安全须知，就真的没再来了。

摇摇晃晃近四十个小时后，我终于抵达春城昆明。一阵长长的刹车声，给我的初恋画上了句号。而我跟绿皮火车之间的不解之缘才刚刚开始。

由于列车时刻做了调整，之后每次回家我都是夜里十二点多到达怀化，然后转乘三点多钟的列车北上。那也是一列绿皮火车，从湛江开往襄樊。每坐一次，我爹两鬓的白发就会增加一些。

2007年，我考上了本校的研究生，公费的，我爹终于露出了灿烂的笑容。他的两鬓跟牙齿一样白了。那之前，我已经谈了两个月恋爱，八年后，我们的爱情马拉松跑到了终点，步入婚姻的殿堂。

离我20岁生日还差一个月零二十天的时候，我的第一段恋情以失败告终。从此，我对所有亲人以外的女人保持着应有的礼貌和距离。

大二上学期，我们搬了一回宿舍。新的宿舍楼与一栋女生楼之间只隔了一个大大的化粪池，上面种了一层薄薄的青草。透过玻璃窗望出去，一个戴着眼镜、身材高挑的女孩令我怦然心动。她就住对面的女生宿舍，窗对窗。但我不打算接近她，也不想打听有关她的任何事，我应该谨慎。谁能保证她不会同时喜欢上两个男人呢？我用勤工俭学得的钱买了把二手木吉他，蓝色的面板，指板是黑色的，没日没夜地练习。吉他是爱情的"冲锋枪"，谈恋爱的时候带上武器更安全。一个月后，我认为自己已经可以边弹边唱了，就对着对面的窗户放声高歌。有时候，为了不影响舍友们休息，我也会下楼去两栋楼之间唱。坐在化粪池的井盖上，不管歌声中夹杂着臭味。

唱了三年歌，我终于在一个老乡的生日聚会上见到了她。她跟老乡同班，低我一届，缅甸语专业。她安安静静地坐在我斜对面，吓得我筷子都拿不稳。老乡是个明察秋毫的人，早看出了我的异样。散席后，老乡约着大家去黑漆漆的运动场散步，然后找理由支开了所有人，包括自己，只留下我跟她。我告诉她，我为她唱了三年歌。她大吃一惊，说："那个天天唱歌的人就是你啊？歌唱得好听，就是吉他弹得太烂了。"话匣子就这样打开了，她说她最爱听我唱《草原之夜》，唱出了"想给远方的姑娘写封信，可惜没有邮递员来传情"的遗憾。她还说，她早就留意到了我的歌声，只是从来没敢想那是唱给她的。

彼此认识后，来往自然就多了，谈论的话题也多了。我告诉她，我正在备考研究生，志在必得，并希望她来年也考。我用伪社会学家的口吻说："现在的就业形势不容乐观，本科生满大街都是，要想不一毕业就失业，就必须考研。"这当然是冠冕堂皇的说辞，我真正的动机是希望以后还能见到她，最好能一起共度余下的大半辈子。她接受了我的建议，这说明她已经爱上我，把我的话当回事儿了。

读研三的时候，我们彼此都觉得可以相许终身了。我邀她去我家过年，那时，昆明铁路局新开了一条路线，昆明到襄樊，还是绿皮火车，车次号由纯数字组成，没有字母，是一趟慢车。慢车有慢车的好处，可以直达吉首，不用在怀化中转，更重要的是票价便宜。我凌晨三点在昆师路的火车票代售点排队，终于买到了两张硬卧票，由于是在学生票的基础上补差价，只能买上铺。上铺也挺好啊，虽然头部空间逼仄了点，但隐私性更好。

那次，火车的鸣笛声比以往都好听。绿皮火车一路高歌，向着太阳升起的方向疾驰。车厢里飘荡着香喷喷的泡面味儿。隔着窄窄的过道，看着她面带微笑地沉沉睡去，安安稳稳，呼吸均匀，我心开始隐隐作痛。我怎么能让她坐绿皮火车呢？坐不起飞机，好歹也得坐个空调车啊！驶过铁轨连接处发出的哐当哐当的声音毫无保留地传进车内，隔壁旅客的呼噜声此起彼伏，最糟糕的是，火车开动时，耳朵嗡嗡作响，还会像被锥子扎一样疼，尤其是车过隧道的时候。我有些后悔起来，也担心她觉得我寒碜。就在我辗转难眠的时候，火车稳稳当当地停靠在了吉首火车站。

它怎么可以这么快呢？这还是"绿皮火车"吗？

显然，我爹没有跟我相同的疑虑。他骑着他的助力摩托车到村口接我们，见到她就像见到自己的亲闺女一样，我被冷落在一旁，像个不招待见的上门女婿。我们三人推着摩托车，边走边说话，趁她不注意，我爹悄悄对我说："你成熟了，懂得要找怎样的人了。"

春节期间，我爹成了家里最忙的人，变换着花样为我们弄好吃的。我家像一家口碑极好、声名远扬的餐馆，每天都有很多人来坐坐。乡亲们听说我带回来一个"缅甸女朋友"，都争先恐后地到我家看稀奇看古怪。这时候，我爹总会不厌其烦地向大家解释："人家学的是缅甸语专业，不是缅甸人。她是云南玉溪的。"他把"玉溪"两个字说得又长又重，说完挨个儿给大家递烟。

自我记事起，我爹就对玉溪这个地方充满了无限的向往。我六岁前，他曾在来凤县卷烟厂当过一段时间的临时工。他经常对我说："云南有个玉溪烟厂，是个好烟厂。生产的玉溪烟是好烟，卖得贵，只有人上人才抽得起。吃得苦中苦，方为人上人，你要想以后抽玉溪烟，就要好好读书。"自我拿到第一份工资那天起，我就一直抽玉溪烟，外包装白底红点的那款。如今，我爹已经离开十年了，我还是抽玉溪。

那年春节，老家破天荒地没有下雪，也很少飘毛毛雨，大多数时候都是晴天。我爹带着我们到处串门，包括那些平时来往不多的远房亲戚家。不管人家有没有问起，他都要主动说他儿媳妇儿不是缅甸人，是云南玉溪的。是的，他用的是"儿媳妇儿"这个词，带儿化音。对此，她笑着不置可否，表示默许。

按照之前的约定，她在我家过年，我去她家过元宵节。返回云南时，我爹送我们到县城的汽车客运站，右手挥得像一只钟摆。我让他跟我们一起去昆明，开个洋荤坐坐火车。他说等我毕业时再去，参加我的毕业典礼，再去玉溪探望亲家。我觉得这主意不错，可以避开春运。他说他已经知道怎么走了，就坐那趟襄樊开往昆明的绿皮火车，又方便又便宜，是一趟良心车。现在回想起来，他这辈子留下了太多的遗憾，没看见我结婚生子，没看见我研究生毕业，没坐过一回绿皮火车……他离开人世半年后，襄樊改名为襄阳，那辆搭载过欢笑、泪水和遗憾的绿皮火车也光荣退休了，接替它的是一列空调车。

在吉首火车站，我们见到了熟悉的绿皮火车和熟悉的列车员，却没能买到熟悉的卧铺票。售票员大姐说："要不是看在你们是学生的分上，连站票都没有。"我们捏着两张无座票夹在黑压压的人头中间到达站台时，才真正意识到售票员大姐话里的严重性。车上早已人满为患，我们要上的那节车厢连车门都打不开。无论如何我们得走，否则就赶不上去她家过元宵节了。我在站台上像羚羊一样地跳跃，每跳起一次就敲击一下车窗，终于有一扇窗打开了。我托着她从窗口爬进去，然后自己跑到其他车厢挤上了车，像蠕虫一样一步步地向她靠近，挤得大汗淋漓。汗往外冒，焦急却往心里涌。那是她第一次出远门，在此之前，她最远到过离家一百公里的昆明。找到她后，我们紧紧抱在一起，车厢像插满竹笋的背篓，时间凝住不动了。我极力怂恿有座位的旅客跟我一起去车厢连接处抽烟，好腾出位子让她坐一会儿。我不断地给他们递烟，一支还没抽完又递一支，直到对方断然拒绝。去抽一次烟，加上往返能为她争取一个小时的座位。

折腾到昆明时，我的两只小腿已经肿得撑满裤管了。我发誓以后再也不坐绿皮火车了，至少在有她同行的时候坚决不坐。这句誓言，我实现了后半句，前半句在两个月后就像玻璃一样碎了一地。

那天晚上，我像往常一样在自习室看书，突然手机响了。屏幕上显示是我爹的号码，电话那头传来的却是我叔叔的声音，他说我爹快不行了，刚从中医院转到县医院，问我要不要做手术。他顿了一下，说："医生说了，手术成功率很低，就算成功了，也是个瘫子，动不得。要不要做你拿主意。"手术当然要做，这根本不用想。挂了电话，我跑回宿舍打开电脑查询航班信息。没有昆明飞恩施的航班。最近的是飞宜昌，刚起飞不久，下一班要到第二天晚上，从宜昌到来凤，还得倒两趟汽车，前后需要两三天时间。六神无主之际，我突然想到了我发誓再也不坐的绿皮火车。我连夜买了两张票，只使用了一张。我毕业在即，还有许多手续需要她帮我办理。

那时候，火车已经提速了，可那辆绿皮火车却变得更慢了，慢得来不及带我见我爹最后一面。它刚进入贵州，噩耗就传来了。刹那间，天旋地转，窗外的世界瞬间被大雾笼罩。

安葬好我爹后，我接到一封改稿班的邀请函，改稿班为期一个月，我参加了半个月，又接到导师打来的电话，马上要论文答辩了，速回。为了节省开支，我选择坐火车到成都，然后转火车回昆明。没想到的是，两位文友决定陪我一起乘车。

从呼和浩特到成都的是一辆绿皮火车。我们在车厢里谈论文学，虽然我话不多，但他俩讨论得很激烈，令我受益匪浅。其中一位在银川下车时，留给我和比我还小的另一个男生一盒铁观音，并反复叮嘱我们，累了乏了记得泡着喝。到达成都后，当时还是本科生的兄弟就近请我吃了顿饭，然后又送我到候车室门口。我几次回头，他都还站在原地。那一刻，我突然想到，在这列文学的绿皮火车上，我不是一个孤零零的旅客。

（原载《民族文学》汉文版2022年第4期）

田冯太，土家族，供职于《边疆文学》杂志社。作品散见于《民族文学》《诗刊》《星星》《长城》《大家》《滇池》《文艺报》等报刊。

遗失在地铁里

◎ 沈轶伦

一个青年在哭。他背对着所有人。

地铁在地下穿行，黑色的隧道让明亮车厢里的窗成了镜子。镜子映照出他想藏起的正面，眼泪从他的脸颊滚落。

他看上去不过二十四五岁，空着的双手不断抹眼睛，有些手足无措。此时的车厢里坐得半满。但几乎人人低头自顾自刷手机。谁也没有抬头注意他的抽泣。其实这样也很好。置身人群，却不被人看见。

我曾经听一位翻译家讲过一个故事。他问如果在西餐厅就餐时有人不小心把酱汁翻倒在身上，其他人该怎么办？闻者纷纷说应该给这个人纸巾，或者应该帮着用热水擦拭。翻译家说，其实每个人都应当若无其事地继续用餐，不要提醒对方你留意到他的失态。漠视也是一种照料。

此刻，我想递包纸巾给这个青年。但终究只是目送他到站下车。等到走出闸机回到地面，或许青年心情已经平复，神色如常。地铁承接了他的不快，列车呼啸向前，也带走了他的眼泪。

每天，究竟有多少东西落在一座城市的地铁里？如果你打开上海地铁的官网，会发现有许多有意思的失物招领：有常见的——66把雨伞、3台电脑、4本书、2只手表、55对耳机、21个充电宝。有要紧的——3张医疗影像、67张身份证、6张驾照、14张工作证、13张学生证、48把钥匙和钥匙圈及7张门禁卡。也有贵重的或者说对本人有特殊意义的——2份合同和13张借记卡，还有1枚勋章。

有时你也会看到好玩的事情。比如说，2020年5月21日，有个姑娘在微博上发文章说，在上海地铁4号线上，看见有人掉落一只绿色的小恐龙毛绒吊坠。而在2021年1月7日的微博上，有个女孩也发文章说，在早上8点多的上海地铁2号线上捡到一只绿色的小恐龙毛绒吊坠，"不忍心看到被人踩，送到了南京西路地铁站服务中心，主人记得去拿"。我看了看图片，两只小恐龙相似。是这一批玩具都喜欢离家出走，还是其实就是那一只小恐龙，半年来一直在地铁里换乘与漫游？

社交媒体"豆瓣"里有人说，有个女生在上海地铁上，把新买的衣服放在购物袋里落下了。过了一阵子，卖衣服的店家却把衣服钱退给她了。原来是捡到的人找不到失主，就去衣服店里把衣服退了，购物的款项原路返回最初的购买者手中。这是都市里的"日日思君不见君，共饮一江水"，这也是不见天日的地下空间里"云中谁寄锦书来"的善意和机智。

也有比小说更小说的情节：2019年12月，一位常年旅居海外的上海阿姨乘地铁去领取老伴的骨灰，为了不惊扰其他乘客，特意用普通塑料袋装骨灰。谁料到站回家，竟把骨灰忘在了地铁里。而发现骨灰的乘客看见塑料袋鼓鼓囊囊，以为是好吃的，贪小便宜地把袋子顺回了家。直到警察前来确认，才知道自己带回了什么。

地下是另一个空间。一个完全由人造物构成的空间。一个似乎摒除了日常作息的空间。

上面雨季来临的时候，遗失在地铁里最多的是雨伞。上面是夏天的时候，你会在地铁座椅下看到被人忘记的、随着车辆进站减速和离站加速滚来滚去的西瓜。倘若有一个从不离开地铁站的"地铁魅影"，他完全可以通过数一数落在地铁里的失物来判断地面上的风云变幻。

有时你在阳光下进入地铁站，等到出站时，阳光全然不见。乘客乘坐电梯鱼贯融入夜色，神色如此自然，仿佛之前的阳光从未存在。这也是庞德的诗意："这几张脸在人群中幻景般闪现，湿漉漉的黑树枝上花瓣数点。"

有时你从倾盆大雨中冲进地铁站，浑身衣服湿透，头发黏成一缕一缕，但走进地铁，一车厢干干爽爽的人，他们看到你时自然让出一圈距离，诧异于你的狼狈。仿佛全世界的雨，单单落在你一个人身上。

所以地铁在地下，地下拥有另一个时间维度。

许多年前，我刚参加工作时，地铁里的乘客还人手一张报纸。我记得当时叫"石门一路"现在叫"南京西路"的地铁站出站处的台阶上，总是站着一位戴蓝色绒线帽的老人。

由下往上的人群，似一个个浪头扑上来。老人靠着台阶，对着上行电梯上的人露出笑脸，不断重复着说："古德毛宁（早上好），请把不要的报纸给我，谢谢侬！"他像浪花里的一块礁石。

时间久了，据说有人会专程留着地铁报给他。如果遇见的是小姐，他就会用洋泾浜英语说："三克油，密斯。哈喽，密斯！

（谢谢，小姐。你好，小姐！）"小姐若是笑了，他也就跟着笑。这几分之一秒的交汇，带给不确定的生活里一种确定感。有几个女白领，天天在楼梯口遇到他，有时就会带一些点心给他。一块当作早饭的三明治，或者是多买一块粢饭糕。

他说，他就住在附近的石库门里。他看着这些孩子长大，"和自己孙子一样的"。一次，有个女白领带给他一包点心，他回家打开一看，是一盒喜糖。于是他当晚就画了一幅鸳鸯。

我记得他说，他每天上午能收十斤报纸，回家卖掉后，"一天的买小菜铜钿就有了"。现在这些弄堂已经消失不见，算来他应该年已九旬，就算还住在附近，可能也无力来收报纸。最重要的是，通勤族上班再也不在地铁里看报纸了。

大家都是低头刷手机。即便同一个车厢里，有一个青年哭得这么明显，也没有人抬头看他一眼。

我忘记问问老人了，他为那个送他喜糖的女孩所画的鸳鸯图，后来送出去了吗？他那段时间，每天早上来收报纸时一直把画带在身上。他头上戴着蓝色的绒线帽，用身体温暖着这幅祝贺的画。

我想终究有很多东西遗失在地铁里。即便在失物招领栏仔细寻遍，也看不到。

（原载 2022 年 1 月 23 日《解放日报》，

标题依《读者》2022 年第 8 期摘选版）

沈轶伦，《解放日报》记者，上海市作家协会理事。专注城市人文题材非虚构写作，已出版《如果上海的墙会说话》《隔壁的上海人》。

食物的故乡

◎ 周荣池

　　某年我从重庆辗转去云南，去寻找一位英雄的故乡。落地后满耳异地乡音，我用蹩脚的普通话告诉搭客的师傅，我要去自己只在纸上见过的通海。大约车要行三个小时，走到半路我竟然有些警惕起来，在滇池边一处服务区停了一下，我也无心看那汪著名的水。其时也并不十分饥饿，但我还是买了两套鸡蛋煎饼，一套给了师傅——我的内心有一种皮袍下的"小"，此刻我似乎只是讨好他，因为异乡的陌生和遥远让我担心自己的安全，这实在是有些矫情的做法。

　　师傅只是出租车主，偶然的相遇和经营的契约让我们同行，对于我贸然的慷慨有些不安。他把那蛋饼放在一边，和我说起这身边的世界来。我顽固地掩藏自己的心虚，就着生冷的纯净水大嚼那饼。我虽并非北人，但对饼也不陌生，但那天吃的一口除了名字之外一切都是陌生的。早年在苏北求学，那个地方的鸡蛋饼是颇有些名气的。早上站在老虎桥热气腾腾的摊子前面，阿姨们一句"宝巴，吃蛋饼啊？"简直就像老母亲的呼唤。可惜这些有地方特有美味的东西，进入快速而便捷的机器生产，又进入服务区这种匆匆的地方，让人体味到的只有工业化与标准化，它可能只是具有能量的一种形式，而不能被称为食物，因为它们在流浪时失去了故乡——就像我寻找的那位离乡的英雄，内心壮烈而苍凉。

一

我要寻找的这位英雄马克昌的家乡远在河西县，现在属于通海，河西是成了一个镇，但我仍以此当作他的老家。来河西之前，我曾与当地一位姓可的老人联系过，为了感谢他的热情我寄给他咸鸭蛋，这是里下河平原上的高邮人习惯赠人的礼物。据说当年秦观去徐州看苏东坡，也带了家乡的鸭蛋，这是有传统的事情。他回赠我的豆末糖也是河西的吃食——我知道彼此虽然都用故乡的食物相赠，其心情也殷切和真诚，但味觉到底还是隔膜的，就像是面对彼此都自以为熟稔的方言，它们都有自己顽固的故乡印记。

我没有想到会写一位云南的烈士，他的故乡是那么遥远，即便在今天我仍然觉得路途漫长。马克昌当年是凭着自己的脚板走去昆明及至上海读书和革命的。我在他的传记中记录了两种食物，一种是难得一见的豆末糖，一种是天下闻名的米线。这两种食物我都尝过，并没有什么特别的滋味，至少对于云南人自己的描述我是不解其中味的——也可以想象，别人对我们到处吹嘘的咸鸭蛋也未必觉得十分可喜。

到了通海已见暮色，梁忠发兄自己接待我食宿，当晚吃的是米线和他自家的烤酒。好吃的人常也喜欢点酒水，但对他说的烤酒我开始有些不解。听说过烤烟，不知道为什么酒也是烤的？但三杯两盏下肚，陌生的酒水却让陌生的人熟络起来，陌生从此也没有了。云南的米线已经是广为人知的食物，"过桥米线"的招牌在全国各地并不难见，但对于吃米饭的水乡人到底只能算是小吃，而不可能成为主食。主食与否其实就看地方，就像人离了故乡，口味是带走的，但并不能成为他乡的主角。早年我去北方的丈人家，丈母娘热情地给南来的"新姑爷"蒸了米饭，可又煮了粥馏了馍，可见在她的眼里，米饭并不能算是主食的。

我们把米线也是当作菜或者零食吃的，所以当饱与否并不靠它，一日三餐没有米是不安心的。梁兄待我的是当地日常的米线，手法看来是不错的。日常有时候并非庸常，许多深刻的道理和秘密都隐藏在其中。所以，正如我这趟去云南，并非为了寻找真相或者事实，这些在图书馆或网上更加完备和便捷。我要去看的是日常，是生生不息的日常——不仅是米线和豆末糖的味道，还有它们所在的故乡。马克昌是河西汉邑人，他家乡的村落与古老的茶马古道联系着，所以这里有很多离开故乡和回到故乡的故事，也当然有很多远走他乡和远道而来的味道——据说这里有很多南京江宁的后裔，他们是明代军屯时代定居边陲的军民。

马克昌二十多岁就从昆明走路去了上海，最后魂归南京不再回乡。他在上海的岁月并没有多少实际的资料，短暂仓促而凶险的日子让一切毫无温情可言，他们那时候恐怕也无暇想到故乡。这一帮从云南奔赴上海参加革命的青年，他们是有血性也有温情的——所以我就暗自揣摩他们的日常，在上海异乡或者外国引进流行的食物未必能打动他们——家乡的滋味就像是方言，那是有魔力的，如脱不掉的肤色。当他们在那个云南人的铺子门口站下来的时候，"过桥米线"四个字的招牌就像是祠堂里的匾额一样庄重，尽管那个年代像布幌子一样飘摇不安。马克昌在这家店里吃了豆末糖和米线——这里以后甚至成为他们接头的地点。哪怕这些文学的想象完全不符合现实的逻辑，我也可以确定一个人在外地，遇见家乡的食物和老家的方言一样肯定是动容的。

一个人无论走到哪里，他都永远是故乡的孩子，或者说他见到故乡的食物都会像个兴奋的孩子。这些是我在通海的那个晚上想到的，因为我也由晚上吃到那些陌生而热情的食物，想到了自己的家乡，想到了自己平庸的日常，但我知道在那里开水泡饭的味水都总是最妥帖的。

第二天清晨，梁兄引我吃了据说更有名气的羊肉面线，除了丰盛我已经说不出什么滋味，是那种无法归纳的味道，丰富但并不能令人动容，是一种出于礼貌的客套。饭后要去汉邑，我知道以后也难得再来这边陲之地，便又去街上走了走，在菜场流连了一番。好吃的人到一个地方便喜欢这种有烟火味的地方——菜场是人间的入口，入得了口的东西都是尘世的仙境。边陲菜场的格局与平原也一样，这是标准化的手段，但从脸色神情和角落里的野货还是能看出一鳞半爪的差异，而不同的地方往往是最传神的。令我感到诧异的是和平原上的相同之处，街上竟然堆满了茨菇。那种我曾自以为是地认为只有平原水乡才有的土货，因为他乡似乎是见不到的。这话并不是源自我的狭隘，因为乡党汪曾祺先生在《故乡的食物》这样写茨菇：

我十九岁离乡，辗转漂流，三四十年没有吃到茨菇，并不想。前好几年，春节后数日，我到沈从文老师家去拜年，他留我吃饭，师母张兆和炒了一盘茨菇肉片。沈先生吃了两片茨菇，说："这个好！格比土豆高。"我承认他这话。吃菜讲究"格"的高低，这种语言正是沈老师的语言。他是对什么事物都讲"格"的，包括对于茨菇、土豆。

云南是汪曾祺饱含深情的故地，他在昆明的西南联大读了中文系，读过许多的书，也尝了好多的吃食，不该没有见过云南的茨菇。这里的茨菇与他故乡的不一样，有一种很奇异的绯红色，而且个头也不大，真像是个面色发红的小个子人。大概茨菇和人一样，也是有不同种族的，虽然它们是一种事物。看着那些堆在路边的茨菇，心里到底觉得非常的温暖。很奇怪的是，我听梁兄用方言与人说话的时候，讲到"去什么地方"，竟然也将"去"说成是"扣"音，这与江淮话是一样的，这又让人想起来这里的人们来自于江宁的旧事。

语言也是一个人的故乡密码，和味水一样的顽固。

见我在菜场徜徉良久，梁兄大概更确定我是个好吃的人，中午便又引我去河西镇的一家叫八味园的馆子尝鲜。在河西镇的路边依旧见到许多卖茨菇的摊子，这甚至比里下河水乡还要壮观。店里也有茨菇，削去皮泡在水里，仍可见零星的那种异样的绯红。菜有许多没有见过的，比如鱼腥草是听说过的，但吃起来依然是隔膜的。主人依旧喝他们的烤酒，我已经觉得吃得很努力了，但到底并没有他们那么享受。一个地方的美食其实是一个地方自己的文化认同，他们说的好是他们自己，我口舌里的味道还是故乡的立场，就像是他们的立场无法成为我的认同。我从河西的桌上与诸位拜别，他们又折回去继续吃他们的饭，我想没有了我坐着看稀奇的目光，他们一定吃得更快活，我能隔空体会到这种情绪。

从河西到昆明是下午，天空突然落起雨来，这真是让人觉得巧妙，不由得想起了汪曾祺所写的《昆明的雨》中的句子：雨，有时是会引起人一点淡淡的乡愁的。我到昆明是为了寻找英雄的乡愁，拜见过英雄的女儿我又回到街上，自己去寻找街上的美食。寻找我在《寻路——马克昌传》中曾经写过的一种菊花米线：

> 江湾的街上，有一家蒙自人开的米线店——蒙自的菊花米线很有些名气，在昆明也是颇受欢迎的，更何况是在这上海滩上呢？这一碗米线吃的是滋味，也是乡愁。想想他们不远千里从云南而来，行囊中没有什么珍贵的东西，唯有心腹中的乡愁，虽然不轻易说出来，但也十分的浓重……

蒙自菊花过桥米线主料是新鲜米线、鸡、三层肉、后腿肉，辅料是生姜、花椒、草果、里脊肉、新鲜菊花、豌豆泥、豌豆尖、韭菜、小葱、香菜、豆芽菜、豆腐皮、草芽。一碗米线也被蒙自人弄得美轮美奂，单看这主料和辅料，也不是一般人能烹制调味的。多少年前，滇南蒙自市城外给湖心小岛读书的秀才丈夫送饭的小娘子，以云南人的贤惠和聪明想到用鸡油保持温热，以便丈夫还能吃到更爽口的米线。过桥米线"过桥"之处就在于那碗汤，各家各有熬制方法，但总归是鲜香美味的。过桥米线的汤用大骨、老母鸡、老鸭、老鹅、云南宣威火腿经长时间熬煮而成。汤上覆着一层封面的鹅油，开吃的时候把数种鲜料如鸡肉片、猪肉片、火腿片、冬笋片等逐一放入汤中烫熟，再放入米线食用。

我此前在各地吃过过桥米线，但我也知道那些只有名气，做法大多是标准化的，而且也是根据各地口味做过改良的，是一种很客套的流程，就像肯德基到了中国有了米粥和油条。菊花米线的做法和滋味，是我根据资料整理甚至想象出来的。所以在没有到昆明之前，我就咽着口水想：一定要吃一碗菊花米线。

点餐的时候看到价格，是有些咋舌的。这并不是我吝啬，我坐着等餐的时候依旧认为——一碗小吃并不值得那么些花费，说到底我还是觉得米饭之外的吃食仍算不得正经。但当店里将一尊硕大的碗和一众配菜上来的时候，我心里才明白自己的浅薄——这不是一碗当饱的饭，是一套活色生香的菜，米线只不过是其中最不重要的内容。被油面封存的汤波澜不惊，甚至看不到一点热气，我知道碗中暗藏的乾坤。这与我在家里乡间吃羊汤或者热豆腐是一样的，羊汤用豆油封，豆腐则用猪油，那暗藏其中的火热是足以伤人的。我本还担心这汤涮鸡丝肉类温度不及，哪知道鲜嫩的肉遇见汤水立刻就变成熟络的脸色。

这碗菊花米线简直就像是一场游戏，至于菊花的风雅也并不见得多么难忘，但那一道道的程序，就像是祭拜"五脏庙"的仪规，那是很庄重和有意趣的——我们中国人吃饭正是吃的仪式和意思，而并非什么科学或意义。

二

到昆明我本是要盘算着去两处地方，也其实是为了两个人——一处是西南联大，一处是五华山。西南联大对于一个高邮人而言的意义当然在于汪曾祺，而祖籍高邮的吴三桂虽然出生在辽宁后来转战西南，但高邮二字对他的意义也是不言而喻的。吴三桂祖籍高邮是有史可查的，他在高邮老家的出生地被传为马棚。马棚在运河边上，运河此处有大湾，故又称马棚湾。马棚湾是运河岸上秦邮驿和界首驿的腰驿，是养马补给的地方。因为吴三桂祖上善养马相马，故当地人认为这是吴三桂家养马的地方，这其实是没有根据的说法。

马棚这个地方出大茨菇——这个地方说大茨菇有两层意思，首先当然是骄傲风物之美——大总是可喜的，而大得突出了似乎又拙。这里人说人笨拙也说"大茨菇"，或者说这人发"茨菇愣"。茨菇在当地并不是什么上等的蔬菜。比起荸荠它没有甜味，生食苦涩难以下口，不甜在江淮人的口味中不是什么好事情。所以茨菇并不很受欢迎，首先因为口感不好，这如一个人如果嘴不甜，也是不讨巧的事情。

汪曾祺说他少时去云南求学，三十多年未见茨菇，其实也未见得对这种泥水里所产的菜蔬有什么美好的印象，他在《故乡的食物》中记道：

我小时候对茨菇实在没有好感。这东西有一种苦味。民国二十年，我们家乡闹大水，各种作物减产，只有茨菰却丰收。那一年我吃了很多茨菰，而且是不去茨菰的嘴子的，真难吃。

虽说是印象不好，但汪曾祺也是睹物思乡的，家乡的消息再苦楚却毕竟儿不嫌母丑，更何况他和这食物一样都有共同的故乡呢。汪曾祺在云南的年纪，自然还没有到望乡思归的年龄，况且昆明的种种吃食让他几乎要乐不思蜀甚至忘乡了。那时候他的日子时常也窘迫，但是幸得有本县同去的朱姓同学帮衬，时光也还算是说得过去。这从他后来写云南的文字是可以感受到的，如果当时毫无喜悦之情，记忆就不会那么从容笃定，在《昆明的吃食》他写汽锅鸡：

专营汽锅鸡的店铺在正义路近金碧路处。这家的字号也不大有人知道，但店堂里有一块匾，写的是"培养正气"，昆明人碰在一起，想吃汽锅鸡，就说："我们去培养一下正气。"中国人吃鸡之法有多种，其最著者有广州盐鸡、常熟叫花鸡，而我以为应数昆明汽锅鸡为第一。汽锅鸡的好处在哪里？曰：最存鸡之本味。汽锅鸡须少放几片宣威火腿，一小块三七，则鸡味越"发"。走进"培养正气"，不似走进别家饭馆，五味混杂，只是清清纯纯，一片鸡香。

为什么会想到汪曾祺写的汽锅鸡呢？因为后来有人将这种吃法引到汪曾祺的故乡去，似乎有些神韵，但味道终究让人难以觉得完全熨帖妥当。汪曾祺对于味道极其讲究，后来说到汽锅鸡味道不如以前，有自己科学的解释——为什么现在的汽锅鸡和过桥米线不如从前了？从前用的鸡不是一般的鸡，是"武定壮鸡"。"壮"不只是肥壮而已，这是经过一种特殊的技术处理的鸡。据说是把母鸡骗了。我只听说过公鸡有骗了的，没有听说母鸡也能骗。母鸡骗了，就使劲长肉，"壮"了。这种手术只有武定人会做。武定现在会做的人也不多了，如不注意保存，可能会失传的。

但我以为这不仅仅因为科学或技术，更是远去的光阴和地理，一个食物是有故乡的，或者只有在故乡一切才成立。汪曾祺自然有自己味道的故乡，但面对美味他也难免会暂时忘乡，或者在他乡的食物上找到一种寄托。也有游子出了门去便从此不记得家乡，最后家乡人也不愿意提他，即便在青史上留下名字，多少还是令人叹息的——吴三桂算是一位。

吴三桂虽然并不出生在高邮，但其祖上在高邮生活的时间一定也不短，因为他无论是后来去辽东或到云南等地，都携带了这个籍贯的"生命代码"——也许口味随着四方食事的遭遇多少会有改变，但是籍贯和乡音是牢靠的。颇有意味的是，后人还为此演绎出黔东南有高邮村的说法，说是村中都讲高邮方言。这种善意的演绎也可证一个人故乡的重要。

汪曾祺祖上从徽州迁居高邮，从汪曾祺的父亲汪菊生往上数第八代的祖先，与吴三桂祖上从徽州来高邮的时间是相近的。他们都将这座处于文化意义上的"江南之地"的城市作为自己的籍贯。康熙十七年（1678），吴三桂在湖南衡州称帝，同年秋在长沙病死。非常有意思的是，这一年吴三桂在衡州称帝，而康熙谕旨靳辅堵塞清水潭决口。康熙下令修河工而成的大弯道便是棚湾，也正是高邮乡人传说吴三桂的出生地。吴三桂在衡州大概未必知道这件事情，但如此一比较他似乎并不"厚道"。就连此时同在衡州的另外一位高邮人王夫之也认为他的举动有失"公忠"。

吴三桂在衡州称帝，有人让王夫之上劝进表，王夫之说："亡国遗臣，剩下的只有一死罢了，现在怎么会写给此不祥之人呢！"于是逃入深山，作了《祓禊赋》来表明心志。如此看来，同是祖籍高邮而都身在衡州的王夫之较之于吴三桂，似乎又多了一种特殊的意味——且不去判断孰是孰非，但二人的心性和选择确实大相径庭。衡州这个地方此时既是家乡人的一个交集，也是一种特殊的见证。

可见，同一片风土也会养育不同的人，更何况是风物呢——高邮的茨菇在云南长出了绯红色，因为它们有不同的故乡。即便人来自相同的故乡，也会有不同的品性与选择，同样是吃了马棚大茨菇的人何必就如出一辙呢？

三

吴三桂有没有吃过茨菇呢？或者说他如果在昆明吃到茨菇会不会起了思乡之情呢？茨菇虽然是凡俗的菜蔬，但它确实是可以起思乡之情的。对于这道菜的制作汪曾祺别有心得和体会，也表达了他作为一个游子对过去苦涩记忆的一种异于常人的解读，让乡愁漂荡在这一道寡淡的汤水中：

咸菜是青菜腌的。我们那里过去不种白菜，偶有卖的，叫做

"黄芽菜"，是外地运去的，很名贵。一般黄芽菜炒肉丝，是上等菜。平常吃的，都是青菜，青菜似油菜，但高大得多。入秋，腌菜，这时青菜正肥。把青菜成担的买来，洗净，晾去水气，下缸。一层菜，一层盐，码实，即成。随吃随取，可以一直吃到第二年春天。腌了四五天的新咸菜很好吃，不咸、细、嫩、脆、甜，难可比拟。咸菜汤是咸菜切碎了煮成的。到了下雪的天气，咸菜已经腌得很咸了，而且已经发酸，咸菜汤的颜色是暗绿的。没有吃惯的人，是不容易引起食欲的。咸菜汤里有时加了茨菇片，那就是咸菜茨菇汤。或者叫茨菇咸菜汤，都可以。

　　茨菇的做法大多家常，就像我们农村孩子的生活大同小异。但正是家常入人心，让人难忘起深情。汪曾祺难忘到几乎厌倦惧怕了，但其实是忘不掉的。咸菜是高邮人入冬都要腌制的，用的是大白菜，汪曾祺说"入秋"大概是离乡久了误记了。大白菜是本地人的叫法，其实是大青菜。这里的人把大白菜叫作黄芽菜，把大棵的青菜叫作大白菜，因为他们很少吃真正的黄芽菜。入冬之后把大棵的青菜挂在门口晒，然后放在水缸里用大盐码上，并装一桶水压上——也有人家用磨盘压着，但并不是每个人家都有磨盘。青菜腌好了可以生吃，很脆嫩，有清香，多是炒了就粥吃，或者切细段与鱼同煮，那是上好的下酒菜。这时候青菜已经叫作大咸菜。大咸菜在大缸里藏着，为冬春之间青黄不接的日子留后手。下雪的时候一碗咸菜茨菇汤是里下河人的日常。也有条件好的人家与豆腐一起炖，是不可多得的下饭菜。

　　茨菇也有大小的，小的也别有风味。大的茨菇切片烧汤，除了咸菜之外若有鱼或盐卤的豆腐则更奶白。小的茨菇用来烧五花肉，非常甜糯，比肉还好吃——这当然只是肉吃多了之后的快活话。茨菇烧肉比之于土豆爽口，是可以称之为"格高"的。比之于土豆片炒肉，茨菇片炒肉更爽净。入冬的咸肉肥白透亮，在油锅里煸炒一下便满是喜悦的油腻，大蒜斜刀切出与茨菇片下锅，咸香和蒜香中和了茨菇的苦味，一盘子炒肉片比回锅肉清爽。回锅肉用酱，茨菇片炒肉则不取，要的就是"格高"的清亮。也有人用荸荠片代替，虽然荸荠和茨菇常常是长在一起的，而且因为甜腻它还更受欢迎一点，但是入馔之后反而不如茨菇清冽。荸荠因为甜俗这些年又成了一种水果，街上的人仍旧像冬天卖茨菇那么喊："马棚湾大荸荠，不甜不要钱！"这种下场到底让人有些失望，好好的一道菜又去做什么水果，看来还是茨菇的禀性更专一可靠一点。我问过水果摊上的人，马棚湾哪里有这么多的荸荠？有良心的人悄悄说：哪里有那么多本地的荸荠，都是安徽过来的货——它们被掉包了故乡，就像是汪曾祺或者吴三桂祖上来了这运河边的小地方，最后都成了这个城市的大人物，这些物事变迁是一个道理。

　　我听父亲说过茨菇的一种吃法，那是无奈的水煮茨菇。因为除夕要吃汤圆，他的母亲因为子女多而巧妇难为无米之炊，便把茨菇削去皮在水里煮熟，充当汤圆果腹度年。这在饥荒的年代也是不容易的。茨菇清苦，白水煮了味道自然寡淡，但是对于饥饿的肚腹来说，没有什么好讲究的——好吃是吃饱了之后的事情。但人们又说食饱无滋味，吃饱了之后挑剔味水的好坏，实在是矫情的，也是经不起推敲的。近年里下河的城市如宝应或者阜宁，还把这种清苦的菜蔬研究出了"茨菇宴"，好奇如我去看了看，一桌子茨菇做的菜，听到名字里有蓝莓、奶油等佐味，就知道这是人们日子过得矫情和虚荣起来了，这终究也不是什么可喜的事情——茨菇这种吃物与肉烧就已经是顶配，其他的都是白费心思。

茨菇在故乡生长，也在游子心里生根，它内里的苦味和游子心里的不安大概是相像的。食物有故乡，它们也是游子的故乡，会让远行更加从容和坚定。父辈小的时候不肯和先生们读书，他们也怨恨下地扒茨菇的辛劳，就扯着嗓子喊：人之初，扒茨菇。他们没有好好读书，长大了只有捧牛屁股扒茨菇，还把装满茨菇的船撑到里下河最东边缘的盐城去卖。外乡人听到他们的口音，会说：这是马棚的大茨菇，粉得很——一个人和一种植物一样，脸色上有故乡的样子。

（原载《滇池》2022 年第 6 期）

周荣池，江苏省高邮市作协主席。著有散文集《一个人的平原》《村庄的真相》等多部作品。

翠　湖

◎ 李青松

　　翠湖是一片水域。

　　翠湖是一片湿地。

　　然而，在老北京人的记忆中，海淀没有湿地的说法，也没有这个诗意的名字——翠湖。有关海淀的老照片，只有园囿、稻田、水塘、泥滩、涝洼地和纵横交错的沟渠。何谓海淀？水域广大谓之海，水之所聚谓之淀。海淀，一定是因水而得名了。

　　无水贫水缺水是问题，水溢水丰水满亦是问题。物无美恶，多则成灾。

　　早年间，因防水患，海淀上庄建闸控制水乱发脾气。不想，水的暴脾气摁住了，竟然憋出了一座水库——上庄水库。上游农地均成了水田，稻花芳香，蛙声一片。至上世纪八十年代，又在宋庄加了一道拦河闸，解决了排水、行洪和灌溉问题，却又意外生出了一派沼泽景观。曰之什么呢？总得起个名字吧？各路高人，七嘴八舌，争吵了十年，末了，有人脱口而出——翠湖！

　　于是，2003年的某个上午，翠湖的时间开始了。

　　历史在翠湖的底部，所有秘密都沉积在湖底的泥里。对于翠湖而言，历史是个湿漉漉的话题。

　　我多次来翠湖，就是想搞清楚，城市中的湿地是如何与现代化脚步并行的呢？它与人的关系到底处于一种怎样的状态？

翠湖没有让我失望。

翠湖的景象是如此慷慨而又令人迷醉，我甚至分不清楚水域与天空的疆界到底在哪里？——天生水耶？水置天乎？

湿地是城市的肾。湿地的土壤孔隙可张可弛，可开可闭，能蓄水，也能济水。能解旱情，也能透水、排涝。没有湿地的城市，是不会呼吸的城市，没有湿地的城市，是没有生命力的城市。这话听起来有点大，也有点远。但是，湿地生态系统的独特功能，对于保持城市活力所起的作用，以往我们可能真的有意无意忽略了。

湿地表面平静，内心深处却骚动不安。时不时就诱发降雨，保持自己的湿度，也调节了局部小气候。湿地上的水草，抗毒性能超强，可以大量吸收二氧化碳，滞尘除菌。因而，湿地不但可以净化空气，而且可以增加碳汇。——湿地土壤和泥炭层固碳作用不容小觑。

翠湖用自己的故事，讲述了生态伦理和道德应该有怎样的内涵。翠湖用自己的故事，诠释了湿地对于现代城市来说具有怎样的意义。

然而，翠湖不是传统意义上的湿地，它是另一种湿地。

嘎嘎嘎——嘎嘎嘎——

翠湖的黎明，在雁语中睁开眼睛。

翠湖的主角是由这样一些词构成的——湖水、芦苇、菖蒲、水葱、荷花、浮萍、狐尾藻；鸿雁、天鹅、野鸭、鹈鹕、翠鸟、黑水鸡，等等。在这里，野生植物和野生动物种群的兴旺并不完全依赖于自然逻辑的无限延伸。在特定的时间和空间里，有时候，自然的逻辑是反转的。

每年春天，鸿雁从天空的深处飞来，嘎嘎嘎叫着，有时排着整齐的雁阵，有时侧翔滑行，有时干脆抖着翅膀"哗啦"一下落叶一般就落下来了。它们一群一群地飞来，一群一群地飞走，似乎与翠湖有着某种神秘的约定，如约而至，如意而去。

翠湖的泥滩上和浅水区域长满了野草，菖蒲最茂盛，它饱满的秆子里呈絮状的内腔，到底能存储多少水，没人说得清楚。鸿雁整日在菖蒲丛里觅食。鸿雁喜欢食用鲜嫩的芦芽、初生的水草、含苞的花蕾，以及那些在菖蒲秆子上啃咬的虫子。虫子很肥，吃肥虫的鸿雁，也很肥，漫步水边，倒是水显得瘦了。

"丢溜溜——"偶尔，也有鹰的叫声撕破天空。可我连它的影子也没看见，但我能感到它威力的存在。鸿雁及其他鸟们是时刻警惕着的，水里的鱼也不敢有半点差池，因为疏忽的代价就是丧命。

鹰的影子终究还是没有出现，翠湖的一切照旧。鸿雁多集群活动，不过，它们也有意见不统一的时候，也争论、叫喊、抱怨，叽叽咕咕，嘎噜嘎噜。然而，一番吵闹之后，群体拆分，各自分散觅食去了。

黄昏时分，时间开始分裂，阴影重叠。

天空中投落的影子缀着雁语。翠湖的白天将以这种方式终结，夜晚也将以另一种方式开始。

并非人人喜欢鸿雁。有人也讨厌这些贪嘴的东西。

翠湖附近有个常乐村，村民种了一些水稻，每年五月初，秧苗总是莫名其妙地被"掐尖"（秧苗最嫩的部分被吃掉）。村民偷偷观察，发现是一群鸿雁干的。那群鸿雁三四十只，十几分钟就能把几亩秧苗洗劫一空。村民气愤，知道野生动物受国家保护，不能猎捕，就给翠湖湿地管理处打电话，要求赔偿。按说，村民的要求也合理，虽说鸿雁不是翠湖养的野生动物，是迁徙途经的候鸟，但法律规定得很清楚，野生动物给村民农作物造成损害，国家是要进行赔偿的。那就找出依据，定损赔偿吧。可是，查遍国家赔偿的野生动物名录，居然不包括雁鸭类。有兽类，有猛禽，但找遍字缝也没有找到鸿雁。

事情变得尴尬了。

翠湖的人来给村民做出说明，并帮助村民想办法防范。田头扎了几个稻草人，也把几面红旗插在稻田里，仅仅管用两天，第三天就不灵了，鸿雁识破后照吃。于是，就想别的办法，用扩音器播放老鹰的叫声，但也是两天，就不管用了。

用什么办法防止鸿雁啄食村民的秧苗呢？翠湖的人也犯难了。

或许，一切美的事物，都存在着某种瑕疵和缺憾。

然而，事物的逆向反转和意料之外的倒置状态，并非说明世界本身是荒谬的，倒是恰恰印证了世界固有的本质——差异性、复杂性和多样性是随时存在的。

八月的某日，我在翠湖湿地管理处办公区看到一只鸿雁带着两只小鸿雁在苹果树下觅食。秋天，苹果熟了，就有从树上掉下来的果子。三五枚，六七枚。鸿雁们啄食掉落地上的苹果，小鸿雁嘴巴没那么大，大鸿雁就先啄几口，弄开一个口子，小鸿雁再一下一下啄食那里面的果肉。大鸿雁自己不吃，就抬头四下里打量，观察情况。

办公区域的人，脚步匆匆，各忙各自的事情，似乎也没有人理睬它们。人与野生动物，各不相扰，共生共存。

忽然，我想起了利奥波德说过的一句话——

"是的，自然界有两样东西能够改变我们的生活方式。一个是恐惧之物，我们最大可能地躲避它；另一个是所爱之物，我们尽最大努力去尊崇它的品质。"

翠湖，有一种坚韧的否定力量。

对个体的否定，对单一的否定，对孤独的否定。翠湖湿地从来就不是静态的，它是活的，无数的物种和物质在其中互通有无，十分繁忙。在这里，生态的整体性大于个体相加之总和。

事实上，保护自然的目的，不是单一保护某种动物、某种植物，而是要保护自然的生物多样性。修复自然生态系统，除了考虑生物数量够不够多，还要考虑它们之间的关系是不是构成了稳定的链条。片面地重视生物的数量，而忽略了它们的功能，并非保护的初衷。

翠湖里鱼类很多，白条、鲤鱼、鳙鱼、鲢鱼、嘎鱼、鲇鱼、草鱼等，但个头最大的是黑鱼。翠湖管理处副主任刘颖杰告诉我，在翠湖，曾经捕到过接近一米长的黑鱼。它从一个水塘转移到另一个水塘，自己可以翻越堤岸滑过去。它身上自带黏液，自己铺路，自己滑行。黑鱼是吃鱼的鱼，黑鱼多，说明翠湖的野生鱼类数量也多，食物丰富，否则黑鱼早就绝迹了。黑鱼常常潜伏在湖底，潜踪蹑迹，很少露面。

鱼多，鸟类自然就多。

平时，鸟类不用巢，各自觅食，相安无事。白天，四散而去，傍晚回翠湖过夜。可是，繁殖季节一到，要涉及抱窝孵蛋，这就需要巢穴了。翠湖有个鸟岛，面积并不大，能容纳的鸟类也是有限的。岛上有鸬鹚巢位一百二十个，苍鹭和白鹭的巢位有五百多个。巢位数量是怎么来的呢？是人为分配的吗？不是，是它们自己争夺来的。这也体现了自然法则的精神。

一般而言，一巢二鸟，只有强势者才能占领。然而，鸟的数量总是多于鸟巢。鸟巢不够用怎么办？必然导致战争了。

争夺巢位的战争，几乎每年都要爆发一次。

争夺巢位，不是鸟类个体需要，而是种群繁衍的需要。鸟有了巢位，才有繁育后代的可能。翠湖有白鹭三百多只，苍鹭八百多只，鸬鹚五百多只。苍鹭也好，白鹭也罢，总之，天下的鹭是一家。一旦战争爆发，苍鹭与白鹭便联合起来，共同对抗鸬鹚，激战场面异常壮观。

空中厮杀，哀鸣不已，羽毛乱飞。

有观测记录显示，厮杀时间超过五十分钟，只多不少。败者无立足之地，只得惶惶然落草逃往别处。

冬天，意味着寒冷和冰雪。然而，也有例外。翠湖有一片水域不结冰，食物充足，吸引了上千只鸟来此越冬。

翠湖，一片祥和。

可是，某天夜里翠湖却发生了恐怖事件——

在翠湖的鸟岛上出现了三十多只鸿雁和野鸭的尸体，不是冻死的，不是饿死的，不是病残致死的。

事件不止一起。一连两周，翠湖的鸟类每天夜里都有被咬死的情况发生。翠湖管护员们神情紧张，对现场进行认真勘察，分析鸿雁和野鸭被咬的部位，发现是被凶猛动物咬死的。冬天是翠湖鸟岛最热闹的时候，因为别处基本处于冰封状态，只有此处的水面是没有结冰的，于是各种越冬的鸟类就都集中到这里，抱团取暖，抵御寒冷。

系列恐怖事件出现后，翠湖的鸟岛上看不到一只鸟了，一片肃杀凄凉。

翠湖管理处鸟类专家彭涛在鸟岛上蹲守了几天几夜，也没有发现凶手的踪影。开始，他怀疑是貉干的，成语"一丘之貉"的貉，名声不怎么好听。貉在翠湖干坏事是有前科的，曾有野鸭、黑骨鸡等鸟类被它咬死吃掉的事情发生。彭涛像个猎人一样每天寻找，一连找了五天也没有结果，后来在红外相机的镜头下，凶手终于现身了——不是貉，而是一只豹猫。

豹猫目光炯炯，动作快如闪电。

豹猫，因身上的斑点像古代的铜钱，又被称为钱猫。豹猫毛色呈褐色，头部有白色的条纹从鼻子一直延伸到两眼间。耳大而尖，耳后黑色，带有白斑点。常夜间行走，凌晨捕猎。攀爬本领超强，在树上跳跃灵敏自如。善游泳，喜欢在靠近湖边或者湿地水域之处活动和觅食。

豹猫既像豹又像猫，但它不是豹也不是猫，是一种山区野生动物，凶狠异常。它怎么窜到翠湖来了呢？

翠湖与北京西山（凤凰岭、阳台山）的距离至少有十公里，它怎么会来到这里？是怎么来的呢？那年冬天，西山大雪封山，食物匮乏，估计是豹猫找不到吃的了，就下山一路向东，窜到了翠湖作案。

要不要捕猎这只豹猫？翠湖管理处经过认真研究认为，这只豹猫虽然屠杀了几百只鸟类，但捕杀它是没有依据的，也不符合生态保护的宗旨。任由它在翠湖横行霸道吧，好像它又不是在湿地生活的野生动物，惹是生非会搞乱翠湖的生态秩序，导致翠湖生态系统失衡，适当采取措施加以驱赶是必要的，但不能伤害它。

可是，怎么驱赶呢？一时也拿不出可行的措施。时间很快就过去二十余天，慢慢地，鸟岛上又开始喧哗吵闹，鸿雁、野鸭又回来了。那只豹猫也不见了踪影。

那只豹猫去了哪里？是回西山了？是去别处了？还是被它的天敌剿杀了？一连串的问题，没有答案，各个角落的红外相机也没有监测到任何蛛丝马迹。

其实，文明并不排斥野性。

对北京来说，翠湖意味着什么？

我们已经隐隐约约感觉到，地球的生命力指数和栖息地承载力正在逐日下降，下降速度之快，超出我们的想象。地球的生物多样性也在下降，地球的生态系统可能正在退化。当地球变得如此糟糕之时，没有什么比保护已经存在的事物更为重要的事情了。不要认为科学与技术有无限的可能性，对自然的蔑视和蛮横常常会带来灾难性的后果。

在一定意义上说，对于翠湖的保护和修复，就是以人的最大的努力避免生态发生灾难性后果。

翠湖，存在于一个社会与另一个社会之间。翠湖，也存在于一种道德秩序与另一种道德秩序之间。

深秋寒凉的早晨，湖面上升起的雾气，闪着亮亮的光。每一粒露水都像是结晶，安静地蛰伏或者栖息在草叶上。翠湖并非完全意义上的荒野沼泽，虽然它的人工痕迹已经渐渐被自然取代，但是，它好像从来就没有与文明世界完全分离。翠湖本身，与北京生态系统就是一个完整的整体。

在翠湖，将食物网的底部连接在一起的是浮游植物——这种植物状的生命能够被微小的浮游动物吞噬，而浮游动物又为鱼类和甲壳类动物提供了食物。

食物链的关系并不那么简单，捕食与被捕食之间不是严格的线性关系，有些鱼类也以自己的同类为食，小的鱼，也可能捕食大的猎物。有些大鱼不喜欢捕食小鱼，而是喜欢甲壳类鱼类和昆虫。我们通常的认知，可能被眼前发生的生态故事迅速瓦解。

在翠湖，动与静，我不知道哪一种状态更令人惊心动魄。芦苇丛中，一只苍鹭衔起一只泥鳅，然后，就静止不动了。突然，苍鹭用翅膀拍打着朝霞，朝霞的碎片便纷纷落入水里，扑通扑通，青蛙吓得瞪大眼睛，立时就噤声了。

翠湖否定孤独，可这里却偏偏存在极致的孤独。

在翠湖，我每次看到的苍鹭，都是苦寒的孤独身影。孤独中，苍鹭有时对天长啸，它的内心似乎有什么痛苦的事情需要表达。它的叫声尖锐，却带着沙哑，好像喉管的内腔里有沙粒阻塞，咽不下去，吐不出来，只好痛苦地哀鸣。

它的腿很长，有点像高跷，就那么缩着脖子站立着，身体保持一个姿势——"颈项弯曲，沿着胸和腹弯着，头和喙在高耸过胸的双肩之间"。它的捕猎技法并不复杂，也不高明，只有一个字——等。为此，它必须忍受长时间的孤苦和饥饿，通常是能等到食物的，但是概率与结果之间也存在巨大差异。可能的事情没有发生，不太可能的事情却发生了。没有等到食物，就只能等到最悲惨的结局——饿死。

它的性格很倔强，它从来不食人丢弃给它的食物，不是因为矜持、羞涩、不好意思，是骨子里充满忧郁和痛苦——这不是它等来的食物，是人可怜它送给它的食物。在它看来，等与送有着本质的不同，它宁愿饿死，也绝不取食与自己取食原则相悖的食物。

民间，管苍鹭叫"长脖老等"。没错，它的常态就是缩着脖子等待。有时我甚至在想，它会不会等的时间长了，脖子僵住了，或者是，自己也忘记等什么了呢？独处静等，不争不辩，不动声色。在一个安静的位置，遵从自己内心的需要。

布封说："苍鹭向我们呈现出痛苦、不安和贫困的形象。它的全部活动方式只有埋伏，在同一个地方度过几个小时，也可以几天纹丝不动，甚至叫人怀疑它是不是一个活物。"

苍鹭，是翠湖的思想者，以沉默不争的态度，与自己的灵魂对话。沉默，可能是心寒，也可能是无奈。

苍鹭到底看清了什么？

何谓生命？何谓生态？

置身翠湖湿地，面对所看到的一切，这些问题已经用不着我一一回答了。

在翠湖，我深切地感受到了湿地最重要的特征，就是它内部所具有的强悍的自我更新能力。

翠湖哺育和滋养着万千生命。它是慷慨的，也是脆弱的；它是温情的，也是危险的。文明与野性交织，蛮荒与传奇并存。在时间的延续中，翠湖自身已经形成了一个稳定的生态系统。

翠湖有自己的原则。

当然，经济上的可行性决定了什么可以做，什么可以不做。经济后面的力量是资本，而资本决定着土地使用的方向。以经济利益的动机为出发点的保护，注定失败。从来如此，而且也将总会如此。当资本的运行能带来高额利润时，保护主义被证明是无用的，甚至成为了发展的障碍。

无论怎样，现代化是人类通往未来美好生活的必然选择，事实上，我们正走在这条路上。尽管如此，我们还是对它所表现出来的种种蛮横和任性说不。

在翠湖，不是一切都可以畅行无阻。在这里，对土地的生态理解是第一位的。"限制"和"控制"等一些冷面的词语与翠湖坚定地站在一起，并且绝不妥协。

湿地是充盈着水的土地。土地并不仅仅是土壤，它还是能量的载体，更是土壤、植物、动物以及微生物和细菌等成分流动的集合。食物链是能量向上运动的通道，生物个体的死亡和衰败则使它又回到土壤。能量储存在土壤里，也储藏在水中，在生命运动过程中，某些能量消散在衰败之中，某些能量靠从水里和空中吸收而得到补充。

翠湖创造了生命，也为光顾此地的生命补充能量。

我让翠湖鸟类专家闫亮亮概括一下翠湖的生态意义，她脱口而出："翠湖是留鸟的栖息地，是候鸟的中转站。"我说："这好像是书面用语，能不能用你自己话说？"她笑了，说："我得想一想。"

我也笑了，说："想不出来也不要紧。"

是的，湿地是如此复杂，以致我们可能永远也不能充分了解它的活动情况。自然是生命的共同体，人也归属其中。很多历史事件，至今还都只是从人类活动的角度去认识，而事实上，是人与自然相互作用的结果。自然的特征及其影响，决定了生活在土地上的人的思维方式、行为习惯，以及道德伦理。

翠湖，距天安门直线距离仅有三十公里。但它是一处可以让北京人尽情深呼吸的地方。

翠湖，作为自然科普教育基地，人们在这里理解和感悟到了许多不一样的东西。

翠湖每周只开放三天，不卖门票，拒绝一切商业活动。

周一、周三和周六，提前十五日网上预约。往往几秒钟，名额就被抢没了。游客尽管有意见，但也能理解，并且能够体谅。并非翠湖傲慢，这是翠湖保护的需要，也是翠湖管理的需要。翠湖分三个区域——封育保护区、封闭区、开放区。封育保护区和封闭区，是绝对禁止游客进入的。周一、周三和周六，游客可以进入的只有开放区。

翠湖观鸟的绝佳位置，建有一座钢木结构的观鸟塔，共三层，塔高九米二。每层一次可容五人观鸟拍鸟。观鸟塔掩映在翠柳丛中，木本色，格调自然，与远处的山影融为一体。

翠湖不是自然湿地，它是通过生态保护和生态修复形成的湿地。它的水是上庄水库的补水和人工再生水，它为再生水的利用提供了范例，也为人工再造自然提供了可能——废水残水，也可以成为好水，涝洼泥滩，也能生成秀美的画卷。

嘎嘎嘎，嘎嘎嘎——一群鸿雁从翠湖湿地腾空而起，拍打着翅膀，列出雁阵，雁语婉转地向南飞去。湛蓝的天空，因雁阵划过而灵动了许多。

嘎嘎嘎，嘎嘎嘎——

这里是北京，这里是海淀，这里是翠湖。

（原载《黄河》2022年第2期）

李青松，供职于国家林业和草原局。长期从事生态文学研究与创作，主要作品有《智慧之翼》《粒粒饱满》《遥远的虎啸》《一种精神》《茶油时代》《大兴安岭时间》《开国林垦部长》等。

河曲格物

◎ 蒋　蓝

草地蜀葵

汽车穿过马尔康，一路逶迤向北，跃上坡顶，山势逐渐平缓，山道两侧高大的杉树似乎也疲于奔命了，渐次低矮下来，透过飘垂的松萝，远方逐渐被青冈树、沙棘林、杜鹃所覆盖。再往北，在七月的若尔盖湿地上，钢蓝色的天宇与无垠草原挤压而出的天际线，刚好与九曲黄河的水体，组构为一个盈满泪水的眼眶。

草蛇灰线，伏脉千里。在此，黄河卷曲如一根吃满力道的弹簧，它蛰伏下来，水体映照天光，让人看不出水的本来面目。它仰天长卧，似睡非睡，比草地蛰伏得更深。那种大面积的寂静，让我的耳朵出现了幻听。

河曲一带，古属吐谷浑辖地，处于青、甘、川三省交界，黄河就像一个醉态十足的汉子，从高原跌宕而下，他步态踉跄，把腰带一松，再抛，河流曲折如带，水光如腰带上的绿松石，莹莹珠光里难以分辨空中散步的牛羊与水中静飞的鹭鸟，它们在相互保管、相互赠与里难分彼此。此地位于青藏高原东北部，海拔四千米。靠南一线，风和日丽，水草肥美，著名的河曲马就诞生于此，一千多年来成为历代王朝引以为傲的神兵利器。

我印象里，河曲马才是"铁马冰河入梦来"的主角，无论它驮着的是文成公主，抑或是格萨尔王。可惜到达距离九曲黄河第一湾还有几公里的唐克乡政府，我仍然没有见到河曲马驰出梦境的身影。一路上倒是见到不少迁徙牧场的牦牛，牧主人骑的是摩托车。

但大片大片的蜀葵在风中摇曳，转动头颅，几十枝为一丛，五颜六色，如同颜料盘晃动泼洒，晕染着无边的绿意。

蜀葵在阿坝州栽种时间很早，比如在丹巴，那里有两个名字称呼蜀葵："哈洛麦多"和"古古沃沃"，主要是观赏和药用。藏文化学者红音博士的83岁父亲回忆，他小时候在绰斯甲土司官寨当小和尚，最早在大金川的绰斯甲土司的汉族管家李管家的院子里，就见到过蜀葵。而在若尔盖湿地，当地人称蜀葵为"煎巴梅朵"，通俗一点就是棋盘花。这一带的蜀葵花多为白色、紫红色及深紫色，晾干磨面后与雪莲花、猪鬃草、小茴香、木贼、地胡椒等配方，可治妇科病白崩和红崩；蜀葵根能治瘦瘵、开胃。但在寻常人眼里，由于蜀葵生命力太过旺盛，土豆、大豆等庄稼地里会时不时冒出高大威猛的蜀葵，宛如空降的黑客，藏民会把蜀葵全部拔掉，但它们落地生根，很快又茁壮成长。这让人很是恼火，再予以砍除，不料第二年春季，蜀葵的种子又破土而出了。久而久之，在与蜀葵的拉锯战里，人最后变得懒心无肠，听之任之。

我住在唐克乡的一家客栈里，前后左右的空地已被蜀葵占领，高达二三米，花与叶在风里窃窃私语，窸窣之声宛如一袭丝绸长裙滑过长廊。

1970年代我在读小学，家里养了两只兔子，这是当时城市平民的一大爱好，更主要的原因是希望借此增加餐桌上的肉食。我家在川南滏溪河畔，河边杂草以及水葫芦丛生，不但见识过厉害的荨麻，也见识过被称为"一丈红"的蜀葵。但兔子根本不理会这种茎秆高大、花朵红艳之物。顺着壮硕的茎，由下开到上，全部是花，像是一场"游园惊梦"。我从蜀葵上托拧下拳头大小的花朵，滑如丝绸，一股味道蔓延而上，好像不是纯粹的花香，却有一种摄人的力道。搓揉花瓣，花烂成一团，有黏腻的汁液，手心是一片黑中透紫的颜色，擦也擦不掉，如同花朵被处以死刑之前的神秘诅咒。有一个小伙伴就说了，这简直不叫花！白送也不要。

因为蜀葵能够染东西，小姑娘还用粉红的花汁来涂染指甲。因而，我很长时间以来还以为一丈红也是指甲花，其实指甲花是凤仙花的俗称。这个美丽的误会，到而立之年以后才恍然大悟。看起来，还有很多类似的谬误，人们至死也奉为真理。

作为俏丽的一丈红，蜀葵早在古蜀王朝时就已红透半边天了。

西南地区自古以来为中原人视作边地、戎地，蜀葵最早的记载出自《尔雅》，谓之"戎葵"，因喜光的习性，故《花镜》中称其为"阳草"。而"蜀葵"一词，最早提及者应是晋代的崔豹所撰《古今注》："荆葵，一名戎葵，一名芘芣……茎叶不殊，但花色有异耳，一曰蜀葵。"该书特别提及蜀葵有五种花色：有红，有紫，有青，有白，有黄。由于蜀葵极强的适应性，其名称极多，多到了难以计数的程度，成为西南地区花卉里别称最多的花。比如，立葵、舌其花、胡葵、戎葵和吴葵等，这些名称都是侧重外形或说明其植物来源。由于蜀葵盛开于梅雨季节，梅雨初期由茎基部绽放花朵，沿着直立的茎秆逐渐往上，开到茎的顶端，梅雨正好结束，故又有"梅雨葵"雅称。而在中国北方，蜀葵通常盛开于端午节之前，因此又被称为"端午锦"。

清朝医学家钱塘人赵学敏撰有《凤仙谱》，指出："一丈红种出云南。"看起来赵学敏见闻不广，竟不知蜀葵来自巴蜀，显然属于谢灵运所说的"半豹"一类。

旧时内地人家在家中瓶插蜀葵用以驱鬼、避邪。另外，据说取蜀葵的叶片研磨，用布将汁液揩抹在竹纸上，稍干后用石压平，便成了"葵笺"。唐代许远曾制此笺分赠白居易、元稹等文人，作诗唱和。我推测，薛涛发明"薛涛笺"，除了胭脂木、木芙蓉之外，极有可能也使用了蜀葵作为染料。

蜀葵是中国本土以产地命名最早的观赏花卉之一，已有2200年以上的栽培史，可以说全世界凡是有人居住之地就有蜀葵分布繁衍。在西方，茎长、花大、叶大、花期长的蜀葵，颜色繁多，生命力极强，从海拔4000米到海拔0米，从格陵兰岛到南美洲，均有分布。

根据记载，蜀葵一路向东，在8世纪被引种到日本；从四川盆地出发沿西北丝绸之路和西南丝绸之路向世界各地输出。蜀葵在敦煌壁画里与莲花成了最为重要的两种佛教名花，并于15世纪被引种到欧洲，是引种到世界最早最多的中土植物之一，由此成为世界范围内分布最广泛、知名度最高、生命力最强的中国花卉。

在西方文艺复兴时期的画家笔下，比如德国伟大的艺术家丢勒绘制于1503年的一幅名为Madonna of the Animals的作品中，蜀葵得到了大师浓墨重彩的彰显。除此之外，在提香、鲁本斯、布歇、布格罗、德拉克洛瓦、莱顿、柯罗、毕沙罗、莫奈、雷诺阿、塞尚、梵高、列宾等西方著名画家们画笔下，蜀葵不断得到一种新的赋形……

奇怪的是，我翻遍了后蜀花蕊夫人的一百首宫词，竟然就没有查阅到一首是涉及蜀葵的，这非常奇怪。唐徐夤及晚唐薛能的蜀葵诗告诉我们，至迟在唐朝，利用黄蜀葵以"厌禳"之能驱邪祛病，已经是一种深入人心的民俗。

从蜀葵的历史而言，有人认为这是成都平原的故乡花。但从中国植物的世界知名度而言，阿坝州的大百合（帝王百合）、珙桐、杜鹃，加上蜀葵，才是最具四川风仪的花卉。在我看来，木芙蓉、蜀葵与蜀地的历史地缘均非同寻常，需要仔细考量。木芙蓉是木本，蜀葵是草本。木芙蓉高度最多几米高，蜀葵可以长到2—3米；木芙蓉的叶子有5道经脉，尖端很尖；蜀葵叶子较圆，关键在于着花部位不同，蜀葵成串而生，木芙蓉则分散，有点无组织无纪律，但分明是自由自在的蜀人生活的写照。

这两者的特征，古代博物学者们心知肚明。更关键在于，他们看中了蜀葵具有忠义之心。

其实，代表了古蜀木性的木芙蓉与蜀葵，均具有微毒，且性滑涎黏。芙蓉叶主清肺凉血，散热解毒，治一切痈疽肿毒恶疮，这才有伟人"我欲因之梦寥廓，芙蓉国里尽朝晖"的感叹。李时珍《本草纲目》引述古书《坦仙皆效方》说，利用蜀葵可以制作一剂药，名"怀忠丹"："治内痈有败血，腥秽殊甚，脐腹冷痛，用此排脓下血；单叶红蜀葵根、白芷各一两，白枯矾、白芍药各五钱。为末，黄蜡溶化，和丸梧子大，每空心米饮下二十丸。待脓血出尽，服十宣散补之。"

与我同行的一位老作家告诉我们，他是服用过"怀忠丹"的，所以体健貌端，年年获奖。这样一说，引起了另外两位青年作家的极大兴趣，他们在庭院里摘来几朵蜀葵，吃了几口。一个微笑，腰力十足，说味道好极了；一个则弯腰呕吐起来……

唐朝刘眘虚的《蜀葵花歌》有佳句："人生不得长少年，莫惜床头沽酒钱；请君有钱向酒家，君不见，茂葵花。"个中有曲折，有块垒，读者值得细细品味。

写到这里，我不禁有些想念川南老家河边散乱开放的蜀葵了，估计它们在巨大的经济风潮下处境不佳，倩女离魂，但不绝迹，就算万幸了。反观阿坝州野地里的蜀葵，无人打点，自由散漫，照样风姿绰约，不可方物。

黄河第一湾的鹭鸟

寻着一条木栈道而前，黄河第一湾就在眼前，安静、阔达，一派天真。全气里有淡淡的牦牛粪味，对于藏区而言，这是福至心灵的好兆头。

天空的云或开花或簇拥，棋盘花一般耸立，在暴突与内敛之间，与野菊花、绿绒蒿、贴地杜鹃一起，云又迅疾变成了云河。云河倒映河中，忽而长出怪石，忽而变出愤怒的牛群，悄然间又演变为一头静立的藏獒……

宽广的滩涂上没有树林，云的影子覆盖黄河两岸。事物的阴影总是比本身显得更伟岸，但河道静水深流，毫无波澜。所以我面对一个事物以及印象，总是力求摆脱其阴影，渴望抵达事物本身，这成为一项异常困难的工作。因为对于不少事物而言，阴影就是其必不可少的构成，甚至是其骨骼成分。毫无疑问，影子是云朵的一部分，情同手足，影子还经常可以抵达手足无法触及的高巅和彼岸，影子一直具有马前卒本色。因为影子知道得太多，有时会泄露出一些秘密。秘密一旦曝光了，影子就会缄默如初。影子比情侣更可靠，直到有一天，它在河流回流之时，也蜷缩在河流身边，镶出了一道光的蕾丝！

这是世界最大的高原泥炭沼泽湿地草原，近年治理各类沙化草原达40万亩，恢复草地、湿地35万余亩，河道清淤95公里，单是野生鸟类就有13目28科137种。加上特殊的地缘，若尔盖湿地一直是鸟类迁徙之路上的"驿站"。黄河或直或弯在草原上肆意游走，掬走风月，看似随心所欲，实则又暗含天道安排。河曲如带，让我想起了"绿腰"一词。黄昏的大风之下，水浪乍起，一波波颈肩相连，在远处用脊背将天际线拱出了一道镀银的力弧。上百只白鹭起起落落，与河畔飘飞的草叶相互穿插，大有黄金伴碎银共舞的美感。

古蜀时期，生活在这一带的古羌人、吐蕃人，便以鹰凫为图腾。对"凫"的理解不必拘泥，凫在先秦时乃是包括了野鸭在内的水鸟名称，为"凫属"，可知凫也包括了黑颈鹤、白鹤、白鹭、高原鸳鸯、野鸭等在内。然而凫在先秦时又是凤凰的别名。可见凫鹭不仅是实有的寻常水鸟，也是神鸟之别称。

白鹭有很多种，若尔盖湿地分布的多是小白鹭。最为明显的标志，是它们在繁殖期都会变得出众，除了身上有繁殖羽，它们脑后还会长出一根或两根长长的饰羽，长度可达五六寸，形成了小白鹭的标志性造型，这可以成为白居易诗"何故水边双白鹭，无愁头上亦垂丝"的注脚。仔细观察鹭鸟的飞行姿势，双腿长拖于身后，爪叉开，这与成都金沙遗址出土的"太阳神鸟"的造型完全一致！

黄昏时分，是九曲黄河水面最为恬静的时刻。鸟儿均忙于生计，羽翅把水面霍然打开。从山巅倾泻而来的夕光，开始在丝绸的水面聚集，接着淌金。白鹭忽闪着翅膀栖息下来，水墨画一样简净淡雅。很多白鹭立在水边长久冥思，成为了隐士们的榜样。在它们的身边，没有了穿行千年的扁舟，似乎是一大遗憾。但远处的一束束灯火，逐渐放大了白鹭梦一般的体型。我不但目睹了杜甫的白鹭，也看清了李白的白鹭，而刘禹锡的白鹭与白居易的白鹭彼此交错而飞，在历史的水面撒下了365天的樱花、报春与细雪……

在人迹罕至的水边，刚刚出水的小鹭鸟白得发亮，蜷一足，栖立于泥滩上，所谓"独钓江涛"，就显示了它们的狡黠。游鱼与鹭鸟，在沉默中成为了一组吊诡的命题，鹭鸟与游鱼就仿佛彼此守望的银锭。在夏季，白鹭的体羽几乎是白云凝聚而成，双翅却带一点微黄，如同从一团白铁里抽出来的利刃。大多数水鸟的尾脂腺能分泌油脂，它们把油脂涂在羽毛上来防水。鸬鹚缺少尾脂腺，它们的羽毛防水性差，身体很容易被水浸湿，不能长时间地潜水。白鹭之翼极为狭长，脚上有蹼，后弓明显，翼面在腕处折屈，善鼓翼欲飞，喜欢在水域低空以短距离滑翔。在每次入水被浸透以后，它们要站在岸边晒太阳，待羽毛晾干之后，才回到水下。

当地有一个说法，说有黑颈鹤的地方就是环境好的地方。每年3月黑颈鹤就会回若尔盖繁衍生息，11月底前再飞去温暖的地方。尽管这一带的上千只黑颈鹤，成为摄影家们镜头追逐的主要目标，但起起落落的白鹭，用众声喧哗的方式，奋力宣告了它们的实力。

深秋时节，黄河第一湾的鹭鸟自然要南迁，临走之际，它们仍然在逆风里打开精瘦的身体，仿佛"骑帚飞行"的神话。在河边，我看到它们飞上几十个来回也一无所获，也许饥饿刺激了它们斗争到底的欲望，就像一架韧性十足的反潜机，终于在力竭之际命中了水下的猎物……

而更多的时候，我见到的鹭鸟，往往都曲着脖子，金鸡独立，仿佛一把休息的弯刀，这种策略拯救了它们的性命。周围是自由的风，流动的水，高敞的天空，无边落木萧萧下，它们被某种大限系住了脖颈。白鹭懒得抬头，梦在水里融化，宛如破水的刀。但刀在水里，就像被水折断了一般。白鹭不但构成了一个湿地的生态之梦，更让我发现，自由与自在，均在振翮与收翅之间悄然收纳。

高原多雨，突然遇雨是常事，我只能在河边加快脚步。雨落在额头上，雨落在脸颊上，会由此发现让自己最能感怀的记忆，一般而言均是湿润的。高原的雨淋在身上，还有一股旷野的暗香。在一个汁液四溅、四季花木扶疏的大湿地，置身于白鹭的叫喊声里，在白鹭的蓑羽与白翅搅动的气流之间，总有四起的蒙蒙雾气自历史深处滚滚吹来……

遥想杜甫当年在成都泛舟摩诃池，就写下《晚秋陪严郑公摩诃池泛舟得溪字》。诗音低回，犹如自己对自己的影子喃喃自语。而有"小东坡"之誉的宋代眉州诗人唐庚，其诗学苏轼，遭际也与苏轼有些相似。贬居惠州期间他写有《白鹭》一诗，他从白鹭里看到的却是重重危机。所谓相由心生，景由心造，果然！

一回头，见到几只白鹭飞到了黄昏的高处，羽毛反射着倒映于水的亮光，看上去像一朵朵暗花。

乌鸦的聚会

郎木寺是一个地名，它包括甘南藏族自治州碌曲县下辖的郎木寺镇和四川省若尔盖县红星乡下辖的郎木寺村。白龙江从郎木寺穿过，同时它也是甘肃省和四川省的界河。但郎木寺的街头，确有四川、甘肃的省界，立一小块不起眼的说明牌，省界就是道路上两种不同的水泥路面：旧的地面段属于甘肃，新一点的地面段属于四川。一脚跨两省，此话不虚。在白龙江边的一个三岔路口，我见到一大群乌鸦和喜鹊，相安无事。体型特别大、鼻孔里明显长着毛的是渡鸦；身上黑灰相间的是达乌里寒鸦；还有体型比较正常的小嘴乌鸦，称得上是鸦科鸟类大聚会了。人们称的"鹊"其实不过是长尾巴的乌鸦而已。

从山脚的白龙江到郎木寺大峡谷一线乌鸦很多，海拔2500米到3000多米，是乌鸦的领地。据村民说，它们张大了翅膀也可以变老鹰。我记得去年冬季来的时候，早晨推开堵门的积雪而出，全是大雾，突然一阵大风把云吹开，看见了密密麻麻的雪山，雪并不厚，与高挺、黝黑的杉树相映衬，宛如国画里披麻皴的笔触。一群乌鸦嘎嘎叫嚷而过，很快，大雾又群起，笼罩了全部山水。这是我看到过的最壮观的藏地冬景。

乌鸦群飞，一如思想的哗变，将云气扰乱，但云气很快又停息于冷杉之上。我没有见过一只黑鸦独飞的场景。

乌鸦是聪明的，它们一般聚集在寺庙附近，那一带的乌鸦体型都比较大。凡是听见乌鸦交错而起的长鸣，肯定有寺庙隐身于林涛之间。比如在大峡谷的一个修道山洞附近，那里乌鸦叫得很得意。而乌鸦再次飞临，距离白龙江的源头也不远了。而山腰之上，则成为了乌鸦麇集之地。

这些乌鸦早成为经堂、村民堂屋的常客，出入为常，毫无诧异。

可以发现，这一带往往是鸦噪于前，寺院钟鸣于后，奏出一章古意苍茫的高地晨曲。待晨光尽现，乌鸦们也陆陆续续飞往四面八方，飞向附近的乡村，分兵活动，它们仗着势众，经常超低空飞行，甚至擦头而过，翅膀扇起一阵风，"呼呼"掠过，所谓"乌云罩顶"，老百姓避之不及。偶尔会屙屎在行人头上或肩上！有时几只、十几只乌鸦飞落田头，尾随在农民犁田的犁耙后面，追逐啄食着新翻起的良田里的各种昆虫。到了黄昏时分，有些乌鸦会停驻于牦牛背上……

《律藏》中说："比丘日升起，乌鸦出叫声，农夫耕田地，猩猩皆啼哭，是故当精勤。"太阳升起是指佛出现于世间；乌鸦出叫声是指讲经说法的上师善知识宣说正法；农夫耕田地表示具有福德的施主涌现；猩猩皆啼哭之类为上人不欢。

有一个牵马的人说，这里偶尔有雪鸦出没。其实，雪鸦、白乌是非常珍稀的变异鸟类。山里人说要百年才会出一只，能够看见的人都是有福气的人。想着想着，突然一只灰白色的飞影从我眼前划过，是不是一只白乌鸦呢?！它干叫着，倏地在空中融化……也许是我眼花了。

我不反对一个人渴望成为雄鹰之辈。只是觉得乌鸦就是自己的榜样。只是不要像大峡谷里的白头乌鸦那样。要黑，黑成一块炭，并且拒绝燃烧。

在一个十分缺乏甘露的过往岁月，我既不需百般辛勤、花费资财，也无需患得患失，当能够将乌鸦的聒噪化为一道白龙江飞泻而下的水声，就不枉乌鸦的苦鸣了。

（原载《当代人》2022年第5期）

蒋蓝，诗人、散文家，四川省作家协会副主席。出版《玄学兽》《哲学兽》《黄虎张献忠》《成都笔记》《蜀地笔记》《至情笔记》《媚骨之书》《动物论语》《踪迹史》《豹典》《锦官城笔记》等多部作品。

芊林背

◎ 赵树义

距鱼儿泉约五百米，路边立一牌子：好地方。第一次看到它，以为是广告牌，老邓却告诉我，这个地方叫好地方，北面那道沟是芊林背。2017年，广瑞反复向我提起芊林背，当时觉得名字怪怪的，还以为是千林呢。朋友如今又说这儿叫好地方，更觉奇怪，好地方也是地名？

在沁源，好多地名都与李世民有关，沁源人对一代圣主可谓情有独钟。好地方的来历几乎是花坡的克隆版，地域文化的惊人相似性或是一种通病，但也因其相似性而更具地域性，这也是一种特有的民间文化传播方式吧。据传，当年李世民率军越沟而行，路越走越窄，越走越看不到尽头，不禁仰天长叹，悔不该踏进如此险境。行至山腰，风冷似铁，伸手即僵，大雪弥漫中一大臣倒卧身亡。李世民伤心至极，欲哭无泪。待到山巅，视野陡然开阔，绿色一望无际，恍如从隆冬来到初春。李世民大喜，脱口赞道：真乃好地方也！从此，李世民带兵走过的那条沟被称为后悔沟，途经的那道梁被称为伤心圪梁，天地骤开的那座山被称为好地方。

太岳林局在此设一林场，名曰好地方林场。

显然，在这个故事里，季节转换之快是不合常理的。这种不合常理或与沁源移步换景之山水相合。在沁源，似乎一山一季节，一沟一风情，时空更替忽忽，若白驹过隙。

第一次走进芊林背，才知道所谓芊林其实是落叶松。一名之变，便让人如坠五里云雾，这也是芊林背云腾雾绕、流霞飞烟之一解吧。

芊林背与灵石交界，同七里峪接壤。九月中旬，刚下过一场小雨，驱车从仁道方向而来，路经芊林背时，想上去看看，宋勇说，昨天下了一场雨，车恐怕上不去。老邓说，树叶现在还绿着呢，再过半个月，芊林背就像打翻了的颜料瓶，最漂亮。我对宋勇说，能走到哪儿算哪儿。又对老邓说，先看一眼绿色的芊林背，过半个月再来看打翻颜料瓶的芊林背。朋友点头答应，宋勇打一把方向盘，拐进山沟。

沿河地势较平坦，只是雨后路面坑坑洼洼，颠簸难行。快走到沟的尽头时，见路边有一座废弃的平房，应是林场工人居住过的。从平房侧后右拐上山，进入林中土路，坡陡，弯急，路窄，仅容一车通行。宋勇熟练地打着方向盘，冲上一道坡又一道坡，感觉他不看路也知道怎么走。眼前出现一道缓坡，似乎直通山顶，路也越来越好走，宋勇却说过不去。正疑惑间，果见前面一摊泥水，车刚靠近便打滑，宋勇果断刹车，前轮胎差点陷进去。已至半山腰，直接返回心有不甘，便开玩笑说，此地莫非伤心圪梁？老邓一笑，下车，陪我步行上山。宋勇原地掉头。

林中空气本就清新，又是雨后，深吸一口如饮晨露。土路中掺有碎石子，踩上去有些硌脚，地面却几乎是干的。站在一急弯处，回头看那片泥潭，地势最平、最低，长不到两米，积有雨水，刚才如果能冲过来，路还是很好走的。可实际上，泥潭看似不深，却十分泥泞，不是经常山中行车的人，很难预先判断出"陷阱"。我对老邓说，宋勇很有经验，车技也好。老邓颇为得意，不看谁借来的司机？又说，他跟着老郑在山里转了一年半，闭眼都知道怎么走。想起宋勇打方向盘的动作，连贯、敏捷，似乎是本能反应，判断却非常精准，好像路面上的每处微小变化都了如指掌。我不由感慨，宋勇可以参加越野车大赛。老邓笑一笑说，我们沁源的司机每天都在山里转，个个都是驾车高手。

转过弯去，背对阳光，行不到百米又是一个弯。逆着阳光，缓缓上行，我不断与老邓说着话，目光却始终落在林中空地——光明、黑暗、阴影交织之地。在海德格尔看来，世界是在"人—在—世界"这样的境遇中开启的，没有独立于主体意识之外的客观世界，也没有在世界之外进行"我思"的主体。世界意味着敞开，大地意味着遮蔽，世界存在于艺术作品中，作品呈现的真理与世界相关。我喜欢海德格尔，觉得他是离老庄哲学最近的西方哲学家。在老庄看来，林中空地即混沌，何须如此绞尽脑汁？约翰·惠勒说，观察，记录，多么直截了当。我很想与老邓说说海德格尔的林中空地，话一出口却是罗伯特·弗罗斯特的《林中路》：

> 黄色的树林里分出两条路，
> 可惜我不能同时去涉足，
> 我在那路口久久伫立，
> 我向着一条路极目望去，

直到它消失在丛林深处。

但我却选了另外一条路，

它荒草萋萋，十分幽寂，

显得更诱人、更美丽，

……

也许多少年后在某个地方，

我将轻声叹息把往事回顾，

一片树林里分出两条路，

而我选了人迹更少的一条，

从此决定了我一生的道路。

我说这首诗流传很广，但我不喜欢，老邓很诧异。我弯腰在路边揪了一枚草叶，咀嚼着说，严格地讲，是不喜欢这首译诗。我不懂外语，无法对原诗做评价，但"语言是存在的家"，译诗把"家"丢了。老邓盯着我，若有所思，我看向林上的天空。其实，天空便是弯曲的时空，唯弯曲才是真相，唯折叠才能接近真相，而众生为何会执着于直线或平面而不能自拔呢？难道直线或平面便是简洁？不，简洁也是弯曲的，就像时间也有皱纹。我兀自笑了，回头对老邓说，原诗的意境应该是林中空地，是混沌的，译者却把它翻译成林中小路，是清晰的，没有光明和黑暗之间的阴影，还能"诗意地栖居"吗？老邓恍然，扭头看向森林深处。

或许听广瑞多次说起芊林背，或许对芊林背心存期许，在我之前的想象中，芊林背竟是平坦的，多么自以为是！不止一次，设想一个人、至多不超过两个人穿越林荫道的样子，设想安静地在林间聆听风声或呼吸的样子，设想凝视一枚叶子落下或一只鸟儿飞起的样子，设想月夜下坐在林地里数星星的样子，设想如果写芊林背，会如何贴近它、融进它，甚至与它合而为一。可当我走近芊林背时，才发现它根本不是一块平地或一道从这边穿越到那边的河谷，而是一座山！

芊林背是一座山，不是最合乎常理吗？

所有设想，都建立在我曾经看到的图片上，而图片无一不是局部的。不可否认，图片是眼见之一种，而眼见为实显然是存疑的，因为所谓眼见，无时无地不是局部之所见！

两边大树笔直、挺拔，间距均匀，仿佛列队的士兵昂首向天。太阳升得很高，透过林隙仰望，它永远是刚出生的样子。阳光穿过树林，它行走的线路能够被清晰地看到。我盯着光中枝叶，疑惑地问老邓，这些树长得很像落叶松啊！老邓扑哧一声笑了，芊林就是落叶松，芊林背是人工林。我很惊讶。此后，我查阅1983年版的《现代汉语词典》，与"芊"有关的词有："芊绵""芊眠"，意为草木茂密繁盛。"芊芊"，释为草木茂盛。查阅2012年版、2016年版《现代汉语词典》，内容基本一致。不出所料，在各种版本的《现代汉语词典》中，既无"芊林"这个词，也无"芊林背"这个地名，芊林果然只属于沁源！

"仰视山巅，肃何芊芊。"芊林或芊林背何以被人忽略如斯？

"语言凭其给存在的初次命名，把存在物导向词语和显现。"海德格尔的话或可让芊林或芊林背感到一丝温暖。

好地方海拔最高两千五百米，气候寒冷，极端气温低到负四十度，厚冻土层超过两百厘米，正常年份五月中旬才能全部解冻。如果按常规方法造林，等到冻土层解冻以后，最好的季节就会错过，老邓说。

林场采用"消一层、挖一层"的办法，每天上午用洋镐挖一半，等到冻土消融后再挖一半，解决了冻土层难题。

早期，林场主要种油松。二十世纪七十年代起，林场调整林分结构，在好地方、北来沟、碾台山等地种植落叶松两万九千多亩，郁闭成林一万六千多亩。

芊林背山高壑口多，山体多为露绵岩。新中国成立初期只有一处天然落叶松林，六百来亩，其余都是荒山荒坡，老百姓叫大漫。改革开放以来，林场更新了大片天然桦树、栎树次生林，郁闭落叶松人工林四万多亩。二十世纪末实施天保工程，全面进入保护阶段，才有芊林背今天的林暗草明、花香鸟语。

沁源的芊林背是华北最大的落叶松人工林，哈巴河的白桦林是西北最大的天然生长白桦林带。

一个人工，一个天然，一样美。

去新疆领西部文学奖归来，返回沁源的第一站便是芊林背。不知为什么，走在哈巴河的白桦林里，我一直在想着沁源，想着芊林背，想着芊林背的层林尽染。直到再次走进芊林背，我才恍然，芊林背其实就是折叠的白桦林！郑曙林一直用他的"美篇"诱惑我去龙凤峡，从图片上看，那里的石头像极了哈龙沟的花岗岩！

其实，沁源的很多风景都与新疆惊人相似，甚或，沁源便是折叠的新疆！

是的，沁源是折叠的。行走在沁源的大山间，你可以仰望，可以俯视，唯独不能平视，或者说，当你平视眼前风景的时候，眼前风景便把你遮蔽——或许大地意味着遮蔽？如果说新疆是平面的，沁源便是立体的；如果说新疆是线性的、漫溢的、属于时间的，沁源便是弯曲的、浓缩的、属于空间的；如果说新疆属于湖泊或地平线，适合饮马，适合驰骋，沁源便属于沟谷或峰巅，适合听风，适合做梦……当然，新疆的世界是时间和空间的，沁源的世界也是时间和空间的，二者的世界都意味着敞开，只不过，又各自在某一方面敞开得更突出些罢了！

简言之，新疆是长镜头，沁源是特写。

前几天下过一场雨，还担心此行像上次一样半途而废，谁知宋勇竟一脚油门把车直接开到山顶。翻过山去，道路平坦，但看不到最好的芊林背。右转上一道坡，路不好走，但可以登上芊林背的最高处。宋勇边与我念叨，边右拐而去，显然知道我和老邓最想去什么样的地方。上坡沿土岸前行不到两百米，见一辆面包车陷在泥泞中，车旁围着六七个人。大家走下车去，老邓问他们从哪里过来的，他们说灵石。宋勇问用帮忙不，他们说不用。宋勇沿车观察一圈，回头对我俩说过不去。我刚想说我们步行吧，宋勇已上车。我看一眼老邓，老邓冲我一笑，也随后上车。犹豫一下，我也只好上车。宋勇探着头看窗外，眼睛盯着后面倒车，几乎与正常行驶一样。想提醒他小心点，忽然想起他曾当过特种兵，心中不禁释然，且有一种既刺激又坦然的享受——行走山中，不冒一点险也是一种缺失，不是吗？

退回原路，翻过山脊沿山腰东行，林中的桦树、辽东栎叶子渐渐黄了、红了，可老邓说还不到最好看的时候。打开车窗，凝视着渐黄、渐红的叶子，每一片都色泽饱满，且无一丝枯干的意思。我对老邓说，怪不得都说芊林背的秋景好看呢，敢情那些叶子鲜亮得能掐出水来。老邓嘿嘿笑道，我们沁源的树叶发了黄，也是水嫩水嫩的。我呵呵一声，你们沁源是千泉之县嘛，叶子的生命周期自然要比别的地方长啦。老邓摇摇头，不是生命周期长，而是生命质量高，叶啊花啊都懂得烂漫。我点头附和，那是，那是，沁源嘛，沁到心的源头了，怎能不烂漫呢？

　　说笑间，来到一片草地前，平展，整饬，仿佛林中池塘，只是草黄了，秋色深了。若在夏天，有风从草地上轻轻吹过，那摇曳的青草与一池碧波何异？甚或，青草的波浪更有声有色呢！环草地有一条木板步道，直通山顶还有一条木板步道，草地和步道组合，状似藏在密林中的羽毛球拍。我和老邓下车，刚要朝山顶上走，突听宋勇低声说，快看，红腹锦鸡！闻声转身，见一只身形修长的鸟儿从林子那边飞起，尾巴黑褐，满缀桂黄色斑点，头顶金黄色羽冠，上背浓绿，腹部通红，颈后橙棕色羽毛呈扇状，仿佛披肩。鸟儿凌空而起，恰似一道火焰，明亮、斑斓，美得令人眩晕。我从未见过如此美丽的鸟儿，不由感叹。老邓低声说，是一只雄鸟，在这个季节，应该不止一只。话音刚落，又一只黄褐色的鸟儿从林子那边飞起，身形略比前一只小，头顶棕黄，间有黑褐横斑，上体密布黑色带斑，腰、尾覆羽棕黄，两翅与背相似，腹淡棕黄色，无斑。显然，这只鸟儿并无前一只的明艳，但也光彩夺目。宋勇低声说，这是只雌鸟，没有雄鸟漂亮。我盯着鸟儿说，两只都很漂亮，尤其雄鸟，就像一只凤凰。老邓微微一笑，红腹锦鸡也叫小凤凰，是鸟类里最漂亮的。两只鸟儿从林子那边振翅而起，本来是飞向我们这边的，发现地上有人指指点点，旋即示威一般在头顶盘旋一圈，雄鸟发出吱吱的叫声，越过树顶向坡下飞去。雌鸟紧随其后，在空中划出一道弧线，越树而去。

突然出现，突然消失，仿佛天外飞仙，仅在告诉我何为惊艳。

我仰脸呆呆看着，似觉天空五色流溢，居然忘记拍照。老邓举着手机拍了几张，逆光中首尾不甚清楚，光彩倒是满满的。我很想下山去找它们，宋勇说，红腹锦鸡机警、胆小、怕人，稍有声响就会逃跑，这会儿肯定藏到矮树底下了，找不到的。好比一个绝色女子，飘然而来，飘然而去，空气中弥散着某种隐秘的气息或音乐般的旋律。呆立半晌，我自言自语道，它们这是来炫耀的吧！老邓不以为然，这算什么炫耀，求偶才叫有意思呢。雄鸟以雌鸟为圆心，一边低鸣，一边转圈、舞蹈，站在雌鸟正前方，把羽毛打开，盖住头，一只翅膀压低，一只翅膀翘起，尾巴倾斜，眼睛含情脉脉，斑斓而妩媚。雌鸟被搞得眼花缭乱，不时发出咝咝声。这种表演能持续两个小时，看红腹锦鸡求偶，就像看一台歌舞剧。

老邓讲得人心底痒痒，耳畔响起古琴曲《凤求凰》：

有一美人兮，见之不忘。
一日不见兮，思之如狂。
凤飞翱翔兮，四海求凰。
无奈佳人兮，不在东墙。

将琴代语兮，聊写衷肠。

何日见许兮，慰我彷徨。

愿言配德兮，携手相将。

不得于飞兮，使我沦亡。

想起景凤、活凤，沁源果然是有"凤凰"的。

老邓说，凤凰在现实生活中并不存在，唐宋以来的凤凰图，就是以红腹锦鸡为原型的。宋代以后帝王衮冕十二章中，华虫的原型也是红腹锦鸡。

我对老邓说，你们沁源非龙即凤，可谓龙凤的故乡啊。

老邓笑一笑，山河如此，奈何？

步行上山，不时站在步道上回首，我也不知道我想看到什么，我也不知道我希望什么样的事物出现在我的视线里。

越向上，视野越开阔，绿色越饱满。芊林背，不，沁源果然是个好地方。

一直在等郑曙林的电话，可这一天真的到来时，我竟迟到了。宋勇安慰我，他们天不亮就要进山，你不可能那么早就去的。我反问宋勇，假如我也想天不亮就进山呢？宋勇看着我笑一笑，郑主席不会让你那么早进山的。我问为什么，宋勇说，他们一上山，就抱着相机分散在林子里蹲守，很辛苦，也很危险。我心中却在想，辛苦危险是个借口，守候鸟儿出现需要安静，我站在一旁岂不多余？

车直接开到山顶最高处的台地上，既看不到郑曙林，也看不到梨乡队。山顶建一瞭望塔，也是观景台。上次和老邓沿步道上来，老邓说站在上面瞭望，周边群山一览无余。我跃跃欲试，可刚爬到二层便双腿发软，心发慌，一步也走不动。梯子架在主体外边，前后右三面是空的，下面也是空的，又恐高了。我让老邓先上去，自己坐在二层歇缓，可心慌得厉害，想站都站不起来。无奈，只好坐在梯子上，脸朝墙壁，一个台阶一个台阶挪下去。只差一层，只差十来个台阶，却无法登高一览群山，奈何？

宋勇指着观景台说，无限风光在顶层。我笑一笑，不置可否。观景台东南立有两个纪念碑，上次来心慌腿软，只远远看了一眼，老邓说是造林纪念碑，我未过去。山顶有一片空地，与山腰草地一样，应是造林时有意留下的。走近，见一为"人工造林纪念碑"，一为"森林抚育纪念碑"，为林场在芊林背一带种植落叶松而立。这样的碑并不多见，可见这片森林于太岳林场的意义，"抚育"二字竟也赫然上碑，尤令人讶异，好像森林也是个孩子。或许，在造林人的眼中，森林就是个孩子。心中不由一阵温暖，抬头看落叶松上层叠的秋阳，愈觉温暖。

站在碑前给郑曙林打电话，他在盲区，联系不上。宋勇说，他们都钻进林子里去了。我问，去哪儿能找到他们？宋勇说，山这么大，没法子找。又问，那怎么办？宋勇说，等。

对，等。

我让宋勇开车先返回山脊处，想一个人去林地里走走。宋勇巡视一遍周遭，除了他，便是我，偌大的空地里寂静得只剩阳光。宋勇很警觉，或是军人的习惯性反应。宋勇反复叮嘱我注意安全，才开车慢慢下山，我看着车的背影想，他或许在担心林中会突然冲出一只凶猛的动物吧。其实，秋天，林中万物都是温柔的，就连我一生中最敬畏的蛇也是温柔的，秋天时光早把万物的棱角不动声色地抹去。林边踽踽西行，发现车辙深陷的痕迹，是上次遇到的面包车留下的。北侧有一土崖，站在崖边眺望，除了森林，还是森林，色彩却比前两次丰盈十倍、百倍。"山中方一日，世上已千年"，时光最明显的标识便是色彩，我与芊林背虽只半山之缘——登不上观景台，只能站在此处看北边半座山——却心满意足。"你未看此花时，此花与汝同归于寂；你来看此花时，则此花颜色一时明白起来。"看到半座山，未打扰另半座山，如此也好。有半山叶子为我一时明白，有半山叶子与我同归于寂，如此甚好。国庆以来，山中秋色一天一个模样，这是一年中最丰稔的时光，也是暗藏皱纹最多的时光，仿佛流水，柔软了，波纹便肆意了。但丰稔与丰稔又有所不同，芊林背显然是丰稔的叠加，是丰稔页岩一样折叠起来的时光之书。

太美，转身离去。

沿土路前行，发现南岸上的树冠都朝路北方向倾斜，好像街道一侧从这头到那头斜插了一排雨伞。想起大毛孩说过的话，树冠朝南方向稠密，朝北方向稀疏。显然，大毛孩的话只说对一半，当林子一侧空着的时候，树冠朝北方向也可以是稠密的。所谓经验，都是有前提的，而时空从不平铺直叙，曲折无疑最美。拐进林子里，一脚踩上去仿佛踩在棉花上。不，比踩在棉花上还踏实，是踩在地毯上。不，比踩在地毯上还松软，像踩在动物毛皮上。其实，任何比喻都不够恰当，我踩在厚厚的松针上，很想刨开松针，看看它到底有多厚，但还是放弃了。不是怕脏了手，而是怕破坏它水平面一样的完整度。即便松针，经年累月叠加后也有波纹，也有结构，而运动无疑是最大的结构，变动不居，一刻不息。我来此，只是想看看它而已。我走在上面，只是想感受它而已。仅此而已。

彼此相安，甚好。

我与它有关，它与我有关，甚好。

我与它无关，它与我无关，甚好。

身不由己，向林子深处走去，松针在脚下发出清澈但柔软的声音。是的，就是清澈但柔软的声音，很像走在流水中。仅是很像而已，那分明是松针的声音，是松针落地声音的延续。我听到了，也用脚触到了。我穿着一双结实的登山鞋，但真的触摸到了。想躺在松针上，就像一蓬草籽撒在坡上，就像一块石头掉到水里，就像一棵树倒下。突然看见前面有物晃动，我吃了一惊，退后一步。看到帽檐下的笑容，是郭先生。他双手托举相机，一动不动，仅是脸比刚才抬高一厘米，仅是让微笑像花儿一样显露出来。我想喊却未敢喊出声来。郭先生趴在地上，很享受，仿佛趴在沙滩上。我朝郭先生招招手，他或许觉得一直趴着不够礼貌，想起身，我立即拦道，别动，我喜欢你这个样子。郭先生笑一笑，有些迟疑。我摆摆手说，你继续在这儿等你的鸟儿，我下山等你。

回到山脊，宋勇看我开心的样子，问是不是遇见稀罕鸟儿了，我说比稀罕鸟儿还稀罕。宋勇不明就里。我笑道，遇见"东岳大帝"了。宋勇很诧异，山上还有庙？我怎么不知道？我说，不是庙里的神仙，是山里的神仙。宋勇更糊涂了，我将错就错，反正是遇见神仙了，这是好事，不是吗？宋勇点点头，又摇摇头，问现在去哪儿。我说，去前边找老郑。我俩上车直奔草地而去。

老郑的车果然停在草地旁，人却不在，问司机他去哪儿了，司机说下山了。沿着司机指的方向东行，走了约半个小时，不仅没碰到一个人，连鸟儿也没碰到一只。不过，我听到了鸟鸣，在林子里，在林子深处。一直这样走下去会是七里峪吗？会是灵石吗？我不知道，此刻我只想去找鸟儿，只想去找拍鸟儿的人。原路返回，依然没有碰到一个人，依然没有碰到一只鸟儿，但我听到了鸟鸣。

坐在步道上，看见郑曙林从对面林中小路走上来，不慌不忙，背上一片阳光。我看着他，只笑不说话。郑曙林看着我，微笑被脸上的一片光影覆盖。宋勇突然插过来接郑曙林的相机，郑曙林摆摆手说，梨乡队下山了，我们去与他们会合吧。我很想问一句他拍到什么鸟儿了，但没有问。于郑曙林而言，拍鸟儿便是拍鸟儿，拍到固然开心，拍不到也不沮丧，唯一重要的是，他来过。

穿行在打翻颜料瓶的世界里，我居然闭上了眼睛，居然在闭上眼睛的刹那，看到左山右山都是打翻的颜料瓶。那些颜料瓶里装满鸟鸣，热烈干净。阳光洗过的森林没有什么不是热烈的，水洗过的森林没有什么不是干净的。热烈的森林没有什么是孤单的，干净的森林没有什么是脏的。脏是个形容词，是个动词，于森林而言，是个多余的词。脏是尘土，是草屑，腐质物，于森林而言，是养分。许多东西本无所谓脏不脏的，是人让它脏或不脏的……车突然停住，抬眼看时，见郭先生、李先生、赵先生伞形排开，站在山底平房前，身前各自架着一台相机。他们没有发现我们。似乎他们谁都没有发现我们。下车的刹那，郭先生扭头朝我笑笑，趴在相机背后。李先生扭头朝我笑笑，也趴在相机后面。赵先生扭头朝我笑笑，又趴在相机后面。显然，他们也在对着郑曙林笑。听到相机咔嚓咔嚓的声音，像打机关枪，只是声音轻柔，仿佛一排叶子落地，仿佛一片鸟鸣溅起。我悄无声息地站在郭先生旁边，郭先生指指平房山墙说，那儿有几只红交嘴雀。我朝他指的方向看去，半天才看清楚它们的身影，体型比麻雀稍大一些。郭先生又连拍几张，把相机让给我说，你在相机里看，很清楚。我凑过去，果然看见四五只鸟儿在墙下觅食，通体朱红色，翅膀和尾巴近黑色，下腹白色，脸暗褐色。鸟儿不时用喙啄墙缝，每个动作都一清二楚，就像在看电视直播。

我退后一步，把位置还给郭先生。我站在李先生身后，看着郭先生，看着赵先生，而他们看着红交嘴雀。红交嘴雀飞起，散去，李先生回头与我说话，话风轻云淡。我回头望一眼芊林背，与他们一起离去。

在沟口，郭先生招呼大家围在一块石头上合影。我站在他旁边，一面旗子挡在我们前面——"绿色沁源·凤舞太岳"。

（原载《西部》2022年第1期，以上局部有删略）

赵树义，中国作协会员，出版散文集《虫洞》《虫齿》《灰烬》《远远的漂泊里》《低于乡村的记忆》《且听风走》《经络山河》《折叠的时空》及长篇小说《虫人》等。

西厢记

◎ 格　致

红砖甬路

　　五年前买那农民旧宅院的时候，只见一颓败草房，老人般坐北朝南，面对一院子遮天荒草，愁眉苦脸。草丛中隐现一架手压水井，乃前朝古董。只院角几棵大榆树，挺拔繁华，是院子未死的部分。再看院子连围墙都没有，大门竟然也没有。一个人居院落的最基本元素，除了快倒了的房子，剩下一律没有。

　　风从西面的旷野长驱直入，横扫院落，然后携带着抓取到的一切，掠过东邻小芹家的院子，呼啸着继续赶路。风里有无数的手，走到哪里都要攫取。风行在于掠夺。在猛烈的西风扫荡下，房主人年过半百，无妻无子，穷得叮当响，最后卖祖宅还债。一切在这个院子里都站不住脚，风拿走了一切。

　　这样的风水格局，我哪里敢住？我也没有超能力对抗西风。在强大的西风面前，修建防御工事是第一要务。首先建围墙，挡风之外对我的立足之地的面积做轮廓上的厘清；然后安上木质大门——对嘈杂、纷攘的人间做出一个看似坚决的拒绝姿势，以捍卫我的私人空间。围墙我用的是铁栅栏。其材质阐明我对世界的态度——我与世间的交流是有限的。风和目光还有梦境都可穿过围墙，但是肉身不能。肉身必须从唯一的大门通过，而大门的开启是需要呼叫的。

院子里留好菜地，剩下的地方做硬覆盖：铺砖——铺红砖。后来我院子里的红砖，遭到本地一著名剧作家的批评。他的意思是红砖恶俗，太下里巴人，与房主人的身份不搭，并提起火山石残局般的黑，沧桑而高贵。他哪里知道我热爱红砖的因由一直伸向遥远的童年。在那个泥草结构的院子里，不可能有一条红砖铺成的甬路。我的童年有许多艳阳朗日，也下了许多场大雨小雨雷阵雨。雨天泥土的院子，几乎没法走路，而我的鞋，是布鞋，来自我妈精致的手工。手工布鞋和泥水是一对冤家。我和我的布鞋加在一起，像是两个弱者的联合，一起在雨水面前不知所措、苦不堪言。忽一日，在镇上见一家院子里，有铺着红砖的甬路，一路从户门铺向大门口，而大门外是水泥路。我惊奇地发现红砖可以把人从泥水中拯救出来，并送往康庄大道。我站在院子外面凝视了那条红砖甬路良久：建立在红砖地上面的生活，才是幸福的生活。泥土可憎；红砖是文明的。没有红砖的生活不是生活；没有红砖甬路的院子不是院子。被雨淋湿的红砖甬路不仅文明，甚至充满温暖和诗意。一条红砖甬路，照亮了我童年的缺憾。我的童年，不缺吃的，不缺穿的，不缺亲人，但是缺一条红砖铺成的甬路。幸福的童年，就是下雨天别让我的鞋沾上泥水。我可怜我鞋上的花布，我鞋子上的花朵不是用来被玷污的。我是那些花朵的唯一保护者。但是每个雨天，我都无力保护我的花朵，眼看着花瓣陷进泥浆。现在，我有了院子，有了大量的红砖，我能不把院子都铺上红砖吗？谁知道，我买这个院子，不是为了安放那条红砖甬路的？我哪里会顾及审美？先把我内心的伤口涂上止痛消炎的药要紧。他说红砖的坏话，他知道我童年的遗憾吗？他知道我的童年，在下雨的时候，那些泥水对我鞋上的花朵的伤害吗？他知道通往我的幸福生活的道路是由红砖铺成的吗？他不知道，他啥也不知道啊！

等铺好了红砖，我就等着下雨了，或者说我就不害怕下雨了。夏季的雨，你也不用等，云层漫卷，就是在不断地拼写下雨这两个字。拼写对了，就如同按对了天上的密码锁，那雨就会降落下来。我在红砖地上走过来，走过去，手里举着透明的雨伞，呼一口长气，偷偷地笑了。那个四十年前的小女孩，在泥水里蹦跳，躲避泥浆。我举着透明雨伞，穿着塑料鞋，像个肥皂泡，脚下是汪着水的干净的红砖地。我试图让自己和那个蹦跳的小女孩重合，想帮助她跳到红砖地上来，但她总在跳跃，跳得太快太突然，导致我和她怎么也对不齐，重合不上。刚刚要重合了，女孩又惊恐地跳了出去。一番努力，女孩还是女孩，与泥水搏斗；我还是我，举着雨伞，脚踩在红砖地上。

一个雨夜

坐在破房子里，透过玻璃窗，看外面下雨，看被雨水淋湿的红砖地，还有菜地里的蔬菜，这令我百看不厌。我眼里最好的景致是：黄瓜藤爬上竹竿，开着小黄花；韭菜伸着兰花指，开出一团白花；葡萄藤上面叶子的水珠犹豫着滴到下面的叶子上；红砖地上汪一洼刚才阵雨的雨水，而现在天晴了，水洼里网住了一丝抖动的白云……

一个雨夜，坐窗前看大雨滴砸在院子里的红砖地上。不一会儿，屋檐就形成一挂雨帘。雨帘在我眼前倾泻，我好像住在了水帘洞里。正感到有趣，无意间回了一下头，看了一眼我的头顶。发现头上花塑料的顶棚沉下来一个大包。这个包很重，往下垂。用手推一下，竟然能流动——里面都是水。这是房顶漏雨了。原来刚才雨滴不光砸在外面的红砖地上，成为我看的景致；还有一部分悄悄地砸在房顶上，只是声音略小，被外面风雨声遮盖了。这部分雨水则为我制造了麻烦。外面的雨还在继续下，看样子一时半会儿停不下来。房子顶上的雨，从破败的屋瓦缝隙，继续落在塑料天棚上。水包在加大，在进一步下坠，眼看到了临界点。如果塑料破溃，雨水会哗啦一下倾泻下来，后果不堪设想。顶棚里的水，可不是什么好水，那上面，有泥土有草灰，且是历经百年的腐朽。急忙把水包下我的被褥挪走，拿来最大的水盆，对准上面那个有如炸弹的水包，然后用一把剪子，在水包的最低点，最薄弱处，轻轻剪开一个小口。哗啦啦，里面聚集多时的泥水，纷纷涌出，准确地落到下面的盆里。这些泥水太难看了，呈酱黄色，像老抽酱油一般。我的房子，像个死去多时的史前怪兽，如今被我开膛破肚，盆里接住的，是它腐败的内脏。整个一宿，它都从我剪开的伤口里往下滴答泥水，犹如更漏，带着腥气。

我找个离水盆稍远的地方睡觉。外面的雨帘已无心再观看，明天得找人修房子。房子上的瓦，肯定有漏洞。有一些瓦（石棉瓦），已经发黑，似乎已经露出了里面的纤维。这样的瓦已经被时间和风雨镂空了。

第二天却是个响晴的好天。找来邻居小王、小畅帮忙，他们一个在房上，一个在下面。先把旧瓦推下来，再把新瓦铺上。几天之后又下雨了，顶棚上的伤口处再没泥水流下来。整个夏天，过得很不错。老房子凉快。房子老了不怕，漏雨了不怕，修一修还是很好的。我已经到了面对困局时，第一思维是修补，而不是果断破旧立新的年龄。

冬　眠

中秋之后，屋子里到了晚上会生出寒气，且一天冷似一天。好像脚下的大地发生了倾斜，成为了一个冰坡，我和我的院子在往寒冷深处滑去，而寒冷的深渊就在冰坡的最下面。我感到我离太阳越来越远，离寒冷的深渊越来越近。我想向太阳靠近，但我的脚下是冰坡，我无法控制我的下滑。每年到了这个季节，当关东大地开始远离太阳，大地开始成为可怕的冰坡的时候，我所居住的城市，一个强大的供暖系统就开始启动了。这个系统连接千家万户，把远离太阳而丧失的热量，通过煤的燃烧补充上。那些燃烧的煤，就是我们冬天的太阳。我们的下滑被熊熊燃烧的煤遏制住了。我们的每个冬天都是被煤拯救的。但是今年，我不但远离了太阳，我还远离了城市，远离了供暖的管道。

乡下宅院，离最近的城市三十八公里。这里的农家都处在冰冷的斜坡上无人拯救。我的整个童年，都处在无人拯救的寒冬的斜坡上，而我们并没有滑落寒冷的深渊，在那些城市供暖覆盖的区域之外，乡村也有办法遏制下滑，也有办法补充太阳远离造成的热量的缺失。我们有一无价之宝，用了千百年，现在仍然如阿拉丁神灯一样神奇。这个宝物就是火炕。我想起了童年的寒冬，火炕上的温暖日子。在东北，任何一座房子都有火炕系统存在，不然就不能称作房子。没有火炕的房子，就是先天残疾的房子。这样的房子不能度过寒冬，都早早夭折了。我找到了这座老房子的火炕系统——这是一个小型的供暖系统。在堂屋，我找到了灶膛。只要在这里点上火，并不停地加柴或煤，烟火通过屋里的火炕（用砖砌成，里面有烟道。上面覆盖水泥板。水泥板上铺上沙子。沙子上铺苇席。火炕里的烟道连接一个处在房子外面的烟囱。热的烟火在火炕的烟道里转一圈，把热量留给火炕之后，没用的烟就从烟囱里出去了，来到了天上。烟失去了热量，变成白色，软弱无力，在天上随风飘动）就会把热量传递出来，而且热的是砖、沙子等物质。这些物质一旦热了，会长时间储存热量。

在院子里找到一捆树枝。树枝的燃烧不是静悄悄的，而是大呼小叫。火苗被火炕里的风吸进去——火苗、烟，都像认识道，拥挤着进入了烟道，然后在火炕里奔跑。我跑到院子里，看那只高耸的烟囱，有白烟缓缓升起来，那么这个系统畅通并开始正常运转了。我不停地往里面加柴，等有了底火，又在仓房里找到了煤。把煤放到那些红彤彤的底火上，煤很快就着了。煤里蕴藏了比柴草更多的火苗，燃烧的时间更长。烧了有一个小时，我进入有火炕的房间，伸手摸一下，炕已经热了，尤其靠近灶膛的那一侧，已经烫手了。但是现在不能停火，要继续烧，让火炕里的每一块砖都储满了热能。两个小时后停火，只是不再往里面加煤，而灶膛里的火还是红彤彤的。没有了火苗的红色炭火，热量更高，我坐在灶膛口，脸已经被烤得又红又热。这些红火再过一个小时也不会熄灭。这时候，我要做的，不是往里面加煤，而是要关严灶膛的门，不让冷风进去，也不让热气出来。同时在烟囱那里，也有一块插板。此时已经没有烟了，只有滚滚的热浪，我要把烟囱上的插板推进去，把跑到这里想从烟囱里逃跑的热气挡住，把热气困在火炕里。火炕的两个出口就都封死了。火炕里那些存储的热量，就无处可逃，只能在火炕里，徒劳地兜圈子。那面火炕，不停地向屋子里散发热气。一面炕热了，整个屋子就热了。而且，只烧一两个小时，火炕竟然能热一宿。在寒冬，这不是个宝贝那啥才是宝贝呢？关东人是靠什么度过漫长寒冬的？关东人是靠什么从古代一直繁衍生息到如今？除了粮食、猎物，就是火炕了。

转眼到了三九天，外面的温度最低已经降到零下二十多摄氏度，甚至零下三十摄氏度。我的老房子，虽然烧着热炕，那些热气也被我有效地围困在火炕里，但老房子四面漏风，多少热气在屋子里都存不住。外面四周，已经被冰雪和寒冷包围了里三层外三层。老房子有如一杯热水，放到了冰雪里。

一个特别有趣的情况是这样的：在屋子里，你不能站起来，你要坐着，最好躺着。因为下面火炕的热气往上走不到一米高，就被从房顶下来的冷气压住了。热气和冷气，这两种势不两立的气体，在屋子中间僵持上了。谁也不能前进，谁也不肯后退，刚好势均力敌。这样，火炕上方一米的高度内，是热气控制区；天棚往下一米是冷气控制区。你要是坐着或躺着，你的整个身体就都处在热气控制区；如果你站立起来，你的下半身处在热气层，而上半身尤其头部，就进入了冷气层，头会被冻得麻木起来。因此，整个冬天，我被迫匍匐在火炕上，不敢站起来。如果有事必须站起来，就要先把棉帽子戴好。看来老房子上面，虽然修理到不漏雨了，但漏风也是严重的问题。这个问题，只有到了冬季才暴露出来。

外面大雪封门、封路、封山、封村。千山鸟飞绝，万径人踪灭。我趴在烫手的火炕上，盘算着开春得盖新房子。这老房子夏天凉爽，冬天也太凉爽过头了。新房子可以做个全封闭的顶棚屋脊，冬天就不会不敢站起来了。总趴着，一个冬天，我岂不成了蹲仓的黑熊了吗？

我的正确位置

老屋冬冷夏凉，我享受了夏凉之后，无法消受它的冬冷。整个冬天，我被困在烫手的火炕上，天天盘算着开春推倒这个旧房子，盖起能够抵御寒风的新房子。

三月，寒冬撤退，南风如期而至。我在冬天决定了几百遍的破旧立新的计划被我在春风中推翻了。不是我好了伤疤忘了疼，而是我在老屋住了一个夏天一个冬天之后，发现老屋的居民不仅仅是我和樱儿这两个人类。

盖新房子，就得拆除旧房子。拆除是个难题，别以为拆旧房子很容易。首先这房子一百多岁了，积累了很多能量在里面——什么东西老了都会成精。它吸纳日月精华一百多年，能不成精吗？尤其在这精灵遍地的乡村。老房子成精之后，它就有了气息、有了理想、有了小心眼。你拆除它，它能高兴吗？你活着，它也要活着。你有理想，它也有理想。我反复查看那些粗壮的梁柁，知它有命，并且强壮，以我几十年聚拢的微薄气力，我不敢动它。

其次，在天棚和房脊中间，有个很大的三角形空间。那里住着什么？住着谁？我们有时只闻其声，不见其形。我不止一次在晚上听到顶棚上面的脚步声（并非人类）、疯跑的声音，还有吃东西的声音。总之，那上面有众多生灵过日子的所有声音。我感到，在我的头上，两米高的地方，仅一纸之隔，有个生机勃勃的世界。房子一拆，那里的居民就都得搬家，有搬不及时的，就会有伤亡。它们不能出来打我骂我，但能在暗地里憎恨我。所有的怨恨落到我的头上，一层一层落在我的头上，我哪受得了？我几乎就活不成了。它们都是原住民，谁都比我来得早。再说，这房子是大家的，它们也有居住权。我从原房主处买来房子，这是人和人之间的交易。在它们那里，我和高姓房主的交易是无效的。我想拆房子，它们不同意，我不管不顾硬拆强拆，它们会用它们的方式反对我。

我能看见的反对群体，是老房子门楣上的两个燕子窝。再过些天，燕子就飞回来了。我把旧房子拆了，同时把燕子的房子也拆了。燕子千里迢迢飞回来一看，得多绝望啊。再找地方重建家园，还来得及吗？那只母燕子着急下蛋育雏。燕子得多恨我。

综上，这老房子还拆不了了。家有一老，如有一宝。我现在家里老人没有了，都去世了，就把这老房子打板供起来吧。让它继续坐北朝南，天天在太阳下面抄着手，打瞌睡，当这个院子里的长辈。

老房子活着，里面那些依附它的众多生命就能活着。人家不嫌弃夏天漏雨，冬天漏风。燕子回来也有地方安家下蛋。所有针对我的怨恨就都不能形成。我的生命就会在没有怨恨的道路上惬意翱翔，一路顺风，鸟语花香，何乐而不为？

多亏院子很大，在我和院子里其他生命发生冲突的时候，我有回旋余地。在院子的西侧，其面积完全够再盖一所房子。这里是风口，西风长驱直入。在院子西侧盖个房子，还能为院子挡一下西风。大风横扫院子，这样的住宅，老人说是存不住金钱的。上任房主就穷得叮当响，最后卖祖屋还债。轻风微风都是好东西，但呼号的大风，会卷走财运、人命。那么在院子西侧盖一间厢房，真是一举两得，是最正确的决定了。

把正房，坐北朝南的正房留给燕子以及房子里众多我看不见或不愿意让我看见的生灵。我搬进西厢房住去。咱们井水不犯河水，和平共处。可不许晚上出来吓唬我啊。也不许弄出声响吓唬我。总之不要让我害怕。咱们住在一个院子里，就是一家人了。

搬进刚盖好的西厢房已经是秋天了。对于接下来的秋雨，我不再担心了。我甚至期待下雨，因为新房子上的瓦，在盖房子的时候，有地方弄脏了。那可是我精心挑选的灰色哑光琉璃瓦，古雅大方。我期待一场大雨把我的屋瓦冲洗干净，我也想听雨点砸在新瓦上叮叮当当的声音。当再看屋檐上形成的雨帘，看雨点砸在红砖地上的时候，一点不用担心顶棚。那些瓦，每一片，都用钉子固定在房架子上。它们一片压着一片，像一条大鱼身上的鳞片，闪着灰蓝色的鳞光。

生平第一次在西厢房里睡了一宿。第二天一早醒来，东边的太阳刚出来，房间里就灌满了阳光。房子的窗子朝东，并且是大窗户。这就是紫气东来吧。是不是初升的阳光，才叫紫气呢？每天早早地被阳光照耀，想睡觉是不行的。日出而作。在阳光充足的房间里，心情大好。文思泉涌。这西厢房好啊，西厢房里容易产生爱情故事，至少我可以在西厢房里构思爱情故事，也写一本《西厢记》出来。

我的好心情仅维持了半年，一日一位朋友来访。喝了几口茶后，他忽然说道，你住得不对呀！我说我为了众多生灵免遭涂炭，保留了旧房子，搬进西厢房，我怎么又不对了？我是多么善良！他说，你是人，是这个院子里最高级的生命，你得居正位——坐北朝南。这样你才能镇住这个院子，不然你的院子就会君臣失序。有些家伙就会产生非分之想，三天两头欺负你，直到把你欺负走。

我有点紧张，因为我觉得他说得有道理。我想起小时候，我们家的秩序，就是父母住西屋（西为大），孩子们住东屋。按照我家的规矩，我不但要住在正房，而且要住在正房的西屋才正确。

可难题是我知道了我的错误，但是我无法改正。我找到了我的正确位置，但我无法归位。这院子里的未来堪忧，因为，没有规矩不成方圆。君臣失序，本末倒置，还有比这更混乱的吗？

现在，我仍住在西厢房里。这个院子里的秩序仍然混乱着。每次进老房子打扫，我都鬼鬼祟祟四处查看，我想找到住在这个院子里正位的家伙，我想知道是谁主宰着这个院子，凌驾在我之上。两三年过去了，我没有看到有谁端坐在我家老屋西侧，高高在上，对我发号施令。我虽偏居一隅，可我气场强大，这个院子里的大事小情，还是我说了算！

（原载《满族文学》2022年第3期）

格致，吉林省作协专业作家。出版有《从容起舞》《女人没有故乡》等四部散文集，以及长篇小说《婚姻流水》和报告文学《乌喇紫线》等。

像麻雀一样活着

◎ 项丽敏

一

午间暴雨突至，来不及躲藏的鸟儿在雨里疾飞，有只麻雀树叶一样飘落到厨房窗檐下，背对着我，朝着外面"筘、筘、筘、筘"地叫。在雨天昏暗的背景里，麻雀的叫声听上去有种孤单，大概是惦记它的同伴吧。"这么大的雨，你在哪？赶紧找个地方躲一躲啊。"

暴雨下了半个时辰，等雨小一些，麻雀就飞走了，也没飞多远，叫声仍然能够听到，和同伴的叫声在一起，隔着雨，听起来湿漉漉的。

麻雀和鸽子、斑鸠一样，是与人类共居的鸟，人在哪里安家落户，它们也跟着在那儿安营扎寨，家禽般自由地出入院落。

小时候，还不曾见识别的鸟儿，就认识麻雀了，知道它们有着土地一样的颜色，也知道它们把巢筑在大门上方——屋椽和瓦缝中间的空隙。这个秘密是家里养的大黄猫最先发现的，然后再被我发现。

春天，四五月里，大黄猫总是悄咪咪地审到阁楼，在离屋椽很近的地方匍匐，耳朵竖立，神秘又专注，窃听着瓦缝里传出的声音——"叽叽、叽、叽叽、叽"，这稚嫩的声音像鱼饵一样，钓住了大黄猫，也钓住了我的好奇心。

最先把爪子伸进瓦缝的是大黄猫还是我？或许是我吧，过去很多年，我仍记得那只麻雀雏鸟的模样，它趴在我手心，还不能站立，眼皮也没有打开，脖子软塌塌，喙阔扁，薄而透明的皮肤微打着皱，腹部一起一伏，宣告它是有生命的活体。

没想到雏鸟这么小，又这么丑，不过我还是很喜欢它，又担心会不小心把它捏死。"还是放回去吧，等长大一点再来看。"

原以为掏麻雀窝的事神不知鬼不觉，但隔天，那只麻雀雏鸟连同它的小伙伴，还有一只垫着羽毛的草窝，整个儿掉到大门口的泥地上。

"作孽啊，这是谁干的？"奶奶厉声问。

"肯定是大黄猫。"我心想，拿眼睛去找大黄猫，它早不见了。大黄猫聪明着呢，一听奶奶的语气不对头，就溜之大吉。

二

奶奶并不很喜欢麻雀，因为麻雀"鬼精鬼精的"，总是趁人稍不留神，就偷吃晒在门口的谷物和干菜，还会偷吃腊肉——也不怕被咸死。要知道那腊肉可是家里最金贵的东西，只有来了客人，或请工匠师傅上门来干活的时候，才舍得拿刀割一块。麻雀却不管，把晒在门口的腊肉——拣那富有油脂的地方——啄得一个坑一个坑。

鸡棚和猪栏里的麻雀更多，简直成了麻雀的公共食堂，结着伴儿进出，鸡和猪都是厚道的家伙，对于来"分一瓢羹"的麻雀视若无睹，任它们在眼皮跟前蹦跳。

有大胆的麻雀还会蹦进厨房，在地上、桌子上、灶台上找食，见人进了厨房，就呼啦一下飞走。它们也知道这是不该来的地方，会惹主人家讨厌，但它们还是会来，瞅着空子来，伸着小小的脑袋，东张西望，"鬼精鬼精的"。

说到麻雀偷吃的行径，就不能不说它偷吃豆腐的事。

我居住的小区门口有家杂货铺子，卖日用百货，也卖水果菜蔬。店主有个习惯，总是把老豆腐搁在店门口，一半在店里，一半在店外。

就有麻雀一蹦一蹦过来了，不知它们是闻着豆腐味儿过来的，还是对这里的情形早就摸了底——到了时候就踩着点儿过来。

麻雀左右看看，见没人在意它，飞起来，落到豆腐板上啄食起豆腐，有人靠近，从门口经过，它就飞开，也不离远，待人走了它又飞过来。

麻雀啄食豆腐的模样可欢实了，是小孩子吃到冰激凌的那种欢实，边吃边吧唧着嘴："味道真棒，太好吃了。"

终于被店主发现，走过来，拍着手掌驱赶："又来了，鬼精鬼精的东西，天天来偷吃豆腐，赶也赶不走。"

"鬼精鬼精的"是本地方言，用贬义词翻译就是狡猾，用褒义词翻译就是机灵的意思。

三

虽说和麻雀做了半辈子邻居，知道它们有洗沙浴的癖好还是最近的事。

入夏后，几番在太阳下见到这样的场景：麻雀和它的伙伴匍匐在路边的沙堆里，羽翼松开，双足在沙堆里使劲刨，使劲刨，刨出一个坑，把腹部埋进去，翅膀不停扑打，搅得沙尘飞扬，看起来像是在沙坑里打滚。

一只麻雀从沙坑里飞起来，就有另一只麻雀飞过去，如法炮制，把腹部搁进沙坑，翅膀平铺，撒着欢儿地扑腾。

起初以为那是麻雀玩的一种游戏。麻雀生性活泼，聚在一起的时候会有各种名堂，会聊天，会斗架，像一群精力充沛的孩童，少有安静待着的时候。

几天后，再见这样的情形，心里一个闪念：或许它们是在洗浴吧——那沙坑看起来太像浴盆了。

我手边阅读的几本鸟类书籍里，没有麻雀洗沙浴的记录，打开百度，上网查证，果真找到了。有洗沙浴癖好的鸟儿不只麻雀，还有百灵鸟和云雀，它们有一个共同的特征：都是地栖性鸟类。

洗沙浴会帮助麻雀驱除体外寄生虫，那些附着在皮肤和羽毛上，让它们不胜其烦的小坏蛋，会在沙土的摩擦下掉落下来。

洗完沙浴的麻雀会飞到树枝或电线上，蓬松开全身的羽毛，抖啊抖啊抖，喙伸到翅膀下面，东啄啄，西啄啄，把羽毛理理顺。关系亲密的，还会互相梳理羽毛，边梳理边发出亲昵的叫声，像是在说："来，靠近一点，我来帮你，我来帮你。"

四

一天中的多数时间里，只要留意，就能听到麻雀的鸣叫。有时一只，有时两只。有时房前一只、房后一只。叫声时急时缓，短促的单音节，像没有关紧的水龙头，滴、滴、滴，持续不断的水珠子滴落下来。

即使麻雀不停地叫，从早叫到晚，也叨扰不到人。人们甚至听不到它们。人们的耳朵，对于背景一样存在的声音经常是听不到的，更何况麻雀那水珠子一样的声音，还没来得及滴落，就被空气吸收了。

除了作家苇岸，以及那些像苇岸一样，有着安静的心，对大地上平凡又微小的事物格外关注的人——他们是能够听见的。不仅能听见麻雀的叫声，还能分辨出不同时间里，麻雀叫声的区别。苇岸在《大地上的事情》里就写到过："麻雀在日出前和日出后的叫声不同，日出前它们发出'鸟、鸟、鸟'的声音，日出后便改成'喳、喳、喳'的声音，我不知它们的叫法和太阳有什么关系。"

想必苇岸的耳朵里有一只隐形捕音器，这捕音器的天线朝向大自然——来自自然界的声音，无论天空还是地下，怎么小也能够被捕捉到。丰富的寂静之声，妙不可言。

在苇岸的散文集《大地上的事情》里，我还读到这样一段话："国有国鸟，如果每个人都有一只鸟的话，即便是一千次，我也会选择麻雀。麻雀是我的灵魂之鸟。"

一个把麻雀奉为灵魂化身的人，把自己放在泥土一样朴实又谦逊的位置，在他眼里，越是平凡的生命越是可贵，越是普通的事物越值得细细打量。

当青年时期的苇岸走向他的中年，关注的仍然是麻雀这样身边寻常可见的小生灵，愿意为麻雀停下脚步，凝神屏息，观察它们，用笔去书写它们在泥土上的"平民"生活。在苇岸眼里，麻雀不只是麻雀，而是更多没有姓名、不为人所知、在大地所有角落辛苦生存，并使大地充满活力的平凡生命。

如果苇岸不是那么早离世，很可能会写一部关于麻雀的书。

五

书房墙角就有个麻雀窝。

装修房子时，师傅特意在墙角钻了个洞，拳头样大小，为安装空调预留下通风口——麻雀窝就筑在通风口里。

对这个房子来说，麻雀是比我更早的居民，在我搬进来之前，它们捷足先登，占领了通风口，衔来枯草、苔藓、羽毛，填塞进去。

怀着被春天激发的繁衍欲望，麻雀两口子不停地往洞里填塞巢材，而我在书房里看到的情形，是时不时就有枯草和苔藓从洞口掉落，落在墙角的书架上。

得想个办法，把书房里边的洞口封起来，不然，说不定哪天新出生的雏鸟也会滚落下来。

用什么封这洞口呢？对了，抽屉里有一卷透明胶带，可以用上。透明胶带如同一扇门，有了这扇门，我和麻雀就相安无事了。

只是这扇门太薄，并不能阻挡麻雀一家子叽叽喳喳的声音，每年春天，直到夏初，那声音像开了锅的沸水，要把锅盖掀翻。

整个繁殖期，书房里没有安静的时候，麻雀的叫声从天亮响起，天黑透了才歇。也难怪，麻雀太多产了，一次能孵六七只雏鸟，这么多雏鸟挤在那么小的墙洞里，每一只都想往外钻，争取进食的优先权——让亲鸟一回来就能喂上，自是没个消停的时候。

麻雀的孵化期有12天，出壳后，需要亲鸟喂养半个月才能出巢。雏鸟出了巢就不再回到墙洞——这也是所有雏鸟的共性，一旦出巢就不再飞回。

出巢的麻雀雏鸟仍需亲鸟喂养，跟在亲鸟后面，亦步亦趋，发出稚嫩的乞食声，撒娇似的拍着翅膀，那模样，和小孩儿张开双手，以娇憨的声音求大人抱抱没有两样。

一窝雏鸟全部出巢后，隔不了多久，麻雀又开始了第二窝后代的生育。直到七月盛夏，墙洞里的麻雀窝才算安静下来，静悄悄，没有一点声音，这也意味着，麻雀两口子在这一年的繁殖使命已经完成，可以自由闲逛，享受一段无所事事的时光了。

到了下雪的冬天，麻雀又会想起墙洞里还有一个老巢，可以让它们躲避寒冷这头猛兽的侵袭。麻雀钻进墙洞，挤在一起，把小小的身体缩在羽毛和枯草堆里。当我走进书房，偶尔会听到它们微弱的叫声，一只仿佛在说："好饿啊，好饿啊。"而另一只就会给以安抚："忍一忍，风已经小了，雪就要停了，很快就是春天了。"

六

每次出门，在楼道口总会遇见两只麻雀，当我看它们的时候，它们也抬起脑袋看看我，一只蹦几步，另一只紧跟着蹦几步；一只飞到树枝上，另一只随后飞过去。

很明显，这两只麻雀是一对儿。

它们是住在我书房墙洞里的两口子吗？在门口遇见，心里就会冒出这样的问号。

这两只麻雀看我也是一副老相识的样子，不躲避，不慌张，从容淡定，就差跟我打招呼说"你好"了。

两只麻雀在一起也时常会聊天，你一句我一句，煞有介事，有时还会凑到对方耳朵边上聊，像是讲什么不方便让别人听到的话。

这两只麻雀也时常会飞到我窗口，下雨天飞过来避雨，大热天飞过来躲荫，还会发出"嚯、嚯、嚯"的声音，像是在啄食着什么，啄了几下后，又把喙在窗栏上来回摩擦，如同吃完大餐的人用餐巾擦嘴。

可那窗口哪有什么大餐。

苇岸在《大地上的事情》里也写到这种场景："它们将短硬的喙像北方农妇在缸沿砺刀那样，在枝上反复擦拭。"

不只麻雀，鸟儿似乎都喜欢摩擦喙，得闲就在树枝上擦，在石头上擦，左一下，右一下。

起初以为这不过是鸟儿的小动作，就像它们抻翅膀、摇尾巴一样，是为了吸引异性的注意，故意搔首弄姿地显摆："看，我的嘴多美，多亮。"

没错，鸟儿摩擦喙，确实是为了喙的美观，为了保持喙的洁净与光滑，但这"美容小妙招"并非是臭美的小显摆，而是关乎鸟儿性命的事——对鸟儿来说，喙也起着武器的作用，得时常保持它的锋利、尖锐，才能在关键时候发挥作用，捕捉到食物，抵抗住对手。

鸟儿梳理羽毛前也会摩擦喙，这时，喙的作用就是梳子，先把梳子弄干净了，梳理起羽毛来才更利索。

鸟儿会替自己梳理羽毛，也会替伴侣梳理羽毛，这是它们向对方示爱的方式。我门口的两只麻雀就时常替对方梳理羽毛，看它们那么亲密的样子，会觉得，动物们的情商可一点也不比人类低，甚至比人类更懂得享受情感生活，懂得表达。

七

记得是四月，有天在阳台坐着，见一只麻雀飞过来，落在阳台外的晒衣架上，嘴里衔着羽毛。

衔着羽毛的麻雀看了我一眼，急匆匆飞走。片刻，又飞来一只麻雀，经过阳台，嘴里还是衔着羽毛。也不知它是不是之前那只麻雀。

总之，那天从我眼前飞过的麻雀，嘴里大多衔着羽毛。

麻雀是从哪里找到羽毛的？作为筑巢材料，羽毛既高级又稀有，尤其这个季节，还没到鸟儿的换羽期，在地上捡羽毛可不比捡钱容易。莫非麻雀发现了一只废弃的羽绒枕头，从枕头里获得了需要的巢材？

过了一天，揭开谜底——哪有什么废弃的羽绒枕头，麻雀嘴里衔的羽毛，是生生从斑鸠背上拔来的。

如果不是亲眼见到这一幕，很难相信小小的麻雀有这么大胆子，要知道斑鸠的体格可是重量级，超过麻雀几倍。

被麻雀盯上并拔毛的，是在我卧室窗口抱窝的珠颈斑鸠。珠颈斑鸠全副心思都在孵蛋这件事上，没有留意静悄悄靠近的麻雀。麻雀跳起，落在斑鸠背上，不等珠颈斑鸠反应过来，麻雀嘴里已衔住一根廓羽，"嗖"地飞走。

珠颈斑鸠只是叫了一声，没有起身反抗，反而把身子趴得更低——相比失去羽毛，珠颈斑鸠更担心失去它的蛋。

麻雀这个小强盗，居然跟自己的老邻居来这一招。也是看着珠颈斑鸠老实厚道好欺负吧，换作暴脾气的黑卷尾，或者红嘴蓝鹊，麻雀定是不敢上前骚扰的。

麻雀不仅敢从珠颈斑鸠身上拔毛，还会驱赶活动区域内的异族鸟类，抢夺它们的巢，甚至会将它们已经出壳的幼雏灭口。

这样几乎可以上鸟界"热搜"或"头条"的事件并非我目击，而是从美国作家珍妮弗·阿克曼所著《鸟类的天赋》里读到的。阿克曼说，在我成长期间，麻雀一直被视为"坏鸟"，不仅惹人讨厌、生性好斗，多管闲事，而且会骚扰那些"好鸟"，把它们赶走，简直像是恶棍一般。

当我读到麻雀这近乎"黑社会"的手段，才明白书房窗口那只乌鸫巢，为什么连续两年育雏失败，成为空巢。

而我也亲眼见到过几只麻雀飞到乌鸫筑巢的地方，喧嚷一阵子又飞走，以为它们不过是出于好奇造访邻居，就像村里人去隔壁人家串串门，聊聊天，并无恶意。

但那之后，乌鸫就没有再回到自己的巢里。乌鸫弃巢了。

把麻雀看作"灵魂之鸟"的苇岸，想必不知道麻雀还有这一面。也许苇岸知道，但他以"与万物荣辱与共"的赤子之心，包容宽宥了麻雀的"恶"。

无论鸟的天性还是人的天性，善与恶都是并存的。这世上没有绝对的善，也没有绝对的恶，善与恶不过是相对而言。

当我们了解和宽宥了麻雀天性里的"恶"，也就是了解和宽宥了万物——包括我们人类天性里的"恶"。只有了解之后，才能认识自身的漏洞所在，避免"恶"的放纵。

麻雀因其个体的微小和群体的庞大，构成了鸟类世界的基础。而一对麻雀在一年中生育的后代，也免不了成为猛禽猎物的厄运。麻雀只有想尽办法，使尽力气更多地繁衍，才能在鸟国的底层社会得以生存，并使更多的鸟类能够延续生命成为可能。

八

七月胜暑，清晨六点出门，刚走到村口，太阳金色的光就从身后追过来，把我的影子拉得细长，拓印在面前铺展的稻禾之上。

此时的稻禾已经抽穗，空气中浮动着穗花的香气。豆娘在稻禾的绿森林里缓缓低飞。蜻蜓抱着禾叶，翅膀上沾着露水珠子，纹丝不动，仿佛还没有从梦境中苏醒。

沿着田间的路往前走，见一群麻雀蹲在路边，阳光移过去，将它们的羽翼染成金黄，也给予它们如同新生的活力。

这个时节的麻雀已结束了育雏过程，领着后代加入它们惯常的群体生活，十几只或几十只，飞的时候一起飞，落的时候一起落。

群体生活能给相对弱小的动物以安全感。当一只麻雀觉察掠食者的靠近，就发出警报，迅速飞离，其他麻雀随即跟着逃离危险之地。群体生活也能让麻雀更快地找到食物，一只麻雀发现食物源，衔着食物飞回群体报信，同伴们会立马朝食物源的方向飞去。

路边的麻雀聚集一处，就是发现了食物源，那是些碎米粒样的草籽撒落在地面，像是盛夏特意为麻雀准备的餐点。麻雀也毫不客气，一个劲儿地啄食，享受季节赠予的美味。有几只性情顽皮的麻雀不满足于地面的草籽，跳起来，去够那长在路边的稗草，有两只还将身子挂在草茎上，荡秋千一样摇来晃去。

路的另一侧，一只长嘴巴的鹬鸟从草窠里钻出，站在路牙子上，有些呆萌，不知道下一步该做什么。看样子，这是一只还未成年的鹬鸟，没见过什么世面。

一只麻雀瞅见了鹬鸟，蹦过去，慢慢地靠近，像是要弄清这长嘴巴家伙的来历。又有两只麻雀跟着蹦过去，很好奇的样子——它们大概也从没见过鹬鸟。

鹬鸟对靠近的麻雀没什么反应，呆若木鸡状，麻雀更好奇了，怎么回事？怎么一动不动？

麻雀之间开始了交谈和猜测，离鹬鸟很近的麻雀回过头，像是跟伙伴说:"这家伙个头可不小,不知道有没有危险。"另一只谨慎地和鹬鸟保持距离,警告伙伴:"别靠太近,看它那么长的嘴巴,小心啄到你。"

它们的交谈又吸引过来几只麻雀,大胆地向鹬鸟蹦过去,这回鹬鸟不再能保持镇定,后退了一步,麻雀们不肯罢休,仍旧往前蹦,鹬鸟感受到威胁,转过身,向草窠里钻去。

麻雀你看看我,我看看你,又一齐站到路牙子上,探头向草窠里张望,它们倒是没有跟着蹦进草窠——说不定里面有陷阱,再怎么好奇也要有个限度,不能冒风险。

吃饱了草籽的麻雀从地面飞起来,飞到电线上,一字排开,进入整理羽毛的环节。清晨露水重,麻雀的羽毛也被露水打湿,需要好好梳理一番,在太阳光里晾一晾。

麻雀做什么都会相互影响,一只有什么举动,边上的伙伴就跟着模仿起来,当十几只麻雀全在那里抖着羽毛,将脑袋扭来扭去,一会儿伸到圆滚滚的腹部,一会儿伸到翅膀底下,看起来就像是在做团体健身操,有一种仿佛被训练过的默契。

群体生活的特征之一就是提供彼此学习的机会,而模仿就是学习的方式,动物如此,人也如此。人类之所以聚族而居,除了因为有安全的需要,也有相互学习传递经验的需要。

不同物种生活在一起,毗邻而居,也会相互学习。比如麻雀,会学习人类对环境的适应能力,甚至能跟随人类的脚步进入城市生活。而人呢,也需要向麻雀学习,即使卑微,也要保持快乐的能力,不丧失对生命的好奇与热情。

"像麻雀一样活着,在这热烈又荒芜的人世。"当我在这个清晨用相机拍摄下麻雀在地面啄食、在草茎上荡秋千、在电线上梳理羽毛，还有彼此亲密地以喙相触的瞬间，心里冒出这句话。

像麻雀一样活着，也像野草一样活着，平凡而坚韧，并使大地充满生机。

（原载《安徽文学》2022年第8期，略有删节）

项丽敏，自然文学写作者，现居黄山北麓浦溪河边。出版作品《临湖》《闲坐观花落》《山中岁时》《浦溪河的一年》等。

冬剧场

◎ 傅　菲

"咭咭咭，咭咭咭"，灰树鹊在板栗林叫得慌。听得出，至少有六只灰树鹊在叫，起哄似的一起叫。板栗林在山腰斜坡上，有三五亩，林下是伏地的茅草和枯败的紫苏。一条陡峭弯曲的黄泥机耕道一直往山高处盘上去，如一条腐烂的泥质盲肠。我站在一棵剁了头的枳椇树下，可以俯视整个花鸟畈。板栗林就在我右边，光光的枝丫突兀，却不见灰树鹊。雨丝织得密，遮住了远景之物。雨阴冷诡秘，不放过任何一个需要淋湿的地方，也不放过我的雨伞、裤脚、鞋子和我简单的下午。

这是什么鸟？叫得这么心切，也不怕雨淋伤了。许健平说。他不知道，灰树鹊不惧微雨，它的羽毛会溢出油脂，雨珠自然滑落。红嘴蓝鹊、黄嘴蓝鹊也是这样，可以在微雨中觅食、飞翔——只需抖一抖翅膀，雨水便没了。

许多鸟都这样，下小雨，异常的兴奋，抖着翅膀高声鸣叫。雨荡起了清新的空气，激起了树叶草叶的颤动，给山林添了几分喧哗。这是一种纯粹的、静谧的、朴实的喧哗。鸟兴奋了，就唱歌。"咿咿咿，啊啊啊。"唱调当然不是这样的。鸟不唱美声，也不唱流行歌曲。鸣禽自成一套声乐体系，吟虫自成一套声乐体系。虫鸟鄙视人的声乐体系。鸟多用复调，多用滑音、连接音和转音。

花鸟畈是大茅山南麓的一个坡面，有五户人家，已废弃二十余年。花鸟畈有另一个地名：火烧畈。坡面三百余亩，先人开垦出梯田、旱地和茶叶地。梯田已撂荒多年，芭茅遍野。灌木从芭茅丛钻出来，壮硕魁梧。虎斑地鸫缩在胡秃子树的叶丛，嘘嘘嘘地鸣叫。它的鸣声具有重金属音质，声调上扬，柔滑而富有感染力。虎斑地鸫吃蚯蚓，吃甲虫，也吃野果子。它翼下棕白色带斑，与胡秃子浅褐白的叶色相衬。

入户的小路已消失，被沿阶草和茅草覆盖。一些树留存着，黏附着曾在此生活的人烟气息。人的脉息在四处流布，即使人已离开数十年。人的痕迹寄生在树上，在荒野依稀生动。棕树、枣树、茶树、梨树、柚树，在路边或断墙下活得无人问津。它们曾参与了人的生活，也渗入了人的生命。树在长，也在衰老和败枯，我却在树上找回了散去的人声。小仙鹟在枣树上排成一排，计七只，不断地抖着翅膀，翘起黑绿色的头，不时地叫上几声：嘻嘻，嘻嘻；嘻嘻吱，嘻嘻吱。它黑灰色的短喙完全张开，如钢琴的两叶簧片。它以二拍的节奏鸣叫。

枣树有两棵，一棵长在瓦房前的石墙上，一棵长在田埂头。山是黄泥山，山民挖山取土，平出一块地，夯土建房。屋是木料屋，两层，盖瓦，木门被一把链锁锁着。门和廊檐木柱，锈出了铜绿色，青苔爬上了墙根。窗户腐烂，窗格脱落下来。灶房结满了灰扑扑的蛛网。一只蜘蛛的空壳挂在网中央，肢脚朝天地张开。雨从破瓦中落下来，嗒嗒嗒，瓦垄水白白，空屋里有了回声：当当当。阁楼上，有鸟在低叫。咕噜噜，咕噜噜。听起来是山斑鸠在酣睡，打呼噜。我仰望阁窗，很仔细地听，觉得不是山斑鸠打呼噜，而是草鸮在暖窝里说梦话。

山斑鸠很少在白天睡觉，而草鸮昼伏夜出。夜幕苍茫，垂挂四野，草鸮破开暮色，低飞在山谷、丛林、丘陵、田间，捕食蛇类和野兔，以及蛙类、鸟类、鱼类。它是林中杀手，却以修士模样装扮自己。它的棉袍橙黄色，衬里是斑驳的灰色羊绒，袍边白色，饰以暗褐色斑点。它戴着白羊绒面罩，露出一双乌珠眼睛，射出亮绿的精光。白天，它几乎都在打瞌睡，眼睛视物不见。它在隐蔽的草丛或废弃屋舍营巢。它是个肉鬼，只吃鲜肉活肉，吃空猎物脑壳。食源越丰富，它育雏越多。食物决定了它的生育。冬日，窝暖，一晌贪欢，它在打饱嗝。

枣树枝头空荡荡，小仙鹟不知飞去了哪里。它惧人。断墙之下，是一片见方的荒田，茅草被风压断，齐整地倒伏。荒田边是两栋大瓦屋，被冬青、苦槠等乔木遮盖了。乔木林之下是一条山涧，涧水在湍急地流淌，哗哗哗。

机耕道淌着水流，冲出了浅沟。一群棕颈钩嘴鹛在一棵苦楝树上，瑟瑟地抖，秃枝在轻轻地颤动。金黄色的苦楝果串在枝丫上，挂着饱满的水珠。"鸟也没个地方躲雨。"张孝泉说。他是绕二镇人，他家距此约十公里，但他并没来过花鸟畈，甚至都没听说过这个地方。他因此略有自责，说这么小的山坞，冬天还有这么多鸟，以后要常来。

一条老公路横在峡谷边，但也废弃多年，并无车辆往来。再深入峡谷五公里的山坞，便是里华坛——桐溪的源头。原住民已外迁三十余年，只有背包客和茶客进去，搭帐篷，看一夜星星，听一夜涧鸣。好友万涛在微信里提示我：里华坛有老房民宿，可住一夜。万涛是野外旅行家，骑一辆摩托车，走遍赣东北、徽州、闽北、浙西北。每一座高山，他都露营过。

但我并不打算去里华坛。花鸟畈足够大，可以容纳并验证我对冬日野山的想象。老公路起始于花鸟畈，一栋白墙瓦房在路头。门关着，院子被篱笆挡住，木柴齐整地码在屋檐下，几只鸡鸭在屋外淋着雨。我赶，它们也不动。它们冻麻木了。一块约半亩大的菜园，被篱笆围着。菜地种了大白菜、青白菜、萝卜、大蒜、芹菜、荠菜、菠菜，葱茏油青。我对种菜人起了猜想，很渴望认识这个种菜人，渴望和他促膝长谈。

老公路之下是萧瑟的落叶乔木林和斜陡的桐溪。苦楝树、枫香树、榆、鹅耳枥、黄檫、梓树、山乌桕、野柿、野荔枝等，遍布溪谷。乌鸫和小嘴乌鸦在树梢喳喳叫。下了溪谷仰头望，才知道树有多高。树冠虽是光光的，但密密的枝条交错。树高十丈，把溪藏得深深的。乌鸫吃果子吃蚯蚓，溪鱼更是它至爱的食物。它是逐溪之鸟，贴溪飞行，边飞边叫，嘘里呱啦，嘘里呱啦。它的鸣叫悠扬婉转，以百变之音模仿百种之鸟。它穿过雨瀑、穿过水瀑，翻上一座座崖石逐溪。它不停歇地鸣叫，以克服对溪流的恐惧。在森林中，我不知道还有哪一种鸟比乌鸫更勇敢。有时水瀑很急，折断它的翅膀，使它落水溺死，被蛇鼬吞食。但水瀑无法阻挡它翅膀的舞动。它是一种超越自我挑战死亡的鸟。

绵绵细雨的冬月，在人迹罕至的花鸟畈，一群乌鸫暂时放弃觅食，临时组建了合唱队。它们穿着黑色的演出服，打着黑色领结，挺胸昂首，唱起自编的多重奏。它们是唱诗班的孩子，来自神圣优美的大自然教堂。

这里是桐溪的上游，溪宽三到五米。大茅山卷轴一样垂挂下来，壁立巨大的裸岩和墨灰色的混交林，给溪谷以挤压感。溪石是花岗岩和石灰石，大如饭甑，小如板凳。菖蒲和兰草丛生。芒萁青青。潮气和雨水，在岩石上滋生苔藓。朽木和树根也滋生出苔藓。一双遗落在山道上的解放鞋也滋生出苔藓。山道穿林而上，无踪无迹。山鹧鸪在林子里咕咕咕叫。

雨不大，也不小，雨珠密集，足够养育一条溪，足够洗去我的脚印，足够安慰冷冬。虽是枯水期，溪水量却大。发音器由溪石取代，共鸣箱由溪谷替补。溪水叮叮咚咚，喤啷喤啷，哗啦哗啦。这是一种让人安静、让人忘我的声音，淘洗我皮囊上的泥垢，淘洗我眼睛里的灰尘。约翰·缪尔在《夏日走过山间》中这样写道：

又是山间岁月里美好的一天，人在其中仿佛被消解、被吸收，只剩下脉搏仍在向着未知的远方推进。生命无增无减，我们不再去留意时间，不再匆匆忙忙，宛如树木和星辰。这是真正的自由，是可实现的不朽。

在溪谷，人如冬雪慢慢消融，化为溪水。人生何为？何谓人生？这样的高深问题，暂且放下。溪水匆忙地奔流，沿途收集着雨。溪边丛生柳槐、刺槐、荆条、赤楠和鸢萝藤。水花莹白，溅落下来，如一地碎银。黄鹡鸰和白喉红臀鹎活跃于溪石与枝头之间。一根或两根原木横架在溪上，成了短桥。木是松木，吸水不腐，却生育出苔藓和地衣。

在溪谷回望，花鸟畈有了隐身术，除了茅草和稀疏的林木，别无其他，瓦房也不可见。两山之间的最低处，才有溪和涧。溪是地理的分界线。花鸟畈之上是针叶林和混交林。坡面的两边是斜深的山坳，乔木参天，山涧激流陡悬。我几次试图深入山坳，却缺乏勇气——灌丛太密，无路可寻。树冠遮蔽了山坳，只有繁盛的树叶露出来。山尽可能空出地方，给树木安身立命。或者说，树木占领了任何可供根须深扎的地方。植物何其强大。

花鸟畈怎么会有这么多鸟呢？许健平问我。我也不知该怎么回答。这里确实鸟多，不太符合常理。一般来说，冬雨来到山林时，鸟会躲起来，很少外出觅食和嬉闹。但花鸟畈是个特例。这里荒田开阔，视野明朗，杂草遍野，适合鸟筑巢。果林和苦楝树林为鸟提供了过冬的粮食，在食物匮乏的冬季，是何等宝贵。这是大茅山南麓为鸟类建起的粮仓。溪谷里，我们可以看见非常多的鸟窝，挂在乔木上，盘在灌木上。"花鸟畈"，顾名思义，就是野花遍地、聚鸟鸣唱的地方。

这是一个僻远、无人居住之地。在四十年前，居住在桐溪上游的山民以伐木为生。他们把松木、杉木、扁柏砍下来，扛到五公里外的公路边，卖给过往的货车司机，拉到四十公里外的小镇做家具料和棺材料。禁伐之后，山民失去了谋生之本，迁移山下生活。我上百次经过桐溪坑，也十数次在桐溪坑路边店吃饭，却未曾上过花鸟畈。我不知道桐溪畔有花鸟畈，但知道火烧畈。在2021年10月，我才知道火烧畈就是花鸟畈。我祖父手上建的老房子，木柱和大门的木料就是来自火烧畈。木柱有水桶粗，都是老杉木。在孩童时代，我对这片山林有过丰富的想象：千年的森林才能生长出如此粗壮的杉木。

因此，火烧畈与我有了某种隐秘的勾连。到了火烧畈，却鲜见杉松，连一棵扁柏也没看到。阔叶林披盖了山体。沿桐溪而上，原始次生林绵延无尽。曾在深山安居的人，去了城市和集镇。他们不再回来，永远也不会回来。树木在山中生生死死，化为泥土。山，回到了山的本源。我站在山腰远望四野，除了山还是山，除了树还是树。鸟是树的一部分，在春夏是树上盛开的花朵，在秋冬是树上颤动的叶子。

会鸣叫的花朵，会飞翔的树叶。冷雨并没有使得花鸟畈更荒凉，而是使它更野性和纯粹。万物勃发，谓之野；无人生产，谓之野。桐溪加剧了野性。湍急、洁净的水流在激荡，鸟鸣于林，如一道神谕：森林竭尽所能地赓续生息，福泽万类生灵。雨是森林的一种形式，鸟也是森林的一种形式。这一切，都被溪涧容纳着。

树叶唰唰唰，雨珠脆响。那几栋瓦房，在以后的时间里，也终将颓圮，长出杂草、灌木、乔木、刺藤，彻底消除人的痕迹。人是渺小的，我们得承认。大茅山是一座神殿，孜孜不倦地供养生命之神。

雨声，鸟声，溪声——神殿荡起合唱。

（原载《散文》2022年第6期）

傅菲，中国作家协会会员，江西滕王阁文学院特聘作家。曾做过17年报纸编辑，现从事教育投资。出版有《屋顶上的河流》等5部散文集。

与落花相伴

◎草　白

　　这些年，我去往不同的城市，看画展或博物馆里的文物展。有时候，我什么也没看，只在一个空无一物、毫无亮光的空间里枯坐着，听海水拍打礁石的声音——它们来自一个录音系统，"大海"也不是真正的海，只是一个拍自海边的视频。但没有气味，荒凉的博物馆或美术馆展厅里没有海的气味，岩石的气味，沙子和阳光的气味。它只是一个逼真的视频，一场荒腔走板的模仿秀。

　　不知从什么时候开始，为了保存，人们把什么东西都往博物馆里一搬了事，大到一座城池，小至一块腐朽的木头、一枚远古的玉器以及先人饮水吃肉所用的器皿，等等，都被收罗至一处。那些来自不同地域、民族甚至国家的物品，远离故土和栖身之地，躺在天鹅绒铺就的玻璃展柜里，接受射灯及他人目光的注视。日日从它们面前走过的人，到底看见了什么？人们所见的大概只是物品拙朴的外形，斑驳的表面，精美的局部，而它们在脱离具体环境后的惶然与不安又有几人能见？

　　博物馆、美术馆、各种大大小小的陈列馆里，随处可见厚厚沉沉的时间，以成百上千年，甚至数万年计，而展馆本身给人时间停止流动之感。它是隔绝的，没有向外敞开的窗户，风、阳光和雨水都不能进来。在那里，青苔停止生长，落叶不再覆盖森

248

林；没有河流、独木舟、大型动物的脚印，没有风沙、冰雹、海水倒灌，更没有时间轴的缓慢移动。

从此，外部世界发生的一切，与这展柜里的陈列物无关。自从被从时间轴里连根拔起，置于这人工隔绝的环境后，一切再没有改变的可能。曾经属于一国一族的圣物在明晃晃的射灯照耀下，被仓惶地展览、漫不经心地注视。

流水的中断，朝代的更迭，以及故土的分崩离析，使得它们不得不委身于此。当失掉存身的空间，时间也随之凝结。

我所居的城市，也是7000年马家浜遗址所在地，从那里出土的红衣陶器、玉器、兽骨和鱼骨至今仍保存在本地博物馆。有一年春天，我无意中闯入那片被油菜花和田地包围的郊外荒野——当年的挖掘现场，如今依然荒草萋萋。绕过丛生的荆棘，侵道的野草野花，我走在长长的条石路上。石条掩映在荒草丛中或庄稼地里，上面布有圆形孔穴，好似先人手工劳作之遗留物。

不远处，遗址腹地上，竖立着九根图腾柱，中间一柱为醒目的石锛造型，其余木柱也无一柱相似。成片的庄稼地、丛生的荒草中，它们的出现宛如神迹，让人惊异。近前细看，上面的刻纹、图案、装饰，带着古老的巫语，又好似风雨中天然生成。我想起英国索尔兹伯里平原上的巨石阵。它们被英国作家哈代写入长篇小说《苔丝》中。同名电影里，那个叫苔丝的姑娘在杀死她悲剧命运的制造者后，与爱人克莱尔逃至那里，黎明之前，他们之间有一段关于巨石阵来源的对话。

江南的乡野大地上，九根木质图腾柱直指湛蓝天穹，仿佛亘古以来便已存在，并永远存在下去。

还有石碑，还有碑身上的兽面神人像，肖似遗址里出土的"兽面形陶器耳"，双圈大眼，粗鼻上翘，张口呈吼叫状。

　　遗址现场，朴拙的条石路、木质图腾柱，以及兽面神人像……这些并不是来自远古的遗留物，而是当代雕塑家陆乐的作品。它们屹立在考古发掘现场，经受阳光滋润，风雨侵蚀。它们的存在，隐隐地，将此刻与过去的肉眼不可见的世界接续上，代替那些进了博物馆展厅里的文物，继续留守和看护着这片土地。

　　这个位于荒草丛中、庄稼地里的雕塑群，名为《痕迹》。

　　雕塑的伟大之处在于，它既是对过往时间的总结，其本身也处于时间的永恒流逝之中。它与落花相伴，也与流水为邻。它是时间的参与者和见证者。当博物馆展厅里古陶器和古玉器上留存的声音日渐式微，人们从荒草丛中、从遗址现场的图腾柱上，或许可聆听到先人静默的歌吟。

　　这之后，不同的季节里，我都去过那里。

　　有一次，我甚至在庄稼地里迷路了，或远远地看见屹立的图腾柱，却怎么也无法靠近。而每一次，经重重寻觅之后的猝然相见，常有怦然心动之感。那种感动，人大概只有在自然中才能获得。

　　一个野生的环境，不断生长的空间，随处弥漫的声响——它们来自尘埃深处，源于死去生物的鸣唱。发生在那里的一切，不会过时，永不消失。

　　遗址，既为痕迹，也为重要的现场。

　　而所有艺术活动，其宗旨大概就在于如何从现场出发，将自身存在纳入时间流逝的缓慢进程中。从遗址动身，再去博物馆观看展览物，一切似乎都变得不一样了。

　　具体到写作，如何与遥远的过去发生关系，便成了所有叙述活动的出发点。那似乎是顺理成章之事，人一旦进入创作中，便是逐步回到往昔的怀抱，将渔网奋力撒向记忆的大海，去打捞沉睡中短暂而微弱的瞬间。

　　总是这样，我们送走流水，又回到流水的身边。

（原载《内蒙古日报》2022年3月24日）

　　　　草白，文学硕士。出版短篇小说集《我是格格巫》《照见》及散文集《童年不会消失》《少女与永生》等。

遗迹和哈拉浩特

◎ 杨献平

遗　迹

　　过去的东西为什么要来到现在呢？一个总是心事重重的少年，经常坐在一些年代不详的人类的遗迹面前，无知地思考着这样的问题。他知道，遗迹肯定代表着过去的东西，而它们来到现在，难道单单是为了让后来者目睹一些时光的残迹独自神伤，还是为了向我们乃至更远的人们证实一些什么？遗迹或许什么都不是，至少，它本身没有一点儿想法，所有的价值和意义都是人强加给它的。事物往往以单纯的面目出现，却在迷离的光斑中走远。

　　最初的遗迹是我在老家看到的。那是南太行山地，奇崛、幽深、庞大的山峰，几乎遮住了身在其中的所有事物。少年时代的某些时候，我经常跟随父亲到南山砍柴。到南山需要翻过一道山梁，蹚过一条没有水的河谷，然后就看见了大片大片的松树和槐树，密密麻麻地起伏在崇山峻岭上，松涛阵阵，像自然慷慨、激越的合唱。

　　在一道四面幽闭的山谷中，东边的树林和西边的树林里，遥遥相对着两座破烂的房屋废墟，屋顶已然塌掉，清一色的石条杂横在旧址上，昭示着残败与荒凉。只是屋内的杂草让我看到了一点生机，石条上的凿纹让我知道了最初建造者的精巧手艺。在东边房屋的西侧，竟然还长着四棵苹果树，虽有的枝干业已干枯，但仍然绿叶葱茏。每年夏天，青翠的果实挂满枝头，清洁可人，为我和父亲多次提供了午餐。我很奇怪，我问父亲说，这房屋为什么没有人居住了呢？居住它们的人都到哪里去了呢？这房屋为什么会塌掉？父亲说，这里原先住着两家人，两家人是儿女亲家，再后来还是两家人，还是儿女亲家，后来，两家人都死了；死了人的房屋，还会有人住吗？人走了，房屋总是会塌掉的，就像小孩总要长成大人然后变老一样。父亲的话我没有听懂，这无关紧要，我总是会懂的。

再以后，我没有再去过那里，但两座倒塌的房屋，它们可怖的模样，却一直印在我的脑海里，像一张白纸上的裂纹。

十八岁那年冬天，我从遥远的河北来到巴丹吉林沙漠。很长的一段时间，我沉浸在沙漠空旷的氛围里，在干燥的大风中怀乡，迎风落泪，不断写下分行的文字，做着于自己有着较深意义的事情。没事的时候，我就喜欢到沙漠的边沿，摘一枝满是尖刺的骆驼草，看高天流云，云彩在天空流浪，就像无桨的孤帆在大海上漂泊，没有起点，也没有终点，消失和出生只是瞬间的事情。然而我更醉心于大漠落日——那是怎样的壮观景象啊！夕阳如血，染得云霞像是将熄未熄的巨大灰烬，层层叠叠，犹如火山深处涌动的炽热岩浆；浩瀚的沙漠上一片灼红，金黄的沙粒罩上了一层悲壮的色彩，仿佛刚刚发生了一场惨绝人寰的战争，暗红的鲜血濡湿了整个大地和天空。而更多的时候，沙漠则像凝固的海洋，时常让我在梦中听到汹涌的涛声，还有大批的海鸥"啊啊"地从头顶飞过，海水漫上沙堤，咸涩的味道在空中弥漫。

沙漠是不是一个遗迹呢？这种遗迹又和我先前见到的有什么区别呢？沙漠是死亡的象征，传说中的地狱又是不是沙漠的样子呢？我的这些类似兜圈子的疑问，搞得自己都有些头晕脑涨了。可是沙漠，它毕竟是一种存在，一种真实的裸露和真实的张扬，更是一种巨大的遗迹，它关乎生命、历史、自然和未来，它是人世间一个不可多得的可以寻求灵魂超越与飞翔的最佳福地。

然而，更令人感慨的是巴丹吉林沙漠之中的每一处遗迹。有一年春天，我终于见到了思慕已久的大地湾遗址。据当地地方志记载，大地湾遗址位于甘肃省酒泉市金塔县天仓乡以北10公里的黑河右岸，为肩水都尉所在地，初建于汉武帝年间。城墙经历朝维修，基本保持完整。城墙厚2米，高6米，夯土版筑。此处曾出土大批汉简、竹器、陶器、铜印和芦苇编织物等文物。站在斑驳的古城墙下面，有一种凛然不可摧的感觉，可以想象到古代戍边将士金戈铁马之外的精巧的夯筑手艺，这高大的城墙竟都是用黄土掺上草芥、苇骨和成泥后，一点点地砌起来的。这需要多大的耐心和多长的时间！

登临古城墙，放眼望去，右边的黑河犹如黑色巨蟒，携带着祁连山的积雪和泥土，沿着宽阔的河道，蜿蜒北向居延海。而左边则是平沙万里的沙漠，渺无边际。大风在搜刮着我的身体，仿佛要将我全身的血肉全部剔去，只剩下骨头一样。尖利地从空中驰过，它们无坚不摧的伟大力量，让我感到了生命的脆弱，时间的无情和强大。而古城内却是一片静寂，倒塌的房屋揭示着人世间一种真切的苍凉。建造它们并居住于此的人或是怅然东归，或是终老于此，埋骨黄沙，如今都没有了一丝声息。由此，我们不要奢谈生命与自己的伟大，在实践和自然面前，我们都不过是一粒沙子，一枚风中的叶片，归宿永不可知，前途也往往只是一个简单而又不甚明了的方向。

《词源》上说：遗迹是古代人的遗留之物，包括他们的各种遗迹和遗物。遗迹就是我们祖上的东西，它们和我们有着千丝万缕的联系。

1998年10月，我在山丹明长城边上的一座小型博物馆内，见到了一具距今200多年的女性木乃伊，出土于山丹明长城外部远处的荒滩。研究者说，该女性生前为脱发患者，所冠为假发；从服饰上看，应是清朝中期大户人家女性，脚踏一双非常精致的绣花布鞋，其色犹新。干瘪的身躯仰躺在玻璃柜里，全身的皮贴在骨架上，龇牙咧嘴，模样很是恐怖。当时我在想，如是这样，还不如腐烂了好，留一张皮和一副骨架又有什么意义呢？然而，很多人到最后连几根骨头都不能保存下来，这是一件令人悲哀的事情。由此联想到大地湾遗址，更使我坚信了自然的坚韧和永恒。连那些被"自命不凡"者视为浊物的黄土都具有非凡的生命穿透力。我们身边的随便一件事物，若是被塑造起来，那么，它便具有了灵性和坚不可摧的意志。

在我看来，遗迹更像一些质地饱满的、高贵的寓言，这个寓言的意义就在于它带有惊醒意味的外延。遗迹大都是人类文明的产物，是有人建造并居住（使用）过的。其中，养儿育女是我们的本能，可是这种本能并不能阻止遗迹的诞生。但是，遗迹又有什么不好呢？至少，它可以使我们的目光逐渐疼痛起来，脑子才有了那么一点点清醒。

时间是遗迹最大的敌人，也是最好的朋友。"遗迹代表着时间。"只有被时间打败的遗迹，才配代表时间。

如果人类真的会如此这般地永恒存在，那么，遗迹也是永恒存在的。遗迹是人类生命中一个重要组成部分，为了避免后人触景生情，我们不妨把现在的自己和身边的事物修饰得更为完美一些，实在不行，那就设法为后人装一副只有美好色彩的眼镜吧。

遗迹的最大意义就在于它让我们看见了很多年前的"别人"，其实也是我们自己，在某些时候的东西。

哈拉浩特

哈拉浩特（当地人称为黑城），坐落在今额济纳旗达来呼布镇以东25公里的无尽黄沙之中。它应是西夏王朝时期的产物。元朝末年，弱水河改道，黑城废弃，以古塔和残垣向着天空和大漠诉说着历史和人世的沧桑变幻。大批的黄沙已将它齐腰掩埋，而这并不能掩盖它内心的声音，在冥冥之中，总有一种力量，透过干燥的地表在天地之间蔓延。

我沿着弱水河一路走来，这条自祁连山发源，深入戈壁黄沙之中的河流，现在也改名为黑河，而在额济纳境内，则被称为额济纳河，至今仍旧是巴丹吉林沙漠之中的主要河流和水源。沙漠戈壁看起来平坦，却又极其凶险，黄沙不仅是对地表的覆盖，其中还有一些虚幻的陷阱。在其中行走，使我真正地意识到了人世的艰难，硕大的太阳像是一张巨大的弓，不停地发射着无尽的灼热之箭。但清澈的弱水河悄无声息地在我身边流淌，细小的浪花如同珍珠，泛着太阳的光芒。我登上一座沙丘，却又看见更多的沙丘，一座座，一道道，构成了一个迷离的世界，在平淡之中透露出玄奇的意味。而哈拉浩特则像一位智者，用深沉的目光看着我。我擦掉汗水，继续向哈拉浩特走近。

登上一面沙坡，整个哈拉浩特便很不雅观地展现在我的面前，一大片的残墙废墟，仿佛大地脸上的一块丑陋的疤痕。而那座尚算完好的古塔，则给人一种鹤立鸡群的感觉。我沿残墙走着，脚下晃晃悠悠，随时都有倒塌的危险。事实上，已经有很多的人在此留下过自己的足迹。那些用汗水和智慧建造哈拉浩特的先民们，如今已然消失了踪影。生命的易逝让人倍感哀伤，但一件东西总不能让一个人终生占有，总要有一个新旧交替。只有这样，自然和人类才会永葆生机和活力。

任何人的现实生活都是一本大书，艰难和苦难居多，但短暂的平静的氛围总能给人一种安慰。而战争的马蹄却无处不在，公元1372年，朱元璋派大将冯胜进军西北，剿除元王朝的残余部族。兵至哈拉浩特，遭到了守将卜颜帖木儿的坚决反击。激战数十日，明军见强攻不下，便令将士将流经哈拉浩特的弱水河堵塞，令其改道而向东南。这是一种比杀戮还要残忍的行为。卜颜帖木儿见生逃无望，便亲手杀死了自己的妻小，将大批的财宝投入枯井之中，于半夜突围，由于寡不敌众，死于乱军之中。哈拉浩特沦陷。而明王朝却没有足够的精力来管理这座城市，荒弃成了哈拉浩特的必然命运。

我又一次黯然神伤，为什么总是要有一些东西要成为垃圾和废墟呢？难道仅仅是战争的原因吗？任何一种现象，都带有强烈的人为痕迹。关于哈拉浩特的以往。我们只能从马可·波罗的游记中获得了。公元1274年，旅行家马可·波罗到达甘州（今张掖）后，当地有人告诉他说，在巴丹吉林沙漠深处，有一座西夏建筑。马可·波罗意识到这是一个重要所在。早在元朝建立之初，党项族和唐古特族便在成吉思汗大军的强大攻势下分崩离析了，盛极一时的西夏王朝从此灭亡，其后裔似乎也没了。但马可·波罗有幸看到了哈拉浩特的繁华面貌：窄而笔直的街道上车水马龙，人来人往；辽阔的牧场上牛羊成群，嘹亮的歌谣响彻云霄。

而今，这一切就像梦境一样，清晰而又虚幻地悬挂在我们的脑海中。更令人难以相信的是，在哈拉浩特荒废了500多年的历史中，竟然没有一个人来过这里，卜颜帖木儿投入枯井之中的财宝也未被发现。直到1886年，俄国人波塔宁偶尔涉足其中，发掘出了大量的珍贵文物。他在他的书中写道："在（土尔扈特）古文献中提到额里·哈拉·硕克城遗址，它位于坤都仑河（即弱水河下游）北部，即位于额济纳东部支流一天的路程处，也就是说，看不到大的卡拉伊（意为不大的城墙），四周有很多被沙填平的房屋的遗迹。拨开沙，可找到银质的东西，在城墙周围是大片的沙地，周围没有水。"

此后不久，又一个俄国人科兹洛夫读到这本书后，欣喜若狂，他在自己的回忆录上这样描绘当时的情景："对哈拉浩特的想念，完全吸引了我的注意和想象……我是多么向往哈拉浩特和它神秘的宝藏啊!"从1887年开始,科兹洛夫先后四次来到额济纳,想方设法向当地人打听哈拉浩特的确切地址,前三次都遭到了拒绝。第四次,科兹洛夫用金钱打开了前往哈拉浩特的道路。他雇用了一个当地人,每日用毛驴为他送水和食物。科兹洛夫在哈拉浩特整整待了一个月,他挖掘出大量的珍贵文物,并以最快的速度运回俄国亚洲研究中心(现为东方研究所),使俄国人对中国的西夏历史研究达到了一个前所未有的高度。据科兹洛夫说,当年他走进哈拉浩特的时候,那座古塔里堆满了经卷,塔的正中央,还有一具骷髅,坐在黄土地上,体形基本保持原样。

太阳猛烈地烘烤着大地,沙漠像一头焦躁不安的猛兽,散发着极其嚣张的气焰。我在断墙上伫立了很久,旷野的风撕扯着我的衣衫,有一种旗帜飘扬的猎猎之声。

走在偌大的废墟中,有一种阴森的感觉,令人浑身发冷,即使炎热的夏天,也有点寒毛直竖的感觉。城中也是黄沙深深,没走一会儿,我的鞋子里灌满了滚烫的沙粒。整个哈拉浩特沉浸在寂静之中。我缓步走着,像走在一座幽深的墓穴之中。用手拨开厚厚的黄沙,可以看见一些瘆人的白骨,让人惊悸。站在古塔面前,我顿时小了许多,像一个侏儒一般。塔身高约15米,塔尖业已断毁,周身斑驳。我想进入,可塔里堆满了黄沙,没有可以容身的地方。我想:那些经卷该不会让科兹洛夫、贝格曼、斯坦因等人一点儿不留地全部窃走了吧?如果还有的话,也早已化作了尘土。还有那具骷髅,也不知变作了什么样子,谁又会在意一具骷髅呢?

当哈拉浩特陷落,王朝之间的杀戮和呻吟之声传来,他是否也在颤抖呢？可又有什么能够阻止心灵的漫游呢？也许，他的尸骨也被黄沙吞噬了，在厚厚的黄沙下面，他的灵魂是否还像原来那样新鲜呢？以肉体的苦难来换取精神上的愉悦，这似乎是一种永生的方式，但真正的智者，却总能在喧嚣尘世中静心安坐，以思想之翼探触人世万物。我崇尚这样的生活，但我只是红尘俗世中一个欲逃不逃者。眷恋庸常不是我的过错，智慧总是在现实的土壤中开花结果。

（原载《躬耕》2022年第5期）

杨献平，曾在巴丹吉林沙漠从军18年，现居成都。出版散文集《沙漠里的细水微光》《生死故乡》《作为故乡的南太行》和诗集《命中》等。

灵魂的"压舱石"

◎ 苏　炜

　　"I am not an American, I am the American." ——这句被故居博物馆反复呈示的马克·吐温（Mark Twain）名言，中文该如何翻译？在返程的一路上，我和妻在来回讨论。

　　——我不是一个美国人，我就是美国人本身？——我就是美国人的原型？——我就是最有代表性的那个美国人？——我就是最具"美国性"的那个美国人？……日后问询过好几位翻译行家，上面的各层含义都或在其中，却都离不开这样一种身份认同：在自我与国族之间画上等号——我即美国，美国即我。——"狂"乎？"自我膨胀"乎？据说原话出自马克·吐温旅欧时的日记，转述的是友人对他的评价。其实，我马上就想到了托马斯·曼在二战中遭受纳粹迫害亡命美国时，回答美国海关问询的那句话——作为一个德国作家，你离开德国的土地以后怎么办呢？托马斯·曼答曰：我血液里流的都是德国。我在哪里，德国就在哪里。难怪，同是美国文学圈著名的"狂人"海明威的这一句话，也同样被故居博物馆一再地重复强调：真正的美国文学，自马克·吐温始。

　　很惭愧，旅居美国康涅狄格州已近25年，这座闻名遐迩的国家级名胜——马克·吐温故居，我竟是第一次瞻访（一如海那边从小成长的城市广州，作为古羊城地标的"陈家祠"，我竟是若干年前陪同耶鲁学生，才第一次造访一样）——人哪，近在眼前的"伟绩"，往往是最容易被忽略的。仿若故土江南的"出梅"季节——连绵数周的阴雨，今天总算是丽日蓝天。沐着盛夏酷热中难得的清爽微风，我们踏入了这座浓荫遮掩的维多利亚时代哥特风格的古久建筑里。

　　游览文化名人故居，我一般喜欢自己独行独赏，慢品细节，似想默默地与隔时空的故人作私己的对话。可此刻博物馆派定的导游却明令：不可脱队，不可照相，必须随同人流一起走览观赏。刚刚步入故居入口的私人图书馆，我就被立在琳琅古书和尘封的壁炉前面的两尊硕壮高大的中式广彩大花瓶，吸引了视线。未待细赏我认定的"广彩"风格细节，导游已率人流匆匆离去。我本以为，此乃古早年间西方贵族的某种"风雅标配"——我在歌德故居、雨果故居以至凡尔赛宫殿、维也纳美泉宫里，都曾看见过这种夸张炫丽的"中式风雅"。但是，随后伴随而来的浏览阅读，马克·吐温故居陈设上、壁纸上这满满的"中国元素"，其背后蕴含的丰盈故事，却是大大出我意料了。

　　阁楼飞檐，水晶吊灯，玲珑雕塑。眼前这座设计独特，三层楼共19个房间，据说建筑师根据马克·吐温本人意愿，包含了蒸汽船、中世纪城堡和布谷鸟钟等设计元素的红砖建筑，哪怕在今天的眼光下，都堪称"豪宅"。这种每个睡房都带洗浴套间，洗漱间带双洗脸盆，甚至有着带喷泉的室内植物花园等的豪华设置安排，在150年前的拓荒世代里，其超拔非凡的格局地位，更是可想而知的。据导游介绍，这座别致的宅所，正是当年美国东部大纽约和新英格兰地区一个小小的文化中心。马克·吐温以性情开朗幽默和交游广阔著称。当年耀亮北美文化星空的众多作家、诗人、学者、牧师和各界名流，都曾是这里的常客。我当时竟没有想到，在这些星斗般的"常客"里，竟有着众多位我甚为熟悉——与我辈同血缘、同根源的先人。

这座马克·吐温平生居住时间最长、达17年之久的老宅，却不是作家的真正"根源地"——出生于1835年的马克·吐温本名萨缪尔·兰亨·克莱门斯（Samuel Langhorn Clemens），他的另一个著名故居位于密西西比州北部的汉尼拔小镇，那是少年萨缪尔出生、成长的地方。萨缪尔12岁那年，父亲去世了，他只好辍学，到工厂做小工，到矿山当矿工，在密西西比河上当水手，也当过排字工人和地方小报的记者编辑。"马克·吐温"是他写作以后采用的笔名，原是密西西比河水手使用的表示在航道上所测水深度的术语。正是在这样跌宕流离的底层生活中，年轻的萨缪尔接触到了蓄奴制下的黑奴、淘金热中的华工、红树林里的伐木工，等等，他胸襟的良知温热，终于化成笔端下的尖锐批判与博大同情；幽默、讽刺与机智中充盈的炽热情感，铸造出他独特的写作风格。早在他成为这座雅致宅所的主人之前，"马克·吐温"已成为那个时代的闪光名字了。威廉·福克纳曾言：马克·吐温"为第一位真正的美国作家，我们都是继承他而来"。海明威则说过："美国的现代文学都源自一本书，它的名字就是《哈克贝利·费恩历险记》。"而代表马克·吐温最高文学成就的几部著作——如《镀金时代》《汤姆·索耶历险记》《乞丐王子》《密西西比河的旧日时光》《哈克贝利·费恩历险记》等，就是在我眼前的这座红砖小楼里完成的。

这真是一座饱蘸温情、饱孕灵思的小楼。据导游介绍，马克·吐温36岁时才结婚，妻子是一位富商的女儿，这座小楼正是他的岳父送给他们的结婚礼物。这座别致小楼从房型设计到细节雕镂，都充盈着作家精细入微的匠心，可见他是何等钟爱、迷恋这个居所。从1874年到1891年，马克·吐温和妻子女儿在这里度过了他一生中最重要、最安逸也最有灵思光彩的时光。他曾言：漂泊半生，只有这座小楼让他有家的感觉，让他觉得世界从来没有像现在这样富有意义。我的目光，久久停留在那张雕镂着云霞天使的睡床上，遐想过那些无眠的长夜，作家在此间辗转反侧、驰骋灵感神思的画面；我也曾留心过每层楼上都显得特别雅致出尘、仿佛是神仙驻足过的那些廊台廊亭，遥想当年作家在写作之余，在此凭栏纵目，让思绪穿越烟云纵横四野的场景。但是，当我随人流来到三楼——与一二层的维多利亚贵族气派相比显得如此简朴的三楼：一张台球桌，一张狭小书桌，一盏低矮的煤气吊灯……导游的话音，却撞得我心头嗡嗡作响："这里，才是马克·吐温埋头写作的地方，他最重要的那几部著作，就是在这张小桌上完成的……"

陡然之间，《哈克贝利·费恩历险记》里那条永恒奔腾的密西西比河，就蓦地雪浪滔滔地铺展在我的眼前。那个从贵族寡妇家出逃的白人孩子哈克贝利，那个在惊险中相遇、同样出逃的黑奴孩子吉姆，一黑一白结伴的历险故事，通过密西西比这条贯穿美国大陆和美国历史的大河的牵引，自由和蓄奴制的对立主题，沿河各阶层各种族的众生相——贵族、神父、矿工、骑士……娼妓、强盗、骗子、奸商……浩阔无垠的历史画卷滚烫着鲜活的生命光泽，徐徐向我铺开。我竟忍不住止步驻足，留在人流最后；虽然远隔着栏绳，但是久久把目光投向紧挨台球桌的那一边——我才注意到，不是一张，而是有两张一宽一窄、一高一低的书桌，上面都列陈着台灯、书笔、纸案，恍惚光影间，仿若还凝留着作家唇上抹着大胡子的侧影，回响着哲人踱步沉思的足音……眼前是密西西比河苍茫的黑夜，"星星是月亮下的蛋"，黑孩子吉姆的童稚话音在我耳边响起来，"流星是因为不听话，被月亮妈妈从被窝里踢出来的……"

噢，正是马克·吐温以贯穿全书的儿童视角（所以百年来此书一直被视作"儿童文学经典"）写出历史先行者的深远哲思，把对自由的信仰和对自由灵魂的探索，凝铸成百年来人们常常探讨谈论的"美国精神"的厚重基石……

小楼的顶层，自然也是游览终点。留在最后的导游并没有对我的止步驻足有所怨责，只是温婉一笑，掠手指指专为游览结束新辟的楼梯出口；我和妻便带着诸般留恋不舍离开了小楼，又到博物馆大厅观看了相关的文献纪录片，才最后向这座马克·吐温逝世后曾先后作过学校、公寓和公共图书馆分馆的古旧建筑告别（此建筑直到1962年被列为美国国家历史地标之后，才于1974年作为故居博物馆向公众开放）。以致多少时日后，我和妻的日常话题，都似梦云牵绕一般，一直离不开开篇提及的那句马克·吐温名言的确义讨论。

"——你老兄可知道，容闳曾是马克·吐温的知己好友吗？"真是一语"惊醒梦中人"！我万万没想到，因为马克·吐温故居行的感动而放上微信朋友圈些许影迹文字，被友人的一席话点醒，才让我有了下面这一段与我辈华族紧密相连、又与个人经验休戚相关的史迹的追寻与追溯。

——容闳，容闳?! 一个如此熟悉又如此亲切的名字! ——真的吗? 鼎鼎大名的马克·吐温，真的与我这位来自同一故乡（广东中山，古称"香山"）的耶鲁先贤，发生过亲密联系、有过密切交往吗? 随着浏览追溯，惊喜和震撼接踵而来——不仅仅是容闳（1829—1912），这位现代中国走向世界的第一人，我的耶鲁先贤先辈；还有容闳自耶鲁学成归国后再带到美国来的中国历史上第一批公派留学生（习称"晚清留美学童"，1872—1881），都曾与马克·吐温和他的这座红砖小楼，发生过非同寻常的紧密联系! ——噢噢，不独此也，早在萨缪尔青少年的流浪时期，马克·吐温就在北加州的淘金潮中、红树林的伐木工里，还有过万华工参与修筑的北美太平洋铁路的工地上，密切结交过早年的华人华工了!

面对当年弥漫整个美国白人社会的排华情绪，报章漫画里各种对"拖着猪辫子"的华人形象的诋毁侮辱，马克·吐温在1872年出版的《艰苦岁月》一书中（以及他众多的单篇文字中），如此字字入骨入心地写道：中国劳工"安静，平和，温顺，不会喝醉酒，勤恳耐劳。不守规矩的中国人罕见，懒惰的根本不存在"。"一个中国人只要还有力气动手，他就不需要任何人的帮助。白人常常抱怨没有活儿干，而中国人却从不发这样的牢骚；他们总是想方设法去找点活儿做。"在书中，他对华人的悲惨处境做了如此沉痛的总结："华人替白人承受一切控罪，白人偷盗，中国人赔偿；白人抢劫，中国人坐牢；白人犯了凶杀案，中国人去替死。任何一个白人都可以在法庭上，以宣誓的方式剥夺一个中国人的生命，但中国人却从不被许可作证而使白人入狱。"

——坦白说来，我，作为一位深入研究过容闳当年（1850—1854）留学耶鲁行迹的同乡晚辈，又作为曾专门研究、写作并公演过描写早年华工修筑北美太平洋铁路的清唱剧《铁汉金钉》的歌词作者，极力忍着心绪和笔尖的抖颤，才能录下马克·吐温上面这些当年敢于逆流而上、挺身而出，为备受歧视欺凌的华人华工仗义执言的铿锵话语！（史料记载：当时马克·吐温曾因为在报章里发文为华人说话而受到舆论围攻，因此被报社开除，丢掉了记者饭碗。）当年，在那个由于受全社会负面舆论的哄抬，从1880年起由国会正式通过《排华法案》的灰暗年代（此歧视法案直到1946年美、中已成二战盟国时才得以取消），马克·吐温以一己之力，拼力振臂呼出、白纸黑字写下的这些话，简直就是瀚海荒漠中的惊雷、寒夜黑幕下的闪电，隔着百年烟埃，仍能让人感受到它的炙人的温热啊！

还是回到眼下这座红砖小屋吧。容闳，自1875年第一次踏入哈特福市区马克·吐温家这座刚刚建起一年的宅所开始，就成了马克家时时高朋满座的知名厅堂里的常客了。从上述纪年可知道，1872年，因容闳极力向清廷重臣李鸿章、曾国藩建议而终获批准，再由容闳亲自率领的首批年仅十二岁的留美学童抵达美国的时候，第一个落脚点，就是容闳已非常熟悉因而人脉丰富的美东康涅狄格州的州府哈特福德市。而当时容闳常住的留美事务局宅所，就位居马克·吐温此新居附近的两三个街区之外。——那么，马、容之间，谁是这两位中西大贤的牵线人呢？又一个容闳史料中同样熟悉的名字出现了——耶鲁董事、学者牧师约瑟夫·特威切尔（Joseph Hopkins Twichell）。特威切尔当年曾在耶鲁法学院专门发表讲话表彰优秀毕业生容闳，此讲话后来被收入容闳的自传《西学东渐记》而成为此书的代跋。特威切尔所在的教会到容闳的"留学事务局"信步可达，而特威切尔，恰恰正是马克·吐温终生最信任、关系最亲密的挚友。他早年曾为马克·吐温主持婚礼，而若干年后，当马克·吐温的妻子和女儿都先于他相继去世时，亲自操办马克家后事和葬礼的，也是特威切尔；直至1910年马克·吐温最后逝世，其哀荣备至的隆重葬礼和追思会，也都是由年迈的特威切尔主持的。不仅仅是机缘凑巧——容闳当年在美国的婚礼，以及日后另一位著名留美学童李恩富（他的曾孙子曾是我的学生）在耶鲁的婚礼，特威切尔呢，同样正是他们的证婚人和主婚人！

细读史料，马克·吐温、特威切尔与容闳，这三人之间情义深笃，绝非泛泛之交也！当年马克·吐温的新家，虽没响应当地教育机构的呼吁，像众多美国家庭一样被分配接纳中国学童留住，但他却常常邀请容闳和学童们到家里来做客。容尚谦等幼童与马克·吐温的两个女儿曾经是哈特福德高中的同班同学。马克女儿朱莉娅和他们成了好朋友，常常在家里教他们弹钢琴和唱歌，关系非常融洽。几年后风云突变，当中国学童们纷纷考进耶鲁、宾大、哥大等名校，在学业、体育、艺术等领域渐露头角，广受美国社会瞩目之时，有心人却将留美学童"剪辫子""穿洋服""只识洋文""必定全盘西化"的密函送抵清廷，据知"老佛爷"慈禧太后闻讯大怒，虽经容闳一再上书解释规劝，李鸿章仍旧下令撤回全部留美学童。情势万般危急之时，容闳紧急求助老友特威切尔，商请马克·吐温出手相帮，马克·吐温便亲自驾马车到纽约，求见他的老友、当时的美国总统尤利西斯·格兰特，恳请格兰特总统亲自给李鸿章写信，留住留美学童。格兰特总统的亲笔信函曾让李鸿章深为感动，而使得清廷撤童之举延宕了一年；终因保守力量的无法抗衡，1882年后，全数120多名留美学童被强撤回国，中国近代史上第一波本来可以提前促进中国现代化的留学潮，就此夭折落幕。心境暗淡的容闳也随之返国，并先后参与康梁的百日维新和孙中山的抗清革命活动。他在"戊戌政变"后受到清廷通缉而逃到香港时，甚至还曾给马克·吐温和特威切尔写信，试探是否能用赈灾的名义向美国国会申请资金，资助当时中国境内已风起云涌的反清革命活动。

——安危相牵，命运相系，休戚与共。容闳和马克·吐温之间的紧密纽带，那是联结两洋两岸、两个大国民族之间的历史纽带和情义纽带啊！

1900年庚子之乱，八国联军打进北京，圆明园被二度抢劫焚烧。刚刚自欧洲返抵美国的马克·吐温愤而发声，以他著名的尖锐讽刺笔调，公开质问：这难道就是西方传教士为亚洲殖民地带来的"文明祝福"吗?！"现在全中国都起来了，我同情中国人。他们一直在受欧洲掌王权的强盗的欺负。"他预言说："中国终必获得自由，拯救自己。"由此我想起，早在1861年，在大西洋彼岸的法国，有另一位面对英法联军第一次洗劫圆明园的暴行时挺身而出的西方作家维克多·雨果。当年雨果如此拍案而起："有一天有两个强盗闯进了圆明园，一个打劫，一个放火……他们一个叫英吉利，一个叫法兰西……"

马克·吐温、维克多·雨果，这两颗同为中国人的苦难而颤抖的人类良心，此时却像浩淼星空上两颗互相辉映的金星，苍茫大海上两盏耀亮黑暗的灯塔，炯炯闪烁在我眼前。年少时我曾背着行囊在欧洲大陆流浪，雨果故居，曾是我踏足巴黎的第一站，也是我迈向文学之海、智慧之海的第一艘舟船；如今我已步入人生的秋天，却在步进马克·吐温故居后，再一次拓展焕发了灵智心胸，获得全新的人生领悟——以自由正义为念，以平等至善为怀，从"己立立人"到"推己及人"再到"成己成人"——以一己而及天下，做人当如是，作家当如是，文学，亦当如是！

马克·吐温、维克多·雨果，多么相像的两位隔洋相望的文学先贤！这样两个近似的画面，此刻浮现在我眼前：

1900年10月，离开美国本土将近十年，"赤道环球演说旅行"归来的马克·吐温回到美国，成千上万的纽约市民纷纷涌上街头，像迎接战场上凯旋的民族英雄一样，用鲜花彩带迎接这位多少年来为人类的自由权利呼喊、为弱势平民种族发声的美利坚的良心。日后有评论家称："他是美国文学中的林肯。"1885年5月，维克多·雨果在巴黎病逝。上百万的巴黎市民闻讯从四面八方涌进凯旋门和香榭丽舍大街，以漫天的泪雨、花雨为雨果送葬。见此壮伟的场景，在场一位官员说："我们出席的不是葬礼，而是加冕礼……"

此一刻，史册上的浩瀚人声、漫漫人潮，在我眼前，化作了人类文明世界那个滔滔无垠的大海。而马克·吐温和维克多·雨果，还有灿若繁星的经典作家和他们的经典作品，正是国族和民族、人生与生命的漫长航行中的"压舱石"。——是的，"压舱石"。他们和它们，代表着人类文明的质地，生命价值的分量和个体灵魂的厚度、深度和广度。"I am not an American，I am the American。"行文至此，此语何解？或许已经无须赘言了。

回头远望，密林晨雾间的马克·吐温故居——那个方阁尖顶、如帆若樯的红砖小楼，果真像迷茫雾海上的一艘大船啊！

（原载《作品》2022 年第 1 期）

苏炜，旅美作家、批评家。耶鲁大学东亚语言文学系高级讲师。出版长篇小说《渡口，又一个早晨》《迷谷》《米调》，短篇小说集《远行人》，散文集《独自面对》《站在耶鲁讲台上》《走进耶鲁》《天涯晚笛》等。

敬　告

　　由于编选时间仓促、工作量大，未能及时与所选作者一一取得联系，请见谅。现仍有部分作者地址不详，为及时奉上稿酬和样书，请有关作者与责任编辑联系，我们将尽快为您办理，谢谢您的理解和支持。

联系方式：

电　话：024—23284306

E-mail：69729520@qq.com

微信号：13998229823

辽宁人民出版社

2023年1月